I bambini

della

nebbia

Cheryl Kaye Tardif

Traduzione di Lia Tomasich

I bambini della nebbia

http://www.cherylktardif.com

PRIMA EDIZIONE

Imajin Books: www.imajinbooks.com

15 Dicembre 2018

ISBN: 978-1-77223-369-8

Progetto grafico di copertina di Ryan Doan: http://ryandoan.com

Traduzione di Lia Tomasich

Elogio de I bambini della nebbia

"Nel suo romanzo *I bambini della Nebbia*, Tardif miscela mystery, suspense e horror e crea una trama appassionante e travolgente." — Jean Rabe, autore bestseller *USA Today*

"Un viaggio atroce e inquietante nella paura più profonda di ogni genitore." — Scott Nicholson, autore de *La chiesa rossa*

"Un thriller da incubo con una svolta mistery, *I bambini della nebbia* vi terrà svegli... fino all'ultima pagina!" — Amanda Stevens, autrice de *The Restorer*

"Evocando le atmosfere di *Amabili resti*, Cheryl Kaye Tardif intesse una storia di terrore che vi farà correre a vedere se i vostri figli sono ancora nel loro letto. Con una prosa raffinata, *I bambini della Nebbia* cattura subito il lettore dalle primissime pagine e non lo lascia fino alla fine." — Autrice di bestseller Danielle Q. Lee, scrittrice di *Inhuman*

"Cheryl Kaye Tardif sa bene cosa passa nella mente di un genitore e ci fa tutti desiderare di credere all'impossibile..." — Eileen Schuh, autrice de *Schrodinger's Cat*

"Cheryl Kaye Tardif ha scritto un romanzo che la fa entrare di diritto nel gruppo degli autori canadesi più venduti. Con *I bambini della Nebbia*, è riuscita a far fare alla sua scrittura e ai suoi lettori un balzo in avanti... Con una serie di svolte avvincenti e colpi di scena che ricordano le opere di James Patterson, Tardif ancora una volta tocca le corde dei sentimenti penetrando anche nei cuori più duri. Come sempre, ha creato personaggi credibili talmente vivi che ci si aspetta di incontrarli al negozio dietro l'angolo. Con un'autentica ambientazione canadese, *I bambini della Nebbia* vi coinvolgerà a partire dal toccante incipit per trascinarvi in un finale mozzafiato. Complimenti a questa autrice per aver regalato al mondo una lettura per cui vale davvero la pena di restare svegli fino all'alba per arrivare all'ultima pagina." — Kelly Komm, autrice del romanzo fantasy YA, vincitore del 2008 Premier Book Awards Best Fantasy Novel of the Year, *Sacrifice*

"Ci sono una miriade di elementi sconvolgenti in questa storia... non potete nemmeno immaginarvi che cosa succede. Una storia imprevedibile che ho letteralmente divorato." — *NovelOpinion*

Dedica

Questo romanzo è dedicato a
Sebastien, Jason e Ben
E a tutti i bambini che "mancano"…

A coloro che sono stati presi troppo presto,
Che se ne sono andati per loro volontà,
Che si sono dati per amore,
O a quelli che sono stati sottratti all'amore dei genitori.

A coloro che sono scomparsi in spirito,
Anime perdute tra le strade delle nostre città,
E a quelli a cui la mente li ha traditi,
Vi ricorderemo sempre come eravate veramente.

A quelli che si sono persi lungo la strada,
Cercando senza fine e senza sosta,
Per le madri, i padri, le sorelle, i fratelli, le figlie e i figli.
Che possiate trovare forza e speranza.

Per gli abbandonati, i dimenticati e gli scomparsi,
Che possiate trovare un'eternità di amore,
E per quelli di cui si sente ancora, sempre e per sempre, la mancanza,
Che tutti voi possiate trovare la via… di casa.

C.K.T.

Ringraziamenti

Grazie ai miei primi editor e lettori: Francine, Marc, Kelly, David e Eileen, che mi hanno offerto saggi consigli e brillanti suggerimenti di editing.

Un ringraziamento speciale a Lynn Hoffman, esperto di vini e autore di *bang Bang*, che mi ha suggerito il vino perfetto per questa storia. Alla salute!

Grazie a TUTTI i miei fan: lettori, gruppi di lettura, scuole, biblioteche, librerie, recensori che hanno avuto fiducia in me sostenendomi nell'impresa di portare a termine una storia avvincente e, spero, emozionante.

E il mio ringraziamento eterno va a mio marito Marc e a mia figlia Jessica per avere sempre creduto in me e nel mio lavoro.

CHERYL KAYE TARDIF

I bambini della nebbia

Traduzione di Lia Tomasich

Prologo

14 maggio 2007

Era pronta a morire.

Era seduta al tavolo della cucina, una bottiglia mezza vuota del prezioso vino rosso di Philip in una mano, una pistola carica nell'altra. Fissava quel pezzo di metallo estraneo e desiderò con tutto il cuore che sparisse. Ma la pistola rimase lì.

Sadie la controllò e vide che aveva un colpo solo.

«Te ne basta uno.»

Se avesse colpito nel posto giusto.

Posò l'arma sul tavolo e alzò lo sguardo su una fotografia in una cornice di peltro che pendeva storta sopra la mensola del camino. Era illuminata da una candela profumata alla vaniglia, una delle tante che gettavano ombre tremule sulle pareti di legno grezzo del rifugio.

Il visetto di Sam sorridente le restituì lo sguardo.

Vivo.

Da dove era seduta, riusciva a distinguere la scheggetta che gli mancava dall'incisivo destro, conseguenza di un padre impaziente che gli aveva tolto troppo presto le rotelle stabilizzatrici della bici. Ma non aveva senso dare la colpa a Philip, quando entrambi avevano perso così tanto.

Quando è tutta colpa mia.

Fece scorrere lo sguardo sulla mensola del camino. C'erano tre oggetti, oltre alla candela. Due buste, una indirizzata a Leah, l'altra a Philip, e la cartella contenente le illustrazioni e il manoscritto su disco del libro di Sam.

Lo aveva finito, come promesso.

«Una promessa è una promessa. Giusto, Sam?»

Una lacrima solitaria le rigò la guancia.

Sam non c'era più.

Che motivo mi resta per vivere ormai?

Trangugiò l'ultimo acre sorso di Cabernet e lasciò cadere a terra la bottiglia vuota. Rotolò sotto la sedia, senza rompersi, e rimase a oscillare avanti e indietro sul parquet. Poi ci fu solo silenzio, a parte un vecchio orologio a pendolo nell'angolo in fondo. Il ticchettio le ricordò la scarpa del clown. Quella con la puntina sotto il tacco.

Tic, tac, tic…

L'orologio emise un gong sinistro.

Era quasi mezzanotte.

Quasi ora.

Tracciò il simbolo di infinito sul tavolo impolverato.

∞

«Sadie e Sam. Per l'eternità.»

Gong…

Deglutì a fatica mentre le lacrime le riempivano gli occhi. «Mi dispiace, amore mio, non sono riuscita a salvarti. Ci ho provato. Dio, se ci ho provato. Perdonami, Sam.» Le parole si spensero in un gemito straziante.

Qualcosa grattò sulla finestra accanto a lei.

Appoggiò il viso contro il vetro brinato, poi si tirò indietro con un sussulto. «Andate via!»

Erano immobili: sei bambini che erano usciti dai miasmi vorticosi dell'aria notturna, a perseguitarla tutte le notti e ogni momento della vita cosciente. Circondati da un alone di nebbia illuminata dalla luna, iniziarono a cantare. *«Un bel mattino, nel mezzo della notte…»*

«Non siete reali» sussurrò Sadie.

«… due bambini morti si alzarono e fecero a botte.»

Una manina pallida s'incollò alla finestra, goccioline di condensa scivolarono via come lacrime lungo il vetro.

Sadie allungò una mano e la sovrappose a quella del bambino. Rabbrividendo, si ritrasse. «Tu non esisti.»

L'orologio continuò il suo macabro conto alla rovescia.

La miscela di alcool e farmaci fece effetto, la stanza si mise a girare e dallo stomaco sentì salire la nausea. Inspirò a fondo. Non poteva permettersi di stare male. Sam la stava aspettando.

Le lacrime le inondarono il viso. «Sono pronta.»

Gong…

Senza esitare, alzò la pistola alla tempia.

«No!» gridarono i bambini.

Appoggiò la canna contro la pelle. La punta metallica era fredda. Come le mani, i piedi... il cuore.

Un singhiozzo le salì in gola.

L'orologio scoccò l'ultimo gong. Poi ci fu un silenzio di morte.

Era mezzanotte.

Posò di nuovo lo sguardo sul viso di Sam.

«Buona festa della mamma, Sadie.»

Inspirò per farsi coraggio, spinse l'arma contro la tempia e chiuse gli occhi, stringendoli forte.

«La mamma sta arrivando, Sam.»

Tirò il grilletto.

Capitolo 1

Sadie O'Connell si lasciò fuggire una risatina mentre fissava il talloncino del prezzo attaccato al giocattolo che aveva in mano. «Con che cosa l'hanno imbottito, banconote riciclate?» lanciò il coniglietto nel cesto da cui l'avevo preso e si voltò verso la donna alta e tutta gambe che le era accanto. «Che cosa farai a Sam per il suo compleanno?»

La sua migliore amica le rispose con un sorriso sarcastico. «Che cosa *dovrei* fargli? Tuo figlio ha già tutto.»

«Ti prego, non cominciare.»

Leah però aveva ragione. Sadie e Philip viziavano Sam in modo ridicolo. Perché non avrebbero dovuto? Avevano aspettato un'eternità per avere un figlio. O almeno *lei* lo aveva aspettato. Dopo due aborti spontanei, la nascita di Sam le era sembrata quasi un miracolo. Un miracolo che meritava tutte le coccole del mondo.

Leah si lamentò ad alta voce. «Cristo, è un vero zoo qui dentro. »

Toyz & Twirlz, nel centro commerciale di Edmonton ovest, brulicava di clienti fin troppo entusiasti. I primi saldi primaverili avevano attirato in massa i compratori. Dei genitori estenuati affollavano il negozio di giocattoli, allungando ogni tanto uno scappellotto ai bambini più capricciosi, così come si scaccia una vespa molesta dal barbecue. Un padre preoccupato si aggirava per le corsie in cerca del figlio che gli era sfuggito da sotto gli occhi, appena il tempo di voltare le spalle. In ogni corsia, i genitori gridavano ai figli, minacciandoli, blandendoli, supplicandoli e infine, com'era prevedibile, arrendendosi.

«Allora chi ha fatto uscire le bestie?» disse Sadie, passando lo sguardo sul negozio.

Lo stridio dei carrelli e il persistente piagnucolio dei più piccoli stremati dalla stanchezza le stavano facendo venire il mal di testa. Dio, quanto avrebbe voluto essere rimasta a casa.

«Mi scusi.»

Una donna grassottella dai capelli crespi ed esageratamente decolorati lanciò a Sadie uno sguardo contrito. Passò loro vicino, aprendosi un varco e spingendo un passeggino occupato da un alieno in miniatura che lanciava urli. Qualche metro più avanti, la donna si fermò, si chinò e pulì qualcosa, forse della crema di riso secca, dall'angolo della bocca del bambino.

Sadie si voltò verso Leah. «Grazie a Dio, Sam ha superato quella fase.»

A cinque anni, quasi sei, il figlio era la luce della sua vita. Era tutto per lei. Smilzo e birichino, con una massa di capelli neri arruffati, occhi blu zaffiro e labbra dal disegno perfetto, Sam era l'immagine sputata della madre e l'esatto contrario del padre per carattere. Sam era mite di natura, tenero e affettuoso, mentre Philip era impaziente e distante. Così distante che ormai non le diceva quasi più *Ti amo*.

Fissò la fede nuziale. *Che cosa ci è successo?*

Sapeva bene che cosa era successo. Il prestigio di Philip come avvocato era cresciuto, gli erano entrati più soldi e la fama gli aveva dato alla testa. Era cambiato. L'uomo di cui si era innamorata, il sognatore, non c'era più. Al suo posto c'era qualcuno che conosceva appena, uno sconosciuto che aveva deciso troppo tardi di non volere figli.

E nemmeno una moglie.

«Che ne dici di questo?» disse Leah, dandole un colpetto con il gomito.

Sadie guardò il camion ribaltabile giallo. «Mettici dentro un pipistrello di peluche e lo farai strafelice.»

La passione del figlio per i pipistrelli era quasi comica. Il televisore era sempre sintonizzato su Discovery Channel e Sam era sempre alla ricerca frenetica di programmi dedicati a quegli animali pelosi.

«Che gli ha comprato quel simpaticone di Phil?» chiese Leah ironica.

«Una nuova applicazione per il LeapFrog.»

«Le capacità di quel bambino mi sconvolgono.»

Sadie sorrise. «Sconvolgono anche me.»

La mente di Sam era come una spugna. Assorbiva le informazioni con una tale rapidità che bastava mostrargli le cose una volta sola. Aveva una capacità di osservazione così sviluppata che aveva imparato ad aprire la porta solo guardando Sadie mentre lo faceva. Philip aveva dovuto montare un'altra serratura più in alto. A tre anni, Sam sapeva già maneggiare il telecomando e il lettore DVD. Sadie ancora non sapeva bene come si accendesse la TV.

Sam... mio dolce, meraviglioso piccolo genio.

«Forse gli prenderò un film» disse Leah. «Che ne dici di *Batman Begins*?»

«Compie sei anni, non sedici.»

«Be', che ne so io? Non ho figli.»

A trentaquattro anni, Leah Winters era una brunetta attraente e snella con la capigliatura cosparsa di mèche multicolori, occhi nocciola con lunghe ciglia folte, un sorriso provocante e un debole per gli uomini più giovani. Mentre il viso di Sadie era pallido e cosparso di efelidi all'altezza del naso e degli zigomi, la pelle di Leah era abbronzata e uniforme.

Da otto anni era la sua migliore amica, *più di una sorella.* Sin dal giorno in cui Leah le aveva inviato un'e-mail chiedendole consigli sulla scrittura e sulla pubblicazione. Si erano incontrare a Book Ends, una nota libreria di Edmonton, per quello che, nella testa di Leah, doveva essere solo un incontro veloce, il tempo di un caffè. Si scoprirono molto affini e la simpatia tra loro fu così immediata che parlarono per quasi cinque ore. Ci scherzavano ancora sopra, ricordando come Leah fosse convinta che Sadie fosse una scrittrice di successo che non le avrebbe rivolto nemmeno la parola. Invece Sadie le aveva dato di più. Le aveva dato un pezzo del suo cuore.

Un sosia di Colin Farrell, un bell'uomo dall'aria rude, le incrociò nella corsia e Leah lo seguì con gli occhi luccicanti.

«Ne prendo uno» borbottò sottovoce. «A portar via.»

«Non troverai l'uomo giusto in un negozio di giocattoli» disse Sadie, secca. «In genere, sono tutti impegnati. E non credo nemmeno che lo troverai al Karma.»

Klub Karma era una discoteca molto frequentata sulla Whyte Avenue. Offriva il migliore programma notturno per le donne di Edmonton, completo di spogliarellisti maschi con i muscoli gonfiati a forza di steroidi. Leah ne era una frequentatrice abituale.

«E perché no?»

Sadie alzò gli occhi al cielo. «Perché il Karma è pieno di ragazzini scalmanati che pensano a una cosa sola.»

Leah la guardò incuriosita.

«Al sesso» continuò Sadie. «Onestamente, non so proprio che cosa ci trovi in quel locale.»

«Che, ma sei scema?» Leah alzò un sopracciglio e accennò un

sorriso malizioso. «Fa parte dei miei doveri civili. Qualcuno deve far vedere a quei giovani come si fa.

«Qualcuno dovrebbe farlo vedere a Philip» mormorò Sadie.

«Perché, non gli viene duro?»

«Leah, per favore!»

«Be'? Sputa il rospo.»

«Dopo, forse. Quando ci fermiamo a prendere il caffè.»

Leah gettò uno sguardo all'orologio. «Andiamo al solito posto?»

«Certo. Pensi che Victor ci perdonerebbe se andassimo in un altro bar?»

Leah rise. «No. Comincerebbe a lesinare sulla panna montata. Allora, tu che regalo fai a Sam?»

«Lo saprò quando lo vedrò. Aspetto un segno.»

«Hai sempre in testa questa storia del *destino.*»

Sadie alzò le spalle. «A volte si deve avere fede e credere che le cose si sistemeranno.»

Continuarono a girare per le corsie, in cerca di un regalo per il bambino più dolce che conoscevano. Quando Sadie individuò la cosa che di sicuro Sam avrebbe desiderato, lanciò un grido di vittoria e rivolse a Leah uno sguardo che diceva: *Te l'avevo detto.*

«Questa bici è perfetta. Gliela darò lunedì, in fondo è quello il giorno del suo compleanno, e comunque riceverà tanti di quei regali dagli amici alla sua festa di domenica.»

Quello che non sapeva era che Sam non avrebbe potuto vedere la bici.

Non sarebbe stato lì a riceverla.

«Non vi siete fatte vedere per tutta la settimana» disse Victor Guan. «Ancora un giorno e avrei chiamato la polizia.»

«È stata una settimana impegnativa» rispose Sadie, lasciando cadere la borsa sul bancone. «Come vanno le cose, Victor?»

«In ripresa, con questa ondata di freddo.»

Il giovane cinese era il titolare del Cuppa Cappuccino, a qualche isolato di distanza da casa di Sadie. Il bar aveva un camino a gas, offriva un'atmosfera rilassante e spesso ospitava dei musicisti locali come Jessy Green e Alexia Melnychuk. Victor non solo serviva le migliori zuppe della casa e insalate Caesar alla feta, ma i suoi caffellatte erano assolutamente strepitosi.

Leah puntò dritta alla toilette. «Sai quello che prendo.»

Sadie ordinò un tè Chai e un caffè moca.

«Ha visto che nebbia stamattina?» chiese Victor.

«Già, ho portato Sam a scuola quasi alla cieca. A malapena vedevo la macchina davanti.»

Sadie ebbe un fremito e Victor le lanciò uno sguardo preoccupato.

«Qualcosa non va?» le chiese.

«No, è che non ne posso più dell'inverno.»

Afferrò un giornale dalla rastrelliera e salì al piano superiore. Il divano accanto al camino era libero, così si accomodò e gettò il giornale sul tavolino.

Il titolo sulla prima pagina la lasciò senza fiato.

La Nebbia colpisce ancora!

Si sentì soffocare. «Oh, mio Dio. Ancora, no.»

La foto di una bambina bionda con gli occhi azzurri, seduta sui gradini di cemento, dominava la prima pagina. Cortnie Bornyk, otto anni, della zona nord di Edmonton, era scomparsa. Secondo il giornale, la bambina era sparita in piena notte. Nessun segno di effrazione e nessun indizio su chi l'avesse prelevata, ma gli investigatori erano sicuri che fosse stato lo stesso uomo che aveva rapito gli altri.

Sadie aprì il giornale a pagina tre, dove continuava l'articolo. Capiva quello che provava il padre della bambina, un papà single che aveva lasciato l'Ontario per trovare lavoro come muratore a Edmonton. Matthew Bornyk si era trasferito lì sperando in una vita migliore. Non era stata una cattiva decisione, considerando che il mercato immobiliare era in ripresa. Ma ora l'unico suo pensiero era che gli restituissero la figlia, sana e salva.

«Eccovi servite» disse Victor, posando le due tazze sul tavolino.

«Grazie» rispose Sadie, senza alzare lo sguardo.

Aveva gli occhi incollati sulla foto più piccola di Bornyk e figlia. L'uomo aveva un gran sorriso stampato sul viso, mentre la figlia era immortalata in una posa comica, con la lingua di fuori, a un angolo della bocca.

Il tesoro di papà, pensò Sadie con tristezza.

Leah si lasciò cadere nella poltrona accanto a lei. «Chi è quel bel maschio?»

«Gli hanno rapito la figlia la notte scorsa.»

«Che cosa orribile.»

«Già» disse Sadie, prendendo un sorso di caffè.

«Qualcuno ha visto qualcosa?»

«Nulla.» Alzò gli occhi su Leah. «A parte la nebbia.»

«Pensano che sia *lui*?»

Sadie diede una rapida scorsa all'articolo. «Non ci sono ancora richieste di riscatto. Pare sia lui.»

«Merda. Quanti sono finora? Sei bambini?»

«Sette. Tre maschi e quattro femmine.»

«Manca ancora un bambino» aggiunse Leah, con voce tremante.

«La Nebbia, così chiamavano il rapitore, s'infiltrava nelle case di notte o di primo mattino, protetto da una fitta nebbia. Avvolgeva la preda e come la nebbia spariva senza lasciare traccia, catturando le anime dei bambini e rubando le speranze e i sogni dei genitori. Un bambino, una bambina. Ogni primavera. Si ripeteva da quattro anni, ormai.

Sadie voltò il giornale. «Cambiamo argomento.»

Passò lo sguardo sulla sala, osservando quanto fossero diversi tra loro i clienti di Victor. In un angolo del piano superiore, tre adolescenti giocavano a poker, mentre un quarto assisteva alla partita e lanciava grida di vittoria ogni volta che uno dei suoi amici vinceva. Davanti a Sadie, una donna dai capelli rossi con indosso una felpa color malva digitava vivacemente su un portatile, fermandosi di tanto in tanto per lanciare un'occhiata spazientita ai ragazzi rumorosi. Al piano inferiore, uno dei frequentatori abituali, il vecchio Ralph, leggeva tutti i giornali dalla prima all'ultima riga. Prima di voltare pagina, prendeva un sorso di caffè nero.

«Così» fece Leah trascinando la voce, mentre accavallava le lunghe gambe. «Che succede con quel simpaticone di Phil?»

Sadie si accigliò. «È quello che vorrei sapere. Dice che lavora fino a tardi.»

«E tu, che cosa pensi? Che scopi a destra e a manca?»

Leah non era il tipo da andare troppo per il sottile, su nulla.

«Forse sta davvero lavorando sodo» le suggerì l'amica.

Sadie scosse la testa. «Stamattina è tornato a casa alle due, puzzava di profumo e alcool.»

«Ma il suo studio non è impegnato su quella causa per il disastro petrolifero? Scommetto che anche i suoi soci fanno le ore piccole in ufficio.»

Sadie storse il naso. «Brigitte Moreau compresa.»

Brigitte era il *braccio destro* del marito, come lui puntualizzava spesso. A quanto pareva, la nuova assunta dell'ufficio legale Fleming Warner era indispensabile. L'avvocatessa, bionda e snella, con un paio di seni chiaramente rifatti, non si staccava di un centimetro da Philip.

Sadie si domandò come facesse quando doveva andare in bagno.

Forse si porta anche Philip.

«Magari è una cosa del tutto innocente» suggerì Leah.

«Sì, certo. Ero al ricevimento dopo la conferenza. Li ho visti insieme, e non c'era nulla d'innocente nel loro comportamento. Brigitte era aggrappata al braccio di Philip come se fosse di sua proprietà. Lui rideva, e le bisbigliava qualcosa all'orecchio.» Sadie si morse il labbro. «I suoi colleghi mi guardavano con compassione. Ce l'avevano scritto in faccia. Anche *loro* sapevano.»

Leah fece una smorfia. «Ci hai parlato?»

«Gli ho chiesto se aveva un'altra storia.»

Poco prima che Sam nascesse, Philip aveva confessato altre due avventure. Storielle d'ufficio, secondo lui. «Senza importanza» aveva detto, prima di attribuire la sua infedeltà al ventre non più piatto della moglie e alla sua mancanza di desiderio.

«E che ti ha detto?» Leah la incalzava, con la determinazione di un pitbull che sbava su una bistecca di manzo.

«Nulla. Se n'è andato. Mi ha chiamato dal lavoro prima che arrivassi tu. Mi ha detto che mi stavo rendendo ridicola, che le mie accuse erano offensive e ingiuste.» Abbassò la voce. «Mi ha chiesto se avevo ripreso a bere.»

«Che stronzo. E tu ti chiedi ancora perché sono single.»

Sadie non rispose. Si mise a riflettere sul suo matrimonio.

Erano stati felici, un tempo. Prima che lei cadesse nella trappola dell'alcool. Nei primi anni del loro matrimonio, Philip si era dimostrato premuroso e amorevole, aveva anche appoggiato la sua decisione di dedicarsi alla scrittura. Era quando lei aveva cominciato a parlare di avere un figlio che le cose erano cambiate.

Lanciò un'occhiata a Leah, riconoscente per la compagnia leale e la solidarietà. Era stato il destino che gliel'aveva fatta incontrare. Leah le aveva dimostrato una profonda amicizia, lasciando tutto per correre da lei quando ne aveva più bisogno. Leah era il suo sostegno vitale, specialmente nei giorni e nelle notti in cui il richiamo della bottiglia si faceva più forte. L'aveva anche accompagnata a qualche incontro degli Alcoolisti Anonimi.

E Philip dov'era? Con Brigitte, probabilmente.

«Avanti, amica mia» disse Leah con un sorriso. «Lo so che hai voglia di imprecare. Lasciati andare.»

«Lo sai che non uso quel genere di linguaggio.»

«Che moralista che sei. Philip è uno stronzo, un bastardo. Su, dillo. *Bas... tardo.*»

«Lascio a te la parte della sboccata» disse Sadie con dolcezza.

«Cacchio, con piacere! Le parolacce sono liberatorie.» Leah prese un sorso di tè. «E il libro, come va?»

Sadie sorrise. «Ho finito i testi ieri. Domani parto con i disegni. Questo progetto mi sta appassionando.»

«Hai già un titolo?»

«Lello il pipistrello rimbambello.»

Le sopracciglia sottili di Leah si inarcarono. «Mmm... calza a pennello.»

Sadie le diede uno schiaffetto scherzoso sul braccio. «È la storia di un pipistrello che non trova più la strada di casa perché il suo radar si è guastato. All'inizio, crede di percepire i segnali radio, ma poi capisce che quello che sente sono i pensieri di altre creature.»

«È perfetto. A Sam piacerà moltissimo.»

«Lo so. Non capisco perché ho aspettato così tanto prima di scrivere qualcosa di speciale per lui.»

Qualche mese prima, Sadie aveva deciso di prendersi una pausa dalla scrittura di una nuova avventura mistery di Lexa Caine, anche perché il suo agente le aveva fatto avere un contratto per due libri illustrati per bambini.

«È stato un bene» ammise. «Lexa aveva bisogno di un anno sabbatico. Una vacanza.»

«Sì, una vacanza» disse Leah. «Praticamente non ti vedo più. Lavori giorno e notte sul libro di Sam.»

«Ne vale la pena.»

«È più difficile che scrivere gialli?»

A parte i disegni, mi riesce più facile» disse Sadie, in qualche modo sorpresa dalla sua stessa risposta. «Ma in fondo, Sam mi ispira. È la mia musa. I bambini vedono le cose in modo diverso.»

«Magari l'avessi.»

Sadie spalancò gli occhi, sbalordita. «Un bambino?»

«Una musa, stupida.»

Sadie sorrise. «Come va il tuo romanzo d'amore erotico?»

«Sono ferma, non so come andare avanti. Clara è intrappolata sotto coperta nella stiva della nave pirata, senza via di uscita.»

Dal successo del suo romanzo d'esordio, *Dolce destino*, Leah aveva trovato la sua nicchia e stava lavorando al suo secondo romance storico.

«Che c'è nella stiva?»

Leah le fece un sorrisetto ironico. «Casse di rum delle Bermuda.»

«Be', se non lo beve, che altro può fare?»

«Non lo so. Non può mica far ubriacare tutta la ciurma, se è questo che stai pensando.»

«E se prendesse fuoco la nave?»

L'entusiasmo brillò negli occhi di Leah. «Ma certo! Un incendio potrebbe davvero riscaldare l'atmosfera. Tanto per restare in tema.»

Rimasero per un po' in silenzio, immerse nei loro pensieri.

«Ascolta» disse infine Sadie, «stavo pensando di tagliarmi i capelli. Che ne dici?»

Leah spalancò gli occhi. «Vuoi tagliarti quei meravigliosi capelli? Scherzi, Sadie? Ti arrivano sotto il reggiseno.» Cercando di imitare l'accento irlandese, aggiunse: «Non avrai per caso perso la tua testolina d'irlandese, vero ragazzina?»

«Mi danno troppo da fare» disse Sadie facendo il broncio.

«Che dice Philip?»

«Li preferisce lunghi» rispose innervosita. «Forse è per questo che voglio tagliarli.»

Leah rise. «Allora fallo, tesoro.»

Mezz'ora dopo si separarono, Leah impaziente di tornare all'innocente Clara e al suo affascinante pirata guerriero e Sadie non tanto entusiasta di tornare in una casa vuota. Entrando in macchina, una Mazda3 Sport, sorrise, complimentandosi con se stessa ancora una volta per aver scelto un'utilitaria invece di un'auto appariscente e pretenziosa come la Mercedes di Philip.

Guardò l'orologio e tirò un sospiro di sollievo. Era quasi ora di andare a prendere Sam a scuola.

Sentì il cuore battere più forte.

Forse oggi ci sarà stato qualche progresso.

Capitolo 2

Nell'istante in cui la vide sulla porta della classe, Sam lanciò un grido selvaggio e si precipitò verso di lei con una tale furia che la fece quasi cadere.

«Ehi, ometto» disse senza fiato. «Chi ti credi di essere? Tarzan?»

«Abbiamo appena visto Pocahontas» sentì dire da una voce femminile.

«Ciao, Jean» disse Sadie. «Come va oggi?»

Jean Ellis insegnava in una classe di bambini affetti da sordità.

«Come al solito» rispose la maestra. «Nessun cambiamento, purtroppo.»

Sadie cercò di nascondere la delusione. «Forse domani.»

Osservò Sam, che ci sentiva benissimo.

Perché non parla?

«Hai avuto una bella giornata, tesoro?»

Ignorando la domanda, Sam si mise addosso un giaccone pesante e infilò i piedi in un paio di stivaletti invernali.

«È stata una gran bella giornata» disse Jean, utilizzando anche il linguaggio dei segni mentre parlava. «Sam si è fatto una nuova amicizia. In carne e ossa, stavolta.»

Sadie fu sorpresa. Il primo vero amico di Sam. Be', senza contare l'amico invisibile, Joey.

«Ehi, ometto» disse, accucciandosi per abbracciarlo. «La mamma ha sentito tanto la tua mancanza oggi. Ma sono felice che tu abbia un nuovo amico. Come si chiama?»

Non avendo risposta da Sam, Sadie guardò Jean.

«Victoria» disse la donna facendo l'occhiolino.

Sorridendo, Sadie scompigliò i capelli di Sam. «Va bene, rubacuori. Andiamo.»

Fece un cenno di saluto a Jean e prese Sam per mano. Si stupiva sempre di come la sua manina si adattasse perfettamente alla sua, di come fosse calda e morbida la sua pelle.

Arrivati al parcheggio, Sadie aprì lo sportello e Sam si arrampicò sul seggiolino sistemato sul sedile posteriore. Sadie si chinò su di lui, gli allacciò la cintura di sicurezza e lo baciò sulla guancia. «Bello comodo?»

Il bambino alzò il pollice in segno di assenso.

Allontanandosi dalla scuola, Sadie lanciò un'occhiata nello specchietto retrovisore. Sam guardava avanti, indifferente alle risa degli altri bambini in attesa dell'arrivo dei loro genitori. Suo figlio era timido, un solitario che senza volerlo spaventava gli altri bambini a causa della sua incapacità di parlare.

La sua volontà di non parlare, si corresse.

Sam non era muto da sempre.

Sadie gli aveva insegnato l'alfabeto a due anni. All'età di tre anni, leggeva brevi frasi. Poi un giorno, senza alcun motivo apparente, aveva smesso di parlare.

A Sadie era crollato il mondo addosso.

E Philip? Non c'erano parole per descriverne il comportamento incoerente. All'inizio, era sembrato mortificato, preoccupato. Poi si era messo ad accusarla, insinuando cose così orribili che alla fine anche lei aveva cominciato ad avere dei dubbi. Durante uno di quegli scontri velenosi, l'aveva afferrata con forza, stritolandole le braccia.

«Hai bevuto quando eri incinta?» le chiese.

«No!» piagnucolò lei. «Nemmeno una goccia.»

Aveva stretto gli occhi, incredulo. «È la verità?»

«Te lo giuro, Philip.»

L'aveva fissata a lungo prima di scuotere la testa e andarsene.

«Dobbiamo portarlo da qualcuno che lo aiuti» gli aveva detto, correndogli dietro.

Philip si era voltato di colpo. «Qual è la tua idea, per l'esattezza?»

«C'è uno specialista in centro. Me lo ha consigliato il dottor Wheaton.»

«Il dottor Wheaton è un imbecille. Sam parlerà quando lo vorrà e quando si sentirà pronto. Se non l'hai rovinato per sempre.»

Quelle parole insensibili l'avevano profondamente ferita. Dopo che Philip era tornato al lavoro, aveva alzato il telefono e aveva fissato il primo appuntamento per Sam. Non le piaceva fare le cose alle spalle di Philip, ma non le aveva lasciato altra scelta.

All'età di tre anni e mezzo, Sam era già stato sottoposto a numerosi esami uditivi, test di intelligenza, radiografie, ecografie e sedute psichiatriche; nessuno riusciva a spiegarsi il perché non parlasse. Le sue corde vocali erano perfettamente sane, secondo il parere di uno specialista. Ed era vero. Sam poteva gridare, piangere e lamentarsi. Si era fatto sentire a sufficienza quando era più piccolo.

Sadie alla fine era riuscita a trascinare Philip a un appuntamento, ma lo psicologo — un timido ometto con una vistosa cravatta a strisce rosse, sintomo di un tentativo di *sovracompensazione* — non aveva buone notizie da dare loro. Era seduto dietro un'anonima scrivania metallica, e continuava a guardare Philip, in preda a tic nervosi come se fosse affetto dalla sindrome di Tourette.

«Vostro figlio soffre di una specie di trauma» disse, cosa che era già evidente a Sadie.

«Ma cosa può averlo provocato?» chiese, costernata.

Il dottore si mise a giocherellare con la cravatta. «Sintomi simili in genere appaiono in seguito a una qualche forma di... di abuso.»

Philip balzò in piedi. «Che diavolo sta dicendo?»

Un tremito scosse il corpo dello psicologo. «Di-dico che forse qualcosa o qualcuno ha spaventato vostro figlio. Tipo un litigio tra genitori, oppure potrebbe aver assistito a un abuso di droghe o alcool.»

Alle ultime parole, Sadie si era sentita venir meno. Lo sguardo che Philip le aveva lanciato era carico di collera. E di accuse.

Il dottore aveva preso un grosso respiro. «E naturalmente, esiste la possibilità che abbia subito un maltrattamento fisico o anche un abuso sess...»

Senza una parola, Philip era uscito infuriato dallo studio dello psicologo.

Sadie gli era corsa dietro.

Era evidente che aveva riversato su di lei tutta la colpa. Era convinto che fosse stato il vizio del bere a provocare i suoi precedenti aborti. *Oltre* a compromettere lo sviluppo verbale di Sam.

Quella sera, dopo che Sam era andato a letto, Philip aveva frugato in tutti i cassetti del comò. Poi era passato all'armadio.

Lei lo aveva guardato con apprensione. «Che cosa stai facendo?»

«Cerco le bottiglie!» aveva abbaiato lui.

Lei gli aveva detto in un soffio: «Te l'ho detto. Non bevo più.»

«Una volta iniziato…»

Aveva indietreggiato vedendolo avvicinarsi a lei, con il volto rosso di rabbia.

«È colpa *tua*!» le aveva urlato.

Il senso di colpa aveva effetti devastanti sulle persone. Era una forza invisibile talmente distruttiva che nemmeno Sadie riusciva a combatterla.

Guardò nello specchietto retrovisore e colse il visetto di Sam e la sua espressione seria. Si domandò per la milionesima volta perché non parlasse. Avrebbe dato qualsiasi cosa per sentire la sua voce, per sentire anche una sola parola. *Qualsiasi* parola. Aveva sperato che la scuola potesse aiutarlo a superare la barriera del linguaggio.

Non era stato così.

A un tratto, sentì il disperato bisogno di sentire la sua voce.

«Sam? Sai dire mamma?»

Con il linguaggio dei segni ripeté la parola *mamma*.

«Avanti, tesoro» lo supplicò. «*Mam-ma.*»

Nello specchietto, Sam sorrise e la indicò con il dito.

Le lacrime le salirono gli occhi, ma le ricacciò indietro. Un giorno *avrebbe* parlato. L'avrebbe chiamata mamma e le avrebbe detto che le voleva tanto bene.

«Un giorno» sussurrò.

Per il momento, doveva accontentarsi del forte legame affettivo che esisteva tra loro e che si era formato nel corso della gravidanza. Come madre sapeva sempre quello che provava Sam, anche se non c'erano parole tra loro.

Imboccò la strada che portava al tranquillo quartiere in cui abitavano, nella zona sud-est di Edmonton. Entrò nel vialetto e azionò il telecomando del box. Notò subito la Mercedes argento metallizzato parcheggiata nello spazioso garage a due posti.

Il respiro le si bloccò in gola.

Philip era a casa.

«Bene, ometto» mormorò. «Papà è a casa.»

Prese Sam dal sedile posteriore e si diresse verso la porta. Il bambino si dimenò tra le sue braccia finché non lo mise giù. Poi lo vide precipitarsi in casa e correre su per le scale. Sadie trasalì quando sentì sbattere la porta della sua cameretta.

«Mi sa che nessuno dei due è molto contento di vedere papà» disse tra sé.

Lanciando le chiavi nel piatto di cristallo sulla consolle dell'ingresso, mise giù la borsa, si tolse le scarpe, prese un grosso respiro e si diresse verso la zona di guerra.

Ma la porta dello studio di Philip era chiusa.

Cambiò direzione e andò in cucina.

La guerra può aspettare. Come sempre.

Passando davanti alla porta dello studio un'ora dopo, sentì Philip litigare con qualcuno al telefono. Chiunque fosse, stava ricevendo una bella lavata di capo. Dopo un minuto, qualcosa colpì la porta.

Indietreggiò. «Non peggiorare le cose, Sadie.»

Philip rimane chiuso nel suo studio per tutta la sera e si rifiutò di uscire per la cena, così Sadie preparò un hotdog per Sam e un'insalata per sé. Sul tavolo lasciò un piatto con quello che era rimasto della sera prima – prosciutto, patate e verdure – per Philip.

Più tardi, fece il bagno a Sam e gli mise il pigiama.

«Oggi è venuta la zia Leah» gli disse, abbottonandogli la camicia. «Mi ha detto di salutare il suo bambino preferito.»

Non c'era poi granché da raccontare, a parte che aveva finito di scrivere la storia del pipistrello. Non le avrebbe certo detto di aver ordinato la torta per il suo compleanno e di avergli comprato una bici, che con un po' di fatica aveva portato lei stessa dentro casa, nascondendola in cantina.

«Vuoi che ti legga una storia?» gli chiese.

Sam sorrise.

Si sedette sul bordo del letto e fece un cenno con la testa verso lo scaffale. «Scegli tu.»

Sam andò spedito verso la fila di libri e si mise a guardarli pensieroso. Poi afferrò deciso un libro con il dorso bianco. Era la stessa storia che sceglieva ogni sera.

«Ancora *La mia amica immaginaria*?» gli chiese, divertita.

Il bambino annuì e saltò sul letto, infilandosi sotto le coperte.

Sadie si accomodò accanto a lui. Mentre leggeva la storia di Cathy, una bambina con un'amica immaginaria che la metteva sempre nei guai, non poté fare a meno di pensare al figlio. Da un anno, insisteva imperterrito sull'esistenza di Joey, un bambino della sua età che, lo giurava, viveva in camera sua. Spesso lei lo aveva visto sorridere e annuire, come se fosse impegnato in una conversazione. Senza parole, senza segni, solo qualche espressione del viso, di tanto in tanto. C'erano giorni in cui sembrava perso nel suo mondo.

«Lisa dice che devi chiudere gli occhi» lesse.

Sam sbatté un po' le palpebre, poi chiuse gli occhi.

«Ora gira la pagina e usa la tua fantasia.»

Voltò la pagina, poi riaprì gli occhi. S'illuminarono quando vide il disegno colorato dell'amica immaginaria di Cathy, Lisa.

«Riesci a vedermi adesso?» lesse, sorridendo.

Sam indicò la bambina nello specchio.

«Buonanotte, Cathy. E buonanotte, amica mia. Fine.»

Chiuse il libro e lo appoggiò sul comodino, accanto alla sveglia a forma di pipistrello. Poi si alzò, si chinò e baciò la calda pelle del figlio.

«Buonanotte, Sammy-Sam.»

Il bambino allungò la manina. Con un dito, disegnò nell'aria una 'S' inclinata. Il loro rito serale.

«S… come Sam» sussurrò lei.

E come ogni sera, lei disegnò la stessa lettera capovolta.

«S… come Sadie.»

Le due lettere unite formavano il simbolo di infinito.

Lei sorrise. «Insieme per sempre.»

Spense la lampada sul comodino e uscì in silenzio dalla stanza. Guardando all'indietro, vide il viso angelico di Sam illuminato dalla luce del corridoio. Chiuse la porta, appoggiò la guancia contro il battente e chiuse gli occhi.

Sam era l'unico che l'amava davvero, che si fidava di lei. Dal primo giorno in cui aveva posato su di lei i suoi occhioni con le lunghe ciglia nere, Sadie lo aveva amato nel modo più totale e sincero. L'amore di una madre non poteva essere più puro.

«Il mio meraviglioso bambino.»

Voltandosi, sbatté contro una massa alta e compatta. Il sorriso sparì dal suo viso quando capì.

Philip.

E non sembrava contento. Per nulla.

La guardava con astio, dall'alto in basso, una mano appoggiata al muro per impedirle la fuga. Le sue labbra, le stesse che le avevano rivolto quei sorrisi così seducenti la sera che si erano incontrati, erano contratte in una smorfia di sdegno.

«Potevi dirmelo che mettevi a letto Sam.»

Lo aggirò. «Eri impegnato. Come al solito.»

«Che vuoi dire con questo?»

Si ritrasse al tono ruvido della sua voce, ma non rispose.

«Non ti farai prendere di nuovo dalla tua solita paranoia, vero?» L'afferrò per il braccio. «Te l'ho già detto. Brigitte è una collega. Niente di più. Cristo, Sadie! Non essere infantile. Hai quasi quarant'anni. Che diavolo ti succede da un po'?»

«Nulla, Philip. E compirò trentotto anni, quest'anno. Non quaranta.» Liberò il braccio dalla stretta, poi lo spinse via con il corpo per allontanarsi, diretta verso la camera da letto.

Il loro matrimonio non era altro che una messinscena.

«Destinato al fallimento fin dall'inizio» le aveva detto la madre una sera quando Sadie, distrutta, l'aveva chiamata in lacrime dopo che Philip le aveva confessato il primo tradimento.

Ma aveva dimostrato alla madre che si sbagliava, no? Le cose sembravano andare meglio dopo la nascita di Sam. Poi lei e Philip avevano ripreso a litigare. Negli ultimi tempi, i litigi erano diventati quotidiani. Almeno le sere in cui Philip tornava a casa prima che lei andasse a dormire.

Philip entrò in camera da letto e sbatté la porta.

«Lo sai» disse, «è da mesi che fai la stronza.»

«Non è vero.»

«Una stronza e pure *frigida*. E tutti e due sappiamo che non è per la sindrome premestruale, visto che non ti vengono più.

Sadie ebbe un sussulto e colse nello specchio dell'armadio la sua triste immagine riflessa. Doveva essere abituata ormai a quegli insulti taglienti. Ma non lo era. Ogni volta, era come se un coltello le si infilasse sempre più in fondo al cuore. Uno di quei giorni non sarebbe più riuscita a tirarlo via. A che punto sarebbero arrivati, allora? A essere solo un dato in più da aggiungere a una statistica?

Philip aspettava dietro di lei, fuori di sé, passandosi una mano tra i capelli castani che cominciavano a ingrigirsi.

Per un momento, lei provò vergogna per i suoi pensieri.

«Mi stai ascoltando?» farfugliò indignato.

E il momento svanì.

Sospirò, esausta. «Cosa vuoi che ti dica, Philip? Non ci sei mai, e quando ci sei, sei chiuso nel tuo studio. Non facciamo mai nulla insieme, non andiamo...»

«Cristo, Sadie! Siamo appena usciti con Morris e la moglie.»

«Non parlo delle serate con i tuoi colleghi» ribatté lei. «Non vediamo più i nostri amici. Non andiamo mai a vedere un film, non ci mettiamo mai seduti a parlare, non facciamo mai... l'amore.»

Philip incrociò le braccia e la guardò con aria di rimprovero. «E di chi è la colpa? Di certo, non mia. Sei tu che ti allontani ogni volta che cerco di venirti vicino. Lo sai, un uomo dopo un certo numeri di rifiuti può anche...»

«Anche cosa?» si voltò di scatto per fronteggiarlo. «Andarsela a cercare da qualche altra parte?»

La fissò a lungo e l'aria si caricò di tensione, avvolgendoli insidiosa come un serpente velenoso, con i denti sguainati, pronto a colpire.

Quando parlò, il tono della sua voce era calmo, sconfitto. «Forse se qualche volta dessi a *me* un po' dell'amore che riversi su Sam, non avrei la tentazione di cercare da qualche altra parte.»

Uscì in fretta dalla stanza, i passi risuonarono lungo le scale. Un minuto dopo, una porta sbatté.

Sadie lasciò uscire il respiro trattenuto. «Vile.»

Non era sicura se si riferisse a Philip... o a se stessa.

Scostò la tenda dalla finestra e guardò di sotto, nella strada poco illuminata. Non c'era nessun movimento di traffico, solo alcune auto parcheggiate lungo i marciapiedi. Il brontolio lontano della porta del garage le fece stringere la tenda. Udì il rombo accelerato di un motore e poi vide la Mercedes fare retromarcia nel viale, rilasciando una densa scia di condensa dal tubo di scarico. Il manto stradale riluceva del sottile strato di ghiaccio di cui si era da poco ricoperto e l'auto si allontanò veloce, sgommando sull'asfalto.

Philip doveva avere sempre l'ultima parola.

Rimase a guardare le luci rosse dei fari posteriori che sparivano nella notte. Poi il tremolio di un lampione, dall'altro lato della strada, attirò la sua attenzione. Strinse gli occhi quando la luce si spense. Uno dei cani dei vicini si mise ad abbaiare, per il buio improvviso o per la rumorosa partenza di Philip. Non lo sapeva.

E poi qualcosa emerse dai cespugli.

Un'ombra pesante s'incamminò lungo il marciapiede, qualche metro a destra del lampione. Era un uomo, di questo era sicura. Riuscì solo a distinguere un giaccone pesante e una specie di cappello, nient'altro.

L'uomo si fermò dall'altra parte della strada, all'altezza della sua casa.

Sadie era sicura che la stesse osservando.

Rabbrividì e si allontanò dalla finestra, lasciando andare la tenda. Quando il respiro si fu calmato, si riaccostò con prudenza e diede un'occhiata furtiva.

Gail, la vicina che abitava dall'altra parte della strada, stava passeggiando con Kali, un barboncino Shih Tzu. Ma a parte la donna e il cane, il marciapiede era deserto.

Sadie chiuse tutte le porte e finestre e inserì l'allarme.

Capitolo 3

L'indomani mattina, dopo aver lasciato Sam a scuola, Sadie andò da Sobeys a comprare latte e detersivo. Passando davanti alla corsia del pane, vide Liz Crenshaw, una dimostratrice di prodotti alimentari esuberante e logorroica, che le faceva segno.

«Sadie! Stavo proprio pensando a te. Come va?»

Anche se aveva già superato i cinquanta, quella donna minuta non dimostrava più di trentacinque anni. Liz aveva tre figli grandi e quattro nipoti che vivevano tutti lontano, nell'est del paese. Non avendo nessuno della famiglia a portata di mano da viziare, aveva sviluppato un debole per Sam. E Sam l'adorava.

«Come sta il tuo bambino?» le chiese Liz, sistemandosi una ciocca color rame dietro l'orecchio. «Presto sarà il suo compleanno, non è vero?»

Sadie si mise la bottiglia del latte sotto il braccio e prese un pezzetto di torta alla crema. «Lunedì. Ma lo festeggiamo domenica. Non vede l'ora di ricevere i regali che gli faranno.

Liz le porse un cucchiaio di plastica. «Che cosa gli hai fatto?»

«Una bicicletta nuova» disse Sadie tra un boccone e l'altro. «Però gliela darò lunedì.»

«Mi piacerebbe fargli un regalo. Da parte di zia Liz. Che cosa vorrebbe avere, cara? Giochi? Libri?»

Sadie sorrise. «Un pipistrello vero.»

La donna rabbrividì. «Bleah! Quel bambino ha gusti strani.»

Sadie guardò dispiaciuta il piatto ormai vuoto che teneva in mano, poi lanciò un'occhiata avida a quelli pieni che restavano sul banco. «Già, sto cercando di convincere il padre a comprargli un cucciolo di cane, in alternativa.»

«A Sam piacerà di sicuro.»

«Lo so, ma Philip non ha ancora detto di sì.»

E non lo farà, probabilmente.

Dopo altre due fette di torta, Sadie si mise in macchina verso casa. Mentre guidava, pensò al rapporto che Philip aveva con Sam. Non lo vedeva quasi mai. Quando accadeva, c'era sempre una fastidiosa tensione nell'aria. Non gli diceva mai nulla, se non per fargli raccogliere qualcosa da terra, e comunque il suo tono di voce era sempre insofferente. E non giocava mai con lui. Era sempre troppo occupato, o non voleva sgualcirsi la camicia o aveva paura di sporcarsi i pantaloni.

Sadie sospirò. Avrebbe dato qualsiasi cosa pur di vedere Philip sul pavimento con il figlio, a giocare insieme con i dinosauri o i pupazzetti. Qualsiasi cosa.

Entrando in casa, andò subito in cucina e mise il latte in frigo. Nel locale della lavanderia, fece partire un carico di colorati e infilò i panni chiari nell'asciugatore. La mattinata le passò in un lampo, persa tra le faccende domestiche.

Dopo aver mangiato un boccone per pranzo, si mise seduta alla piccola scrivania in un angolo del soggiorno. Tirò fuori dei fogli di carta per acquarelli e iniziò a disegnare la copertina per *Lello il pipistrello rimbambello*. Alle due, aveva già creato gli schizzi della copertina e delle prime quattro pagine.

«Sta venendo bene» disse tra sé.

Mise via i disegni e iniziò a sprimacciare i cuscini dei due divani. Lanciando un'occhiata intorno alla stanza, storse la bocca di fronte alla desolata semplicità del tutto bianco. Avrebbe voluto decorarla con fiori freschi e stampe colorate, ma Philip si era opposto. Gli piaceva così com'era. Ogni cosa al suo posto, senza frivolezze. L'unica stanza in cui aveva libertà assoluta era la cameretta di Sam.

Squillò il telefono. Era l'agente di Calgary.

«Ehi, Jackson» disse. «Credevo ti fossi scordato di me.»

Ci fu un finto singulto di sorpresa all'altro capo del telefono. «Non potrei mai. Sei una Starr, non scordartelo!»

L'agenzia letteraria Starr, diretta da Jackson Starr, nativo di Toronto, dava del filo da torcere alle grosse compagnie di New York.

«Si sa qualcosa della tournée?» chiese lei.

«Ti chiamo per questo. Ti ho prenotato in cinque città a settembre, comprese la Conferenza degli scrittori di gialli a Toronto e Menti criminali all'opera a New York.»

Sadie fece un gran sorriso al telefono. «Di quanto sono più ricca?»

«Cinquemila dollari, più hotel e spese di viaggio.»

«Bene, mi ci voleva proprio una buona notizia. Grazie.»

«Al tuo servizio. Ti verso l'assegno sul conto oggi pomeriggio.» Ci fu un fruscio di carte. «Allora, quanto vieni a trovarmi?»

Lo sguardo di Sadie fu attratto verso la porta dello studio di Philip. Era al lavoro, ma sentiva ancora la sua presenza, la sua disapprovazione. Non gli piaceva Jackson, ne era geloso.

«Mi dispiace, Jackson. Non posso muovermi per il momento. Forse dopo che avrò finito il libro per Sam.»

«Come sta venendo?»

Lo mise al corrente dei suoi progressi, poi terminò la chiamata e riagganciò il telefono.

Il pensiero di un'entrata in più sul suo conto privato la rese felice. Philip aveva il controllo sulla maggior parte del denaro, che aveva vincolato in investimenti. Le dava un contributo settimanale per la casa, mentre tutto quello che guadagnava Sadie doveva servire a coprire le spese per Sam e per se stessa. Grazie a Dio, aveva un buon reddito. Forse avrebbero potuto finalmente andare a Disneyland quest'estate.

Il pensiero di una vacanza con la famiglia, il sole, i castelli, le attrazioni, le sollevò lo spirito a tal punto che entrò nel locale della lavanderia quasi ballando. Quando il terzo carico fu asciutto, piegò gli indumenti di Sam e li mise in un cesto, insieme a un paio di calzini di Philip che aveva trovato dietro la cesta della biancheria pulita. Con il cesto stretto sotto il braccio, salì a fatica al piano di sopra.

Nella camera matrimoniale, aprì il cassetto superiore della cassettiera e cercò di ignorare le cinque bottigliette mignon di liquore che tintinnavano tra loro. Philip aveva fatto un tentativo poco convinto di nasconderle sotto le sue mutande lunghe.

Cinque bottigliette, cinque bicchierini.

Lanciò i calzini nel cassetto e lo richiuse subito. Poi si spostò nel corridoio, esitando davanti alla porta della cameretta di Sam. Non sapeva perché, ma ogni volta che toccava la maniglia di ottone, i capelli le si drizzavano sulla nuca. Con una risata nervosa, abbassò la maniglia ed entrò.

Un rapido esame le fu sufficiente per capire che era tutto a posto. Posò il cesto della biancheria sul letto, accanto a una maglietta di Batman abbandonata sul cuscino.

Annusò la maglietta. «Pulita.»

La piegò e la ripose sul mucchio di indumenti nel cesto. Raccolse il tirannosauro, i velociraptor e gli pterodattili sparpagliati sul pavimento e li mise nella cassapanca. Qualche minuto dopo, i vestiti di Sam erano sistemati nella cassettiera, ad eccezione della maglia degli Oilers, la squadra di hockey di Edmonton.

Si avvicinò all'armadio con la maglia in mano.

Ssss…

Il rumore l'immobilizzò.

«Riprenditi. Che cosa direbbe Philip se ti vedesse?» Rise, ironica. «Direbbe che ti comporti da stupida.»

Aprì la porta, tirandola a sé.

L'armadio era pieno di giocattoli e vestiti. A terra, infilato tra due animali di peluche, un palloncino rosso, residuo dell'ultima sfilata del giorno di San Valentino, le rivolgeva un fischio di scherno.

Mentre si sgonfiava, lei ne imitò il suono. «Stupida.»

Appese la maglia, gettò il palloncino nel cestino dei rifiuti e andò al piano di sotto. Un'ora dopo, uscì per andare a prendere Sam, ormai dimenticasi del tutto del palloncino.

«È venerdì, andiamo al parco» disse, mentre uscivano dalla scuola.

Sam emise un grido di vittoria, con la bocca sporca di arancio della bibita Kool-Aid.

Aggrottò la fronte. «Dobbiamo lavarci quella faccia prima che papà la veda.»

Attraversarono il parcheggio e camminarono lungo il marciapiede fino al parco giochi. Una sottile coltre di neve copriva ancora l'erba, ma non aveva spaventato una ventina bambini che giocavano nel parco.

Sistemò Sam su un'altalena e chiuse le dita sulle sue.

«Tieniti forte, tesoro. Non ti lasciare.»

Diede una leggera spinta al seggiolino. Poi un'altra.

I raggi del sole giocavano tra i capelli neri di Sam, che aveva chiuso gli occhi e si era allungato all'indietro. Saliva sempre più in alto, spingendosi con le gambe, divertito. Uno stivale gli si sfilò dal piede e andò a cadere qualche metro più in là. Sam non se ne accorse nemmeno.

«Stai volando, Sam» disse Sadie, sorridendo. «Come un pipistrello.»

Osservandolo, ebbe il desiderio improvviso di voler fermare quel momento, per poterlo assaporare per sempre. Quei momenti la facevano pentire di non aver portato con sé una macchina fotografica.

Lo sentì ridere piano, poi sempre più forte, finché il riso non esplose in una risata contagiosa.

Anche la giovane mamma accanto a lei non poté fare a meno di sorridere.

«Si sta divertendo molto» disse la donna.

Sadie annuì. «Eh sì, la spensieratezza dei bambini.»

«Ha ragione… Andrew!»

Distratta dalle bravate di un bambino lentigginoso e goffo che si arrampicava sullo scivolo coperto, la donna corse via, lasciando la figlia, ancora piccola, sul seggiolino per bebè a fianco di Sam.

Sadie la fissò esterrefatta. Dove aveva la testa quella donna? Come poteva lasciare la figlia solo con un'estranea dopo che era stata rapita una bambina?

Fece correre lo sguardo sul parco della scuola.

Un gruppo di madri chiacchieravano a un tavolo da picnic, mentre un bambino dalla carnagione olivastra di circa quattro anni si avvicinava pericolosamente al parcheggio pieno di macchine. A qualche metro di distanza, un ragazzino, forse tredicenne, spingeva una bambina paffutella giù per la scala dello scivolo e un bambinetto di sesso incerto giocava nella buca della sabbia, infilandosi in bocca la terra mischiata a chissà quale altra delizia. E le donne sedute al tavolo si disinteressavano alla grande di quanto accadeva intorno a loro.

La bambina sul seggiolino emise un debole grido.

Scuotendo la testa sconsolata, Sadie rallentò l'altalena di Sam. Mentre lo aiutava a scendere, non sapeva più che fare. Voleva portarlo a casa, ma al tempo stesso non voleva lasciare la bambina da sola.

Gli occhioni castani della bambina si agganciarono ai suoi. «Mamma?»

Sadie percepì la sua paura. «La mamma torna presto.»

La bambina cominciò a gemere, gli occhi le si riempirono di lacrime.

Qualche minuto dopo, la madre tornò correndo. «Cavolo, con tutte le storie che ha fatto sembrava lo volessero ammazzare!» Con un cenno della testa indicò il bambino lentigginoso.

Sadie strinse le labbra. «Sua figlia cominciava a preoccuparsi.»

La giovane donna spalancò gli occhi e lasciò uscire una risatina. «Figlia? Non è mia figlia. Nessuno dei due è mio figlio. Sono la babysitter.»

Sadie restò di pietra. «La babysitter?»

«Tutti mi prendono per la loro mamma» disse la donna, come se la maternità non fosse altro che un distintivo acquistabile al supermercato all'angolo.

Mentre la donna aiutava la bambina a scendere dall'altalena, Sadie le rivolse uno sguardo sprezzante e si trattenne dal risponderle. Senza una parola, prese Sam per mano e lo portò alla macchina.

«Bello comodo» disse, facendo scattare la cintura di sicurezza.

Si mise al posto di guida. Mentre si allungava per chiudere lo sportello, qualcosa attirò il suo sguardo, dall'altra parte della strada.

Un uomo da solo, con occhiali da sole specchiati e un cappello da cowboy calcato sul viso, aspettava in macchina, una berlina grigia, con il finestrino abbassato a metà. Non riusciva a distinguerne i tratti, ma scorse il sorriso d'orgoglio che gli illuminava il viso mentre guardava il figlio o la figlia giocare nel parco.

Magari Philip dedicasse un po' del suo tempo a portarci Sam.

Fece marcia indietro e si diresse verso l'uscita del parcheggio.

Fu in quel momento che notò ancora una volta l'uomo seduto in macchina. Non stava più guardando verso il parco. Il suo sguardo, in parte nascosto dal cappello, era diretto a lei. Passandogli davanti, si sentì sollevata quando lo vide volgere gli occhi altrove.

Capitolo 4

«Chiamami e fammi sapere se torni per cena» disse Sadie, in risposta al messaggio di Philip in segreteria.

Avvilita, riagganciò il telefono. Erano quasi le sei e aveva bisogno di parlargli, prima che la situazione degenerasse.

Una terapia potrebbe aiutarci.

Espirò con forza.

Il giorno in cui Philip avesse deciso di seguire un qualsiasi tipo di terapia, maiali, mucche e asini avrebbero messo le ali.

Una specie di tonfo sordo giunse dalla camera di Sam.

«Tesoro, tutto bene?»

Rimase con l'orecchio teso ai piedi delle scale. Non sentendo Sam piangere, ritornò a passi lenti in soggiorno. Il telefono squillò.

«Pronto?»

Non sentì altro che un respiro... un pesante respiro.

Riagganciò. Aveva ricevuto parecchie telefonate strane negli ultimi tempi. Il telefono squillò una seconda volta. Alzò il ricevitore.

«Pronto?»

Ancora quel respiro.

«C'è qualcuno in linea?» sospirò, irritata dal silenzio. «È tutto qui quello che sai fare?» Non ricevendo ancora risposta, aggiunse: «Per me va bene, non so per te.»

Una fragorosa risata scoppiò all'altro capo del telefono.

«Leah...» mormorò.

«Ciao, Sadie» sghignazzò l'amica. «Che programmi hai per

stasera?»

«Non so. Speravo che Philip tornasse a casa presto, una volta tanto. Tu?»

«Io ho bisogno di uscire. Ogni venerdì l'inquilino del piano di sopra dà una festa e non mi stupirei se i suoi amici mi piombassero in casa dal soffitto, prima o poi. Non sarebbe poi così male se mi invitassero, qualche volta.»

Sadie percepì lo sconforto nel tono di Leah.

«Perché non vieni a cena qui allora?» disse.

«Non ti dispiace?»

«Certo che no, cretinetta.» *Forse dispiacerebbe a Philip.*

A Leah non l'avrebbe mai confessato, anche se l'amica sapeva bene di non piacere a Philip. C'erano delle cose che lui proprio non sopportava di Leah. Aveva da ridire sul suo stile di vita, su come si vestiva e sull'influsso che esercitava su Sadie. Per anni aveva cercato di far legare Sadie con le mogli dei suoi colleghi. Sarebbe stato un bene per il suo status professionale.

«Be'…» Leah esitò, facendo finta di soppesare l'invito. «Okay, vengo. Sarò lì tra una ventina di minuti. Ma quando arriva quel simpatico di Phil, me ne vado. D'accordo?»

«D'accordo.»

«Che c'è per cena, allora?»

Sadie sorrise. «Il piatto preferito di Sam.»

«Maccheroni e formaggio?» si lamentò Leah.

«No» disse Sadie, ridacchiando. «L'altro piatto preferito. Pollo fritto del Kentucky.»

«Magnifico! Sarò lì tra dieci minuti.»

Leah apparve sulla porta; indossava un paio di pantaloni neri attillatissimi e scampanati in fondo e una sgargiante blusa zingaresca nei toni del bronzo e bordata d'argento.

«Ehi, oggi è venerdì» disse quando vide Sadie alzare il sopracciglio. «Esco, dopo cena. Ma dov'è il padrone di casa?»

«Sam! Zia Leah è qui!»

Una palla di energia volò giù per le scale e atterrò tra le braccia aperte dell'amica.

Leah emise un gemito. «Stai diventando troppo grande, bambino mio.»

Sam alzò lo sguardo su Leah e un sorriso biricchino gli illuminò il viso.

«Domani compirai sei anni» disse, baciandolo sulla guancia.

«Be', ufficialmente il suo compleanno è lunedì» le ricordò Sadie.

Leah alzò una spalla. «Dettagli.» Mise giù Sam. «Non sei felice di compiere gli anni?»

Sam annuì, poi ridendo corse di nuovo di sopra.

«Tra poco arriva la cena» disse Sadie, andando in cucina.

Leah la seguì. «Suppongo che il principe del foro non sia ancor tornato, vero?»

«No.»

«Pensi sempre che lui...»

Lo sguardo permaloso di Sadie la fece desistere.

«Ah...» mormorò Leah. «Sai, se non hai prove, non mi fisserei troppo con questa idea. Per quanto ne sai, potrebbe non aver fatto assolutamente nulla.»

Sadie fece una smorfia.

«Oppure potresti aver ragione» si affrettò ad aggiungere Leah.

«Non so cosa fare.»

«Devi parlare con lui. Ma devi aspettarti di tutto. Potresti sentire cose che non ti piacciono.» La voce di Leah si addolcì. «Dio mio, non ti meriti proprio che...»

Suonò il campanello.

«La cena è arrivata» disse Sadie, rallegrandosi per l'interruzione.

Andò in soggiorno, prese due biglietti da venti dollari dalla borsa e aprì la porta. Un uomo non più giovane ma comunque attraente aspettava sotto il portico. Indossava un impermeabile con il cappuccio, ed era grondante di pioggia. Aveva una busta di carta in una mano e la ricevuta nell'altra.

«Grazie» disse Sadie, porgendogli il denaro. «Ma dov'è Trevor?»

L'uomo sorrise. «Deve fare tante ordinazioni per conoscerci tutti per nome.»

«Mio figlio adora il pollo fritto.»

L'uomo annuì e le consegnò la busta. «Trevor è in ospedale per un'appendicite.»

«Mi dispiace. Spero si riprenda presto.»

«Già. Be', buona serata» disse.

Mentre chiudeva la porta, sentì Leah ridacchiare dietro di lei.

«*Ti* stava mangiando con gli occhi, Sadie.»

Sadie arrossì. «Credo che stesse mangiando *te* con gli occhi, cara mia.»

«No. Sembrava deluso di vedermi. Dai, facciamo a braccio di ferro per chi se lo prende?»

«Sono sposata.»

Leah la guardò con durezza. «Sposata, sì. Ma non sei ancora morta, amica mia.»

«Lo sai che non sono il tipo. Ho fatto un giuramento a Philip e intendo mantenerlo. Anche se lui non lo rispetta.»

«Ti ammiro per questo, Sadie. E anche tuo marito dovrebbe ammirarti.»

Dopo cena, Leah rimboccò le coperte a Sam, mentre Sadie rigovernava. Quando ebbe finito, si soffermò a guardare il telefono. Philip non aveva ancora chiamato.

«Credo che sia arrivato, ho sentito la macchina» disse Leah alle sue spalle.

Qualche minuto dopo, Philip entrò in casa. Ignorando Sadie, appoggiò la valigetta sul tavolo del soggiorno e lanciò un'occhiata irritata verso Leah.

«Che c'è per cena?» le chiese, fulminandola con lo sguardo.

«Pollo fritto» rispose Sadie. «È nel frigo.»

Serrò le labbra e si mise a fissare Leah, squadrandola dalla testa ai piedi con uno sguardo di disapprovazione. «Che c'è, un'altra orgia in programma per la serata?»

«No» disse secca Leah. «A meno che *tu* non sappia indicarmene una buona.»

«Ma certo, serviti pure!»

«Lo farei, Phil, ma non mangio maiale.»

Philip strinse gli occhi e uscì come una furia dalla cucina.

«È ora che vada, Sadie» disse Leah, mortificata. «Si sta preparando una tempesta. Scusa, tesoro.»

«Scusa tu. Non capisco perché sia così scortese con te.»

«È geloso della nostra amicizia, ma non ti preoccupare. Saremo amiche per tutta la vita, vero?»

Sadie l'abbracciò. «Per tutta la vita.»

Mentre s'infilava una maglietta di qualche taglia più grande per la notte, Sadie gettò uno sguardo esitante verso Philip. Non le aveva praticamente più rivolto la parola da quando Leah se n'era andata. Niente del tipo «come è andata oggi, Sadie?» e nemmeno «che hai fatto oggi?»

«Ci sono novità per la tua causa?» chiese titubante.

Philip borbottò levandosi i pantaloni. «Sai che non posso parlarne.»

Allora, parlarmi di qualcos'altro.

Fece un altro tentativo. «È stata una bella giornata per Sam, oggi a scuola.»

Philip si fermò per un attimo sulla porta del bagno. «Ha detto qualcosa?»

Sadie si morse il labbro inferiore e scosse la testa.

«Allora non è stata una bella giornata» rispose, accigliandosi.

Quando la porta del bagno si chiuse alla sue spalle, Sadie si accasciò sul bordo del letto. Non capiva che cosa gli stesse succedendo. Perché era così distante, così crudele?

Scivolò sotto le lenzuola fredde e si mise a fissare il soffitto bianco chiedendosi per quanto ancora sarebbe riuscita a sopportare tanta indifferenza. Philip era sempre stato molto motivato dalla passione per il successo. Gestiva con facilità i processi delle multinazionali, riportando la quota di celebrità che si meritava. Lavorava per ore e spesso dormiva sul divano letto dello studio.

Almeno, era quello che diceva.

La porta del bagno cigolò.

Sadie si girò dal lato opposto, un secondo prima che Philip spegnesse la luce ed entrasse nel letto accanto a lei. Una zaffata di profumo floreale si sprigionò dal suo corpo. Quel profumo non era il suo. Aveva note di caprifoglio. Sadie odiava il caprifoglio.

Facendo finta di dormire, attese che il suo respiro rallentasse, o che iniziasse a russare. Per un lungo momento, Sadie si chiese se dovesse dire qualcosa. Poi sentì il suo respiro pesante nell'orecchio e la sua mano insinuarsi sotto la maglietta, accarezzandole una coscia.

«Ho bisogno del tuo aiuto per risolvere un problemino, Sadie.»

Non hai avuto bisogno di me per tanto tempo, aveva voglia di dirgli. E adesso vuoi fare sesso? E i miei di bisogni, invece?

«Ho bisogno di parlare» disse, sentendo la mano di Philip salire lungo la coscia.

La mano si fermò. «Di cosa?»

«Lo sai di cosa. Penso che abbiamo bisogno di aiuto.»

Ritirò bruscamente la mano come se quelle parole l'avessero scottato.

«Se vuoi farti vedere da uno strizzacervelli, fai pure.»

«Insieme» insistette.

Il materasso si mosse.

Sadie si alzò a sedere e accese la lampada.

Philip era in piedi accanto al letto, vestito solo di un'erezione in rapido calo. Le lanciò un'occhiata di fuoco, fissandola come se fosse improvvisamente impazzita.

Era vero?

«Non ho bisogno di uno strizzacervelli del cavolo, Sadie. Non so io che ho il problema.»

«Il nostro matrimonio è in pericolo» disse lei, alzandosi dal letto. «Abbiamo bisogno di una terapia. Se non vuoi farlo per me, fallo almeno per il bene di Sam. Ti prego!»

«Per il bene di Sam? Cristo, Sadie! Abbiamo fatto tutto per il bene di Sam, negli ultimi tempi. Abbiamo cambiato casa per lui. Ora mi devo fare un'ora di macchina, mentre prima ci mettevo quindici minuti per andare al lav...»

«L'appartamento che avevamo non era il luogo adatto in cui far crescere un bambino.»

Philip alzò un dito contro di lei. «Una volta dicevi che era il posto perfetto per noi. Finché quell'impicciona della tua amica non ti ha fatto cambiare idea.»

«Cosa vuoi dire? Leah non c'entra nulla con il motivo per cui ho voluto lasciare l'appartamento.»

«Lei ti ha cambiata, Sadie. E anche Sam. Se non riesci a capirlo...» alzò le spalle.

Lo fissò, sconcertata. «Certo che un figlio mi ha cambiata. Che cosa credevi? Dobbiamo pensare a qualcun altro adesso, non solo a noi due.»

La mascella di Philip tremava. Non rispose.

«Mio Dio» sussurrò. «Sei geloso di lui? Di Sam?»

Philip emise uno sbuffo di rabbia, afferrò il cuscino e si diresse a grandi passi verso la porta. «Non sono geloso di mio figlio. È solo che non mi piacciono i cambiamenti che vedo in te.» Imprecando, uscì dalla stanza.

«E a me non piacciono i cambiamenti che vedo in te» mormorò, lasciandosi cadere sul letto. *Perché sto ancora con lui?*

Era una domanda stupida, certo. Stava ancora con lui per Sam. Perché una piccola parte di lei credeva ancora che Philip potesse cambiare. Che *sarebbe* cambiato.

Ricordò la sera che la sua vita aveva iniziato a crollare.

«Non voglio figli» le aveva detto. «Sono felice così come sono. Non capisco perché vuoi mettere tutto in pericolo.»

«Mettere in pericolo cosa?» gli chiese, sbalordita. «Tu avresti sempre il tuo lavoro e io il mio. Ma voglio anche dei bambini.»

«Be', io no.»

La discussione era finita così.

Pensando che avrebbe cambiato idea e sentendo di non avere altra scelta, smise di nascosto di prendere la pillola. Non l'avesse mai fatto. Quando Philip scoprì la scatola del farmaco intatta, non le parlò per tutto il giorno. Una settimana dopo, scoprì di essere incinta. Era al settimo cielo. Philip era infuriato. Le urlò contro, chiamandola subdola troia.

Abortì il giorno dopo.

Già, erano stati una coppia felice, l'invidia di tutti i loro amici, specialmente di quelli che pensavano che Sadie e Philip avessero tutto. Non avevano capito che lei indossava una maschera. In pubblico, sorrideva e diceva a tutti che le cose andavano una meraviglia. Ma, in privato...

Era innegabile. Lei era un'infelice totale.

Iniziò con il bicchierino occasionale prima di andare a letto. Per calmarle i nervi, dato che Philip faceva sempre tardi. Ma da un bicchierino passò a due. Poi, tre. Prima ancora di rendersene conto, iniziò a bere durante il giorno, nascondendo le bottiglie dove Philip non le avrebbe mai trovate.

Un secondo aborto la fece sprofondare in un periodo di grave depressione e si convinse che fosse una punizione, che non avrebbe mai avuto un bambino. Passava la maggior parte delle notti in compagnia dell'altra sua "migliore amica", una bottiglia di rum.

Poi Philip cominciò a fare sempre più tardi.

La sua vita cambiò per sempre quando lui ottenne la promozione. A una cena speciale, un nuovo socio e la moglie festeggiavano l'arrivo di un bambino. L'attenzione e i complimenti che ricevettero dai colleghi senior dello studio legale indussero Philip a cambiare idea sul fatto di avere figli. A un tratto, avere un figlio sembrò il modo perfetto per migliorare il suo status sociale e professionale.

Un anno dopo, nacque Sam.

Sadie aveva smesso di bere nel momento stesso in cui aveva saputo di essere incinta. Era stata dura all'inizio, ma con l'aiuto di Leah e Sam come incentivo, aveva sconfitto tutti i suoi demoni e aveva vinto.

Da allora, non aveva più bevuto.

Entrando nel letto, chiuse forte gli occhi per impedire alle lacrime incipienti di scorrere. Non avrebbe pianto. Non per Philip.

Fuori, un cane abbaiava.

«Immagino che un cucciolo per Sam sia fuori discussione, allora.»

Le sembrò come se avesse appena chiuso gli occhi, quando il rumore di vetri rotti la svegliò. Un urlo penetrante le fece salire il cuore in gola e balzò fuori dal letto.

Quando fu all'esterno della camera da letto, la prima cosa che notò fu il gelo che dilagava nel corridoio. La seconda cosa fu la porta socchiusa di Sam.

La spinse. «Gesù!»

Nella camera da letto di suo figlio, un'ondata di aria ghiacciata la investì. Quando guardò verso la parete opposta, capì il motivo. Le persiane erano spalancate e i vetri della finestra erano in frantumi. Sul pavimento, a mezzo metro dal letto di Sam, c'era un mattone.

«Che è stato?» chiese Philip, accendendo la luce.

Senza parlare, Sadie portò una mano alla gola mentre con lo sguardo perlustrava la stanza, poi di colpo posò gli occhi sul letto di Sam.

Il suo letto, *vuoto*.

Il panico la attanagliò, bruciante e insopportabile. «Sam?»

Alle sue spalle, la porta dell'armadio cigolò. Ci si avvicinò, ma Philip la batté sul tempo. Quando l'aprì, il sollievo le allargò il cuore. Il suo dolce bambino era rannicchiato in un angolo, con il viso pieno di lacrime.

Lo prese in braccio. «Solo il mio bambino pipistrello si nasconderebbe nell'armadio» mormorò, scompigliandogli i capelli. «Philip, chi potrebbe aver fatto una cosa simile?»

«Cristo, non lo so. Forse dei ragazzi in giro a far baldoria. Rimetti Sam a letto e mettiamoci a ripulire questo casino.»

«Lo porto nel nostro letto» disse, secca. «Non ci dorme qui stanotte.»

«Bene. Immagino che toccherà a me ripulire dai vetri, allora.»

Sadie si sistemò Sam sul fianco e si avviò verso la porta. Il cuore le batteva forte e non rallentò finché non raggiunse la sua camera da letto e non infilò Sam nel lettone rimboccandogli le coperte. Quando allungò le braccia verso di lei, Sadie gli diede un bacio in fronte. «Non aver paura. Sei al sicuro, tesoro. Parola di mamma.»

Trascinando l'aspirapolvere dietro di sé, Philip si fermò davanti alla porta. Non incrociò il suo sguardo.

«Riferirò l'accaduto domani mattina presto» disse prima di sparire.

Un minuto dopo, l'aspirapolvere si accese.

Quelli erano i momenti, sebbene rari, che le ricordavano del perché avesse sposato Philip. Si prendeva sempre cura delle questioni.

Capitolo 5

Quella domenica, Leah arrivò poco dopo l'una e mezzo di pomeriggio.

Sadie lanciò un'occhiata all'amica e capì subito dalla sua espressione abbattuta che c'era qualcosa che non andava.

«Che c'è?» le chiese.

«Dicono che non hanno ricevuto la tua ordinazione per la torta, Sadie.»

«Ma se ho chiamato la scorsa settimana. Come fanno...» Notò il sorriso malizioso di Leah e il luccichio nel suo sguardo. «Che succede?»

«Pesce d'aprile!»

Leah fece di corsa il marciapiede, poi tornò un minuto dopo con la confezione della pasticceria. La torta di compleanno Batman per Sam.

«Il giorno del Pesce d'aprile finisce a mezzogiorno, non lo sai?» borbottò Sadie.

«In Canada, no, stupidotta. E poi, non ho potuto resistere.»

Sadie le fece un sorriso smielato. «Non c'è problema. Ti ricambierò il prossimo anno.»

Destreggiandosi con la scatola della torta, Leah lanciò via le scarpe e puntò dritta in cucina. «Non c'è spazio in frigo.»

«Lasciala sul bancone, allora» disse Sadie, svuotando una busta di popcorn caldi di microonde in una ciotola. «Te la senti?»

«È una festa di bambini. Che sarà mai?»

Sadie aprì la bocca, ma la richiuse subito. Leah non aveva bambini.

E dopo quella giornata, sarebbe stata grata di non averne avuti.

Quando entrarono nel soggiorno, il caos era quasi totale. Giocattoli e bambini erano sparsi un po' dappertutto. In un angolo, due gemellini saltavano sul divano, contendendosi una spada in plastica. Victoria, la nuova amichetta di scuola di Sam, li guardava con le mani sui fianchi.

«Smettetela!» ordinò la bambina. «Mettetela giù e smettete di litigare!» Le sue codine bionde rimbalzavano a ogni parola.

Al centro della stanza, un bambino dai capelli color rame era seduto sul pavimento, con gli occhi incollati su un film. Accanto a lui, Sam era impegnato a impersonare un T-Rex, facendo a gara a chi facesse più rumore, tra le urla dei suoi amici e il volume assordante della TV. Fino a quel momento, Sam con la sua voce li batteva tutti.

L'espressione di puro terrore sul viso di Leah era quasi comica.

«Oh... mio... Dio» disse. «Come diavolo sopravviverai a tutti questi mostri?»

Sadie sorrise e le passò la ciotola di popcorn. «È per questo che ti ho fatto venire.»

Leah impallidì. «Ehi, mi hai solo chiesto di andare a ritirare la torta. Non mi hai mai detto che dovevo restare.»

«Allora, non avrai la torta.»

«Ma questo è... un ricatto!» farfugliò Leah. «Va bene allora, ma me ne vado dopo il gelato.»

Suonò il campanello.

Sadie si pulì le dita su un canovaccio e corse alla porta. Quando aprì, fu sollevata nel vedere che l'intrattenimento che Philip aveva prenotato era arrivato.

Clancy il Clown era in piedi sotto il portico, con i suoi riccioli arancioni che si agitavano al vento. Il viso era coperto da uno spesso strato di cerone bianco e aveva un naso tondo e rosso al posto del suo. Un sorriso rosso cremisi esagerato gli prendeva la metà inferiore del viso. A Sadie, pareva più grottesco che felice.

«Salve, signora O'Connell» disse l'uomo con una voce nasale. «Mi scusi il ritardo. Ho avuto un guasto alla macchina e...»

Gli fece cenno di entrare. «Non si preoccupi. La ringrazio per essere venuto comunque. Ha un aspetto molto... ehm... colorato.»

Il clown indossava una giacca a strisce azzurre e arancioni, una maglietta bianca e un paio di pantaloni ampi di colore giallo brillante tenuti su da bretelle verde chiaro e oro. Aveva un minuscolo cappello a cilindro sulle ventitré e un'enorme margherita appuntata sul risvolto sinistro della giacca.

Sadie temette che con uno spruzzo l'avrebbe inzuppata per bene.

«Vuole contanti o un assegno?» chiese.

«Contanti, se li ha.»

Estrasse una mazzetta di pezzi da venti dalla tasca. Contò trecento dollari, si fermò, poi ne aggiunse altri quaranta.

Spero che li valga tutti, Clancy.

Porgendogli il denaro, disse: «Tre ore, giusto?»

Il clown annuì, infilando i biglietti in una borsa di tela. «Resterò fino alle...» Controllò l'orologio. «Cinque e un quarto. Poi, dovrà cavarsela da sola.»

«Santo cielo, grazie.»

Clancy sorrise. «Ha chiamato l'agenzia?»

«Ero troppo occupata con i bambini.»

Il sorriso rosso cremisi si allargò ancora di più. «Allora, il capo non sa che sono arrivato in ritardo. Grazie.»

Sadie udì un mugugno alle sue spalle.

«Se vuole mostrarle riconoscenza» disse Leah sarcastica «allora raduni quei piccoli teppisti e faccia il suo spettacolo.»

Gli occhi castani del clown si spostarono di nuovo su Sadie. «No problem. Su casa es mi casa.»

Con un inchino della testa, Clancy, il suo neon rosso e le scarpe numero cinquanta, andò con passo pesante in soggiorno. Fu accolto da un chiassoso Sam con strilli di felicità.

«Oh, Gesù» gemette Sadie.

«Pensa solo che gran chiasso ci sarà quando Sam inizierà a parlare» disse Leah. «E quando inizierà, non riuscirai più a farlo star zitto.»

«Sarà il giorno più bello della mia vita.»

L'espressione di Leah si fece triste. «Lo so.»

Sadie guardò Sam e i suoi amici giocare con Clancy. I bambini erano affascinati dal clown, gli tiravano le bretelle e gli salivano sulle scarpe enormi, urlando quando li spruzzava con la margherita.

«Ehi» disse Leah, dandole un colpetto. «Prendiamoci un bicchiere di latte al cioccolato. Ho bisogno di qualcosa per mandare giù tutto questo popcorn.»

Mentre Sadie la seguiva in cucina, Leah lanciò uno sguardo all'indietro. Il viso raggiante di Sam le strappò un sorriso.

«Sei una mamma fortunata» le disse piano.

«Lo so. Sam è la cosa più bella della mia vita.»

Quando la porta si richiuse alle spalle dell'ultimo bambino, Sadie e Leah emisero un sospiro all'unisono, si guardarono e scoppiarono in una risata.

«I compleanni erano molto più facili quando era piccolino» disse Sadie.

Leah spinse all'indietro i capelli privi di tono. «C'è solo una cosa che devo dirti, amica mia. Il prossimo anno a quest'ora dovrò sottopormi alla devitalizzazione di un dente. Sarà il paradiso in confronto con questo.»

«Se riesci ad avere una seduta due per uno, verrò con te.»

«Già, ma in questo caso Phil sarebbe obbligato a essere presente» replicò aspra l'amica.

Il sorriso sul viso di Sadie si spense.

«Ehi» disse Leah. «Sono sicura che avrà avuto un buon motivo per non farsi vedere al compleanno del suo bambino.»

Sadie alzò un sopracciglio. «Tu credi?»

«Be', per forza. Sarà pure uno stronzo con me e ti tratterà come una merda il più delle volte... ma vuole bene a Sam.»

«Lo so, ma a volte penso che voglia più bene a se stesso.»

«Be', dai, su con la vita» la esortò Leah, passando lo sguardo sul caos in cui si trovava la stanza. «La festa di Sam è stato un successone.»

Sadie sprofondò in una poltrona. «Già. Grazie a Dio, è arrivato Clancy. È stato proprio bravo a intrattenere i bambini. Ero così impegnata in cucina ad accendere quelle stelline del cavolo che non l'ho nemmeno visto andarsene.»

«E che fortuna che hai, a dover rifare tutto questo anche domani.»

«Già, la festa di compleanno per la famiglia. Verrai, vero?»

«Non me la perderei per nulla al mondo. Sam sarà così felice di vedere la bici che gli hai preso.»

«La prossima settimana lo porterò al parco a fare pratica. Vuoi venire?»

«Certo.»

Leah sparì in cucina e Sadie la sentì rovistare nel frigo.

«Ah-ha!» esclamò l'amica da lontano. «Ottima annata.»

Quando riapparve, aveva due bicchieri di tè alla pesca in mano. Ne porse uno a Sadie. «Bevilo. Poi, ti aiuterò a risistemare questo disordine prima che Philip lo veda.»

Sadie guardò il soggiorno con aria sconsolata. Pile di piatti di carta ovunque. Erano finiti da ogni parte tranne che nel secchio che aveva messo con tanta premura accanto al tavolo del soggiorno. Bicchieri di plastica, alcuni mezzi pieni di aranciata, erano su tavoli e tavolini. C'erano più bicchieri di quanti non fossero stati i bambini.

«Oh, no» mormorò Leah alle sue spalle.

Sadie seguì il suo sguardo.

Una macchia di cioccolato della torta, così scura che pareva sangue secco, si allungava sulla parete della cucina, a circa un metro di altezza, con l'impronta di una manina alla fine.

«La tua casa è un disastro» ribadì Leah, come se ce ne fosse bisogno.

Sadie sospirò. «Be', almeno c'è silenzio.»

Sam era salito in camera sua, stanco per tutta l'eccitazione della festa e saturo di tutte le cose golose che aveva divorato. L'ultima volta, l'aveva visto disteso sul letto.

«Probabilmente, si è addormentato» disse Leah, leggendole nel pensiero.

Sadie trangugiò il tè freddo, poi si mise a rigovernare la cucina, mentre Leah si occupava del soggiorno. Dopo un'ora, era rimasto solo di passare l'aspirapolvere sui tappeti e accendere la lavastoviglie.

«Ecco fatto» disse Leah, asciugandosi una goccia di sudore dalla fronte.

«Grazie. Posso finire io quel che è rimasto.»

Sadie osservò Leah salire in macchina; una parte di lei avrebbe voluto urlarle: "Torna indietro!"

«Non essere stupida» mormorò.

Chiuse la porta di ingresso e mise il catenaccio. Poi, finì di chiudere il resto della casa, impostò l'allarme notturno e andò di sopra a controllare Sam.

Quando aprì la porta, sorrise. Sam era stravaccato di traverso sul letto. Sopra le coperte. Dalla bocca socchiusa usciva un leggero russare. Si era addormentato per la stanchezza, il viso sporco di torta al cioccolato, glassa bianca, nera e azzurra, e due baffi di aranciata.

«Buon compleanno, ometto» sussurrò, mettendogli sopra un'altra coperta e rimboccandolo.

Chiuse la porta e scese al piano di sotto ad aspettare Philip.

Sadie fu risvegliata all'improvviso da un sonno profondo. Si mise seduta, respirando a fondo, e guardò il lato del letto accanto a lei. Era vuoto, la coperta ancora infilata sotto il cuscino. Aveva aspettato Philip per ore. Alla fine, aveva rinunciato ed era andata a letto.

Scrutò la sveglia sul comodino. Era mezzanotte e mezzo. Aveva dormito circa quarantacinque minuti. Tra le ombre confuse della stanza, sentì una presenza estranea, un movimento d'aria così leggero che avrebbe potuto essere il suo stesso respiro.

Una corrente?

Strizzò gli occhi verso la finestra. Era chiusa.

Da qualche parte della casa, un'asse del parquet scricchiolò.

Philip deve essere tornato.

Lanciando le coperte di lato, scivolò fuori dal letto e andò alla porta. Ricordò il mattone che avevano tirato contro la finestra di Sam e si impietrì. Sentì lo stomaco rimescolarsi all'idea che una banda di giovinastri fosse penetrata in casa.

Ma l'allarme sarebbe partito, stupida.

Appoggiò lo stesso un orecchio alla porta e si concentrò ad ascoltare.

All'inizio, c'era solo silenzio. Poi un altro scricchiolio.

«Philip» mormorò.

Stava per aprire la porta quando sentì un ticchettio sconosciuto. Forse Philip aveva comprato un orologio per il corridoio?

Restò ancora in ascolto.

Tic… tac, tic.

Qualunque cosa fosse, si stava avvicinando.

Il cuore cominciò a martellarle nel petto a un ritmo folle e il respiro si fece affannato. Quando sotto la porta vide passare un'ombra, trattenne il fiato. Il cuore le faceva quasi male per quanto batteva forte.

Poi, l'ombra sparì.

Con prudenza, aprì la porta. Solo uno spiraglio.

Il corridoio era vuoto.

E non c'era più quel ticchettio.

Forse l'ho sognato.

Con una risata tremula, spalancò la porta, in un gesto di falso coraggio. Forse Philip stava lavorando nel suo studio. Forse era andato a vedere Sam.

«Philip?»

Percorse tutto il corridoio e si fermò davanti alla camera di Sam. Ebbe un tremito quando una corrente d'aria le sfiorò le dita dei piedi. Rabbrividì, poi aprì la porta.

La finestra che Philip aveva sostituito era spalancata, nera e famelica, come una bocca in attesa di essere nutrita. Le tende sbattevano al vento della notte, come due lingue velocissime.

Corrugò la fronte. Philip non aveva lasciato la finestra aperta. Era andato al lavoro presto, senza dire una parola a nessuno dei due. E non poteva averla aperta Sam. Non era abbastanza alto.

L'ho lasciata aperta io?

Attraversò la stanza, lanciando un'occhiata di sfuggita alla sagoma nel letto. Andò alla finestra e la chiuse. La serratura scattò, con un suono acuto che spezzò la quiete.

Poi, guardò il letto.

Sam non si era nemmeno mosso. Ma d'altra parte, non lo faceva mai. Entrava quasi in coma quando dormiva e non c'era nulla che potesse farlo svegliare presto, a parte un bang supersonico.

Si avvicinò al letto in punta di piedi e gli toccò i capelli. Poi, chiudendo gli occhi, si chinò, lo baciò sulla fronte calda e respirò il suo dolce profumo di bambino. Sapeva di cioccolato e di sole.

«Bello comodo» sussurrò.

Indietreggiò, toccando con il piede qualcosa di morbido e peloso. Piegandosi, andò a tentoni nel buio finché non trovò il cagnolino di peluche che Philip aveva dato a Sam la sera prima. Andò senza far rumore verso l'armadio, aprì appena la porta e lanciò dentro il giocattolo. Poi, uscì nel corridoio, chiudendo la porta della camera dietro di sé.

Lo sguardo guizzò in fondo al corridoio, dove le ombre danzavano tra gli alberi di seta nella nicchia. Accanto agli alberi, a due terzi di altezza sulla parete, c'era una piccola finestra ovale e, attraverso di questa, era visibile la luna piena. Era sospesa nel cielo senza nuvole, un pendaglio perlaceo attaccato a un filo invisibile.

Era una notte bellissima, fatta apposta per essere vissuta insieme a qualcuno.

Si sentì invadere da un sentimento di solitudine, ma lo scacciò e scese in cucina a prendere un bicchiere di succo. Cinque minuti dopo, tornò di sopra, con tutta l'intenzione di infilarsi nel letto e di non pensare al fatto che Philip non si era nemmeno preoccupato di chiamare a casa la sera della festa di compleanno del loro figlio.

Mentre superava la camera di Sam, un lampo di luce sotto la porta attrasse il suo sguardo. Poi, sentì un tonfo sordo. Sam doveva essere caduto di nuovo dal letto. Era già successo altre due volte. Di solito, si svegliava gridando.

Aprì la porta e il respiro le si mozzò in gola quando posò lo sguardo su qualcosa di inspiegabile.

La finestra era di nuovo aperta.

Sbatté le palpebre. «Che cosa…?»

La luce della luna entrava dalla finestra, illuminando il letto. Era vuoto.

«Sam?»

Allungò una mano verso l'interruttore della luce.

«Non lo farei se fossi in te.»

Al sussurro roco di un estraneo nella camera da letto del figlio, fece la cosa più naturale.

Accese la luce.

Capitolo 6

Un mostro incappucciato di nero teneva tra le braccia suo figlio.

Sam non si muoveva.

L'ossigeno fu risucchiato all'istante dalla stanza, impedendo a Sadie di respirare. Il bicchiere le scivolò tra le dita, il succo d'arancia si raccolse ai suoi piedi in una piccola pozza. Senza riuscire a parlare, fece un passo avanti, tremante. «La prego…»

«Non muoverti!» ringhiò l'estraneo dalle profondità del suo cappuccio. «Hai dieci secondi per decidere. Fammi andare via di qui con il bambino, o tuo figlio muore.» Spostò il corpo abbandonato di Sam tra le braccia e Sadie vide balenare un luccichio metallico.

Una pistola. Era puntata alla testa di Sam.

Sadie tremava senza controllo. *Oh Gesù...*

«Lascialo andare» disse con voce tremante.

L'estraneo sbuffò l'aria dal naso, come se trovasse divertente la sua richiesta. Quando girò la testa per lanciare un'occhiata alla finestra aperta alle sue spalle, Sadie vide una faccia spettrale con un naso adunco che sembrava come se fosse stato rotto più volte. Una macchia rossa luccicò nella ruga che gli correva da un lato del naso fino alle labbra grosse e gonfie. La guancia era pallida come alabastro e punteggiata da sottili imperfezioni ramificate.

Cicatrici da varicella, ipotizzò.

L'uomo si rigirò, esaminandola attentamente. «Possibile che sei così stupida? Spegni quella cazzo di luce!»

Nonostante la mano le tremasse visibilmente, obbedì.

Vestito di nero, l'uomo si confondeva nell'angolo in ombra.

«Che cosa hai fatto a mio figlio?» sussurrò in un soffio.

«Gli ho dato qualcosa per farlo dormire» sospirò l'uomo, esasperato. «Perché sei arrivata a incasinare tutto? Se avessi continuato a dormire sarei già fuori di qui.»

«Voglio mio figlio» disse con un gemito. «Lascialo andare. Lascialo. Non lo dirò a nessuno. Ti prego. Dallo a me ed esci dalla porta.»

«Non succederà.»

L'uomo fece qualcosa di imprevedibile. Si spostò alla luce della luna, si sedette sul letto e si appoggiò il bambino sulle ginocchia, come se fosse il pupazzo di un ventriloquo.

«È così, Sam?» gli afferrò il mento e gli girò la testa da una parte all'altra. «No, mammina» disse con un'inquietante voce infantile. «Io vado con questo signore.»

Sadie si dovette sostenere alla parete. «No, non se ne va.»

L'uomo buttò Sam sul letto. «Cazzo, cazzo, *cazzo!*»

Sadie tremò al suono di pura follia della sua voce.

«*Ti* dirò io come andrà a finire» mormorò. «Per prima cosa, mi prometterai che non lascerai questa stanza per venti minuti.»

«Aspetta!» gridò, tra le lacrime che le inondavano il viso. «Prendi me invece. Non hai bisogno di lui. Verrò con te, farò quello che vuoi.»

«Tu non mi servi.» Accarezzò i capelli di Sam con la pistola. «Ho già quello per cui sono venuto. Cinque secondi.»

Il suo respiro si fece affannoso, il cuore le faceva male, le bruciava... si sentiva morire.

«Tu, malato... pervertito» disse tra i denti stretti.

«Non sono un pervertito.»

«Allora, che cosa vuoi da mio figlio?»

«Ma porca puttana, vuoi stare zitta? Hai già rovinato tutto. Non mi ha mai visto nessuno. Nessuno!»

Fu allora che capì.

La Nebbia.

Indietreggiò, acquattandosi contro il muro. «Non ti lascerò prendere mio figlio.»

La Nebbia rise beffardo. «Tu non mi *lascerai*? »

Si raddrizzò lentamente, tremando dalla testa ai piedi. «No. Non ti lascerò farlo.»

In un lampo, si lanciò verso la pistola. L'uomo la colpì con un manrovescio in piena faccia. Sentì il dolore esploderle nella tempia sinistra. Inferocita, con un ruggito si scagliò contro di lui. Questa volta, riuscì a fargli cadere la pistola dalla mano.

Si tuffò a prenderla.

Lui le sferrò un calcio nelle costole. «Stupida troia.»

Spingendola lontano dalla pistola, la colpì con un altro calcio. E un altro. Poi, si abbassò, la prese per i capelli e la scagliò dall'altra parte della stanza. Una fitta lancinante le trafisse il fianco quando andò a sbattere con un tonfo raccapricciante contro la cassettiera. Le sfuggì un gemito di dolore. Quando rialzò gli occhi, Sam era in braccio all'uomo, incosciente.

«Ora esco di qui» disse la Nebbia. «Con il bambino. E tu non mi fermerai. Lo sai perché?»

Scosse la testa, incapace di muoversi o di parlare.

«Perché se provi a fermarmi…» Spinse la pistola contro la testa di Sam e fece finta di premere il grilletto. «*Bam!*»

«Ti posso dare del denaro» gridò. «Ho venticinquemila dollari sul mio conto.»

Sogghignò. «È tutto qui quello che vale per te?»

«Ti supplico… *cento*mila! Qualunque cosa voglia, te la darò. Ti prego! Dimmi solo quanto vuoi.»

La Nebbia si gettò Sam sulla spalla con la facilità con cui si sarebbe caricato un sacco di patate. Poi, avanzò verso di lei e si chinò, il viso in ombra a pochi centimetri dal suo.

«Quello che *voglio* è non vedere nulla sui giornali» disse, il fiato un miasma nauseabondo di sigarette, cipolle e birra. «Nessuna descrizione, nulla di nulla. Voglio che torni a letto e che faccia finta di non avermi mai visto.»

«Non posso farlo.»

«Sì che puoi. E lo farai.»

«Ma la polizia…»

«Fanculo la polizia! Vuoi che tuo figlio viva?»

Sadie tremò. «Sì, voglio che Sam viva.»

«Non lasciare questa stanza prima di venti minuti.»

Protese una mano tremante. «Non portare via il mio bambino.»

La Nebbia si raddrizzò. Poi, spalancò la porta e la luce del corridoio lo illuminò per un breve momento.

«Ti prego» disse tra le lacrime.

«*Ti prego*» gli fece il verso, canzonandola. «Sei patetica.»

Sadie chiuse gli occhi in segno di assenso. Poi, in un ultimo disperato tentativo, strisciò sul pavimento, contorcendosi per il dolore quando fu colta da una fitta bruciante che le fece quasi perdere i sensi.

La Nebbia la osservò, le labbra sottili contratte in un sorriso inquietante. «Se vedo una sola descrizione, se solo dici di avermi visto, ti rimando subito indietro il bambino. In pezzettini *sanguinanti*. Hai capito?»

Non riuscì a rispondere.

«Due secondi!» gridò, alzando la pistola alla tempia di Sam.

«Okay! Prendilo! Ti prego solo... non fargli del male.»

Poi, Sadie fece l'unica cosa che potesse fare. Lasciare che quel folle portasse via suo figlio.

Sola, pianse disperata nell'oscurità, con la paura di muoversi, con la paura di non farlo.

«Dio, aiutami» singhiozzò. «Aiuta Sam!»

Ma Dio non stava ascoltando.

Philip entrò in casa incespicando, all'una e quindici. E *incespicando* era un eufemismo. Di sopra nella camera di Sam, Sadie sentì il suono del bicchiere che sbatteva sul pavimento. Fu seguito da un'imprecazione rabbiosa.

Fissò l'ora proiettata sul muro dalla sveglia di Batman.

I venti minuti erano passati. Da cinque minuti. Erano trascorsi lentamente, come un'interminabile marcia funebre per il Papa. Aveva spento il cervello e si era accasciata sul letto di Sam sopraffatta dal dolore, dallo struggimento e dal senso di colpa.

Si rimise in piedi, noncurante degli spasmi pulsanti alle costole. Le tremavano le gambe, il cuore era mille e la testa le rimbombava.

Che cosa faccio? Che cosa dico a Philip?

Emise un gemito. «Oh Dio. Sam...»

Uscì nel corridoio, una mano sullo stipite per sostenersi. La gola le bruciava mentre passi pesanti salivano le scale.

Philip girò l'angolo e si fermò quando la vide. «Sadie?» biascicò. «Che stai facendo? Mi hai aspettato in piedi?»

«Philip, Io d-evo...»

«Devi farmi un lavoretto con la bocca» sorrise libidinoso e cercò di afferrarla.

Con una manata gli allontanò il braccio. «Philip, smettila!»

«Insomma, sono un po' ubriaco» disse, mettendo il broncio. «Possiamo sempre...»

«Sam non c'è più» bisbigliò. «Ha preso Sam.»

«Cosa?»

«La Nebbia... lo ha... preso, Philip.» La voce le si incagliò in fondo alla gola, il corpo scosso da singhiozzi strazianti.

Philip rimase a fissarla. «Di che diavolo parli?» La spinse da parte ed entrò barcollando in camera di Sam. «Sam sta dormendo nel suo...»

Si fermò, confuso. Poi, andò verso l'armadio e spalancò la porta. «Dov'è, Sadie?» Si girò di scatto, per poco non la investì. «Che cosa ne hai fatto di mio figlio?»

Era allibita. «Io non ho fatto nulla, Philip. Te l'ho detto, Sam è stato rapito.»

«Rapito?» Gli occhi da vitrei si fecero subito sobri e impallidì. «Oh, merda.» Aveva l'aria come se gli avessero sferrato un pugno inaspettato nello stomaco.

Sadie andò lentamente verso la loro camera da letto.

«Che cosa stai facendo?» gli chiese, seguendola.

«Chiamo la polizia.»

«Non l'hai ancora chiamata?»

Prese il telefono senza fili. «L'ho… appena scoperto.»

Philip si accasciò sul letto e la osservò mentre componeva il numero.

Quando l'operatore del 911 rispose, la compostezza di Sadie andò in frantumi. «Mio figlio è stato rapito» disse al telefono, scoppiando in lacrime.

L'uomo prese nota delle informazioni, poi le disse di non riagganciare. «La polizia sarà lì breve.»

Con il telefono in mano, rimase davanti alla finestra con lo sguardo fisso sulla strada. Era deserta. Niente macchine, niente luci.

Niente Sam.

Poi, sentì la sirena ululare in lontananza.

«Hai visto qualcuno?» chiese Philip con tono aspro.

Esitò e deglutì, ricordando le parole di commiato della Nebbia. "Se solo dici di avermi visto, ti rimando subito indietro il bambino. *In pezzettini sanguinanti.*"

Gli credeva. Se avesse detto qualcosa, Sam sarebbe morto di sicuro. E come avrebbe potuto vivere con *quel* peso sulla coscienza? Ma capì anche un'altra cosa. Una volta che avesse iniziato a dire bugie, non sarebbe più potuta tornare indietro.

Soffocò un singhiozzo. «Ho sentito qualcosa. Ho pensato che fosse caduto dal letto. Ma quando sono andata a vedere…» Fissò il telefono. «Sam non c'era più.»

Era l'inizio delle bugie.

Capitolo 7

Due poliziotti apparvero alla porta. Il più giovane dei due, alto e dai capelli color sabbia tagliati corti, aveva l'aria di essere uscito da poco dall'università, mentre l'altro era calvo e probabilmente vicino alla pensione. Li seguivano tre uomini della squadra scientifica che trasportavano dei contenitori metallici.

Philip li salutò, con la voce impastata. «Entrate, prego.»

«Signori O'Connell, siamo terribilmente dispiaciuti» disse il poliziotto più anziano, tendendo la mano a Sadie.

«Veramente, mi chiamo Tymchuk» intervenne Philip. «Mia moglie ha conservato il suo cognome da nubile. È una scrittrice.»

Il poliziotto inarcò le sopracciglia sopra gli occhi pieni di rughe. «Signora O'Connell, allora. Ispettore Lucas, e questo è il mio collega, l'ispettore Patterson.» Infilò una mano nel taschino della camicia ed estrasse un biglietto da visita bianco e semplice, porgendolo a Sadie.

Ispettore Jason Lucas, Squadra antirapina.

«Antirapina?» chiese, confusa.

«Ci occupiamo anche dei casi di rapimento.»

Fece strada di sopra e si fermò davanti alla camera di Sam.

«È la camera di suo figlio?» chiese Patterson.

Al suo cenno di assenso, il giovane ispettore sparì all'interno della stanza con gli agenti della scientifica. Sadie si appoggiò al muro, con la paura di respirare o di muoversi, con la paura di essere di intralcio, ma anche con la paura che se fosse scesa avrebbero omesso di notare qualcosa.

«Ho bisogno di bere» mormorò Philip, avviandosi con passo instabile verso le scale. «Ne vuoi?»

Lo guardò con severità. «Hai bevuto abbastanza, mi pare.»

«Intendevo un caffè.» Scese di sotto, con le spalle curve.

L'ispettore Lucas si schiarì la gola. «Signora O'Connell, devo farle delle domande. Possiamo scendere?»

Scosse la testa. «Devo stare qui. Accanto alla camera di Sam.»

L'uomo le rivolse un'occhiata comprensiva. «Ci possiamo sedere da qualche parte?»

Annuì e li condusse nella camera matrimoniale. «Scusate il disordine» disse, raccogliendo da terra con una smorfia imbarazzata una camicia da notte e una vestaglia color malva, regalo di Natale di Leah.

«Non si preoccupi.» La guardò con attenzione. «Signora O'Connell, ha del sangue sull'occhio sinistro.»

Si toccò la fronte. Sentì le dita appiccicose.

«È solo un graffio» rispose in fretta. «Ho inciampato sulle scale. Dopo che ho scoperto che Sam era sparito.»

«Ha bisogno di andare in ospedale?»

«Ci andrò dopo.» Si sedette sul bordo del letto, torcendo le lenzuola tra le mani. «Lo troverete, ispettor...» Si interruppe e alzò lo sguardo. «Mi scusi. Come ha detto di chiamarsi?»

«Mi chiami Jay.»

Jay, età sulla cinquantina, trascinò una sedia sul pavimento e la posizionò davanti a lei. Era di media statura, una decina di chili in sovrappeso, con capelli grigi diradati. Aveva occhi castani che esprimevano stanchezza, segnati da rughe profonde, il che faceva pensare che avesse visto troppe cose terribili. Nonostante tutto, erano occhi gentili.

«Le prime settantadue ore sono critiche, signora O'Connell. Più potrà dirmi, più avremo elementi su cui lavorare.»

Inspirò lentamente. «Sono pronta.»

Tirò fuori un taccuino e una penna. «Era sola in casa?»

Annuì. «Philip aveva... da lavorare fino a tardi.»

«A che ora è andata a dormire?»

«Alle undici e quarantacinque.»

«Ha detto che è stata svegliata da un rumore. Che ore erano?»

«Mezzanotte e mezzo.»

Jay buttò giù qualche appunto, poi rialzò lo sguardo. «Che cosa ha fatto?»

«Stavo aprendo la porta della mia camera, quando ho sentito un rumore.»

«Che rumore?»

«Il ticchettio di un orologio.» Si interruppe. «O almeno ho pensato che lo fosse. Ma non abbiamo un orologio in corridoio. Philip odia gli orologi. Quelli che fanno rumore.»

Si rese conto di divagare, ma non se ne preoccupò.

«Forse, se avessi acceso la luce la prima volta...» Percorse la camera con lo sguardo e infine posò gli occhi sulla foto di Sam accanto al letto.

«La prima volta?» C'era sorpresa nella voce del poliziotto.

Incrociò il suo sguardo. Attenta. Non rovinare tutto.

«Sono andata a controllare Sam la prima volta che mi sono svegliata. Stava dormendo, ma la finestra era aperta. L'ho chiusa. Poi, sono scesa a bere. Quando sono tornata di sopra, ho sentito un tonfo. Ho pensato che Sam fosse caduto dal letto. Quando ho aperto la porta...» Prese fiato. *Controllati*. «Non c'era più.»

«Non ci siamo con i tempi.»

«Cosa?» Lo fissò con uno sguardo assente.

«Lei ha chiamato il 911 all'una e diciotto.» Scorse gli appunti. «Quanto tempo è stata di sotto a... bere?»

«Non lo so.» *I tempi, che idiota!* «Forse mezz'ora. Ho anche ri... rigovernato la cucina.»

Jay si chinò in avanti. «Che cosa ha bevuto di preciso?»

Non capì subito che cosa stesse insinuando.

«Succo d'arancia» rispose con tono tranquillo. «Non bevo alcol. Sono un'alcolista.» Quando l'ispettore sollevò un sopracciglio, Sadie strinse le labbra. «Non bevo da quasi sette anni.»

«Sa se c'è qualcuno di sua conoscenza che vorrebbe fare del male a lei o alla sua famiglia?» chiese, annotando qualcosa sul taccuino.

«No, ma dei ragazzi hanno lanciato un sasso contro la finestra di Sam l'altra sera.»

«Ha denunciato il fatto?»

«Lo ha fatto Philip» rispose, massaggiandosi la fronte. «Ascolti, il rapimento di Sam non è una faccenda... personale. È stato la Nebbia...»

Jay la guardò. «Lo ha visto?»

Fece un respiro profondo, arrabbiandosi con se stessa in silenzio. «Chi altro rapisce i bambini nel mezzo della notte?»

Patterson entrò nella stanza. «Abbiamo bisogno che la signora O'Connell identifichi una cosa. La riconosce? L'abbiamo trovata sotto il letto di suo figlio.» Le mostrò una busta di plastica con l'etichetta *'Reperto'*.

«Oh, mio Dio» gemette Sadie, allungandosi per prenderla.

La busta conteneva un oggetto. La scarpa rossa di Clancy il Clown.

Quando la girò, un luccichio catturò la sua attenzione. Una puntina argentata era conficcata nel tacco.

Tic, tic, tic.

«Abbiamo fatto venire un clown per il compleanno di Sam» disse con voce roca. «Clancy. Ma naturalmente questo non è il suo vero nome.»

«Lo troveremo, signora» la rassicurò Patterson.

«Ho bisogno del nome dell'agenzia presso cui ha prenotato il servizio di intrattenimento» disse Jay. «E del numero di telefono.»

Rimase a fissare la scarpa nella busta. «Sa tutto Philip. Ho chiesto a lui di occuparsene.» Strinse gli occhi, cercando dominare un'ondata di nausea.

Era stata colpa sua. Aveva fatto entrare la Nebbia a casa sua. Gli aveva parlato, pagandolo trecentoquaranta dollari per intrattenere una stanza piena di bambini innocenti. Lo aveva visto giocare con suo figlio, e ovviamente non era mai andato via, dato che l'allarme non era scattato.

«Clancy deve essersi nascosto da qualche parte» disse.

«Dove?»

La risposta le venne in mente in un baleno. «Nell'armadio di Sam. Oh, Dio. Ho fatto entrare la nebbia in casa mia.»

«Non credo che fosse lui» disse Jay, riprendendo la busta dalle mani di Sadie.

«Ch-che cosa vuole dire? Certo che era...»

Scosse la testa. «No. Il modus operandi è diverso. La Nebbia non lascia mai prove dietro di sé. È troppo furbo. Potrebbe essere un emulatore.»

A Sadie la cosa non quadrava. Neanche un po'. Era stata a pochi centimetri da lui. Non l'aveva visto battere ciglio quando lo aveva chiamato *la Nebbia*. Ma non poteva dirlo a Jay.

«Non potrebbe aver cambiato modus operandi?»

«Si fidi di me, signora O'Connell. Non escluderemo nessuna ipotesi.» Fece un cenno con il capo verso la porta. «E suo marito?»

«Mio marito cosa?»

«È un avvocato, giusto?»

Annuì. «Diritto societario.»

«Forse, è qualcuno che cerca di arrivare a lui.»

«No» ribatté. «Era *lui*. La Nebbia.»

Jay strinse gli occhi. «Come fa a saperlo?»

«Lo so e basta.»

Philip scelse quel momento per essere gentile. Entrò nella stanza, con una tazza fumante in mano. «Tieni, Sadie. Ho pensato che ti avrebbe fatto bene un po' di caffè.»

Guardò la tazza a bocca aperta, rigirandosela davanti agli occhi. Era quella che Sam le aveva dato all'ultima Festa della Mamma, quella che Leah lo aveva aiutato a scegliere. Sopra, c'era disegnato un bambino alieno di un cartone con sua madre a bordo di un'astronave. *Alla mamma più bella dell'universo.*

Soffocò un singhiozzo mentre le lacrime gli scorrevano sulle guance.

«Oh, cazzo» mormorò Philip. «Mi dispiace, Sadie. Io…»

«Signor Tymchuk» lo interruppe Jay. «Ho bisogno di sapere dove si trovava stanotte. Tra mezzanotte e l'una e venti del mattino.»

«Sì, Philip» lo schernì Sadie. «Per favore, dicci dov'eri. E con chi eri. Vorremmo *tutti* saperlo.»

Philip avvampò. «Ero a studio, ho lavorato fino a tardi.»

«E dov'è esattamente? » chiese Jay.

«Studio legale della Fleming Warner, nel centro di Jasper.»

«Era solo?»

Philip spostò lo sguardo su Sadie. «No. Ero con Brigitte Moreau.» Si interruppe brevemente. «Anche lei lavora lì.»

Jay si schiarì la gola. «E qual è di preciso la natura del suo rapporto con la signora Moreau?»

Sadie incrociò le braccia. «Quello che l'ispettore ti sta chiedendo così gentilmente, Philip, è se con lei hai discusso di inquinamento da petrolio o se te la sei scopata.» Si rivolse all'ispettore: «Sono mesi che gli faccio sempre la stessa domanda.»

«Che cosa c'entra il rapporto che ho con Brigitte con il rapimento di mio figlio?» chiese Philip.

«Risponda alla domanda, per favore» replicò Jay.

«Brigitte e io siano soci.» Philip si lasciò cadere sul letto accanto a Sadie. «E… amanti.»

Ecco. Era stata data, alla fine. La risposta a una domanda che l'aveva divorata per mesi. Una risposta che solo ieri l'avrebbe dilaniata, forse anche solo poche ore prima. Che strano, ora non le importava nulla.

Le sfuggì una risatina.

«Che c'è di tanto divertente?» chiese Philip, guardandola.

Fissò suo marito, l'uomo che l'aveva sminuita per anni, che l'aveva trascurata. L'uomo che l'aveva ingannata.

«Non mi importa, Philip.»

«Che sono andato a letto con Brigitte?» chiese, confuso.

Gli sorrise come se fosse un bambino stupido. «No. Non mi importa di te, punto. Non mi importa di cosa fai, o di chi ti fai. Purché non sia io. L'unico di cui mi importa è Sam. *Lui* è importante.» Gli puntò un dito contro il petto. «Non tu. Tu non sei nulla, sei solo un…»

«Signora O'Connell» si intromise Jay. «Come ha trovato Clancy?»

Sadie lanciò un'occhiata a Philip. «Lo ha trovato mio marito. Con un'agenzia del centro.»

Philip si innervosì. «Cosa? Stai dicendo che è colpa mia? Sei stata tu a volere quel maledetto clown.»

«Be', avresti dovuto sceglierlo con più attenzione.»

Philip balzò in piedi. «Non osare dare la colpa a me, Sadie!»

«Signor Tymchuk» disse Jay con calma. «Non si tratta di colpa, ora. Si tratta di ritrovare vostro figlio. Ogni secondo in più che sprechiamo, e sarà sempre più difficile ritrovarlo. Capisce cosa sto dicendo?»

Philip si accasciò sul letto. «Capisco. Mi scusi.»

«Okay. Mi parli del clown.»

«Qualche settimana fa, mi sono ritrovato sulla scrivania dello studio il volantino di un'agenzia di animazione che offriva spettacoli con i clown. Così, l'ho prenotato.»

«Lo ha ancora?»

«Credo di sì.»

Philip scomparve. Un attimo dopo, tornò con il volantino e lo porse a Jay. L'ispettore lo esaminò, poi compose un numero sul suo cellulare. Parlò con qualcuno a bassa voce. Dopo qualche secondo, riagganciò.

«È un numero di cellulare. E non è attivo.»

«Potete tracciarlo con il GPS?» chiese Philip.

Jay annuì. «Lo faremo, ma è molto probabile che se ne sia già disfatto. È ben organizzato.»

«Così ci ha fregati?» chiese Sadie, incredula.

L'ispettore annuì. «Lo ha preparato da un po'. Sapeva dove lei lavorava, le sue abitudini, e sapeva del compleanno di Sam.»

Aprì una busta di plastica e la indicò a Philip. «Infili qui il volantino. Farò analizzare le impronte. Lei è l'unico che l'ha toccato, giusto?»

Philip annuì. «Io e chiunque me l'abbia messo sulla scrivania.»

«Questo è il numero dei servizi di assistenza alle vittime.» Jay mise davanti a Sadie un biglietto. «Può contattarli ogni volta che ha bisogno di parlare o… per qualsiasi cosa.»

«Non abbiamo bisogno di parlare con degli estranei» disse Philip.

«È una sua scelta. Ma il servizio è disponibile in caso ne abbia bisogno.»

«Non gli piace parlare dei nostri problemi» lo derise Sadie. «Vero, Philip? Preferisci che tutti credano che siamo la famiglia perfetta e che tu sia il marito perfetto. Be', tuo figlio è scomparso, Philip. Sam non c'è più!»

Philip si alzò e fece per andare verso la porta, ma Sadie ebbe il tempo di vedere i suoi occhi riempirsi di lacrime.

«Sono al piano di sotto» disse senza guardarsi indietro.

Quando fu uscito, Sadie rimase con lo sguardo fisso sulla porta, in preda a un sentimento di perdita e vergognandosi un po' delle parole velenose che le erano uscite di bocca. Qualsiasi cosa avesse fatto in passato, era sempre suo marito… e avevano un figlio insieme. Un figlio che aveva bisogno di loro.

«Credo sia meglio sentirvi separatamente alla centrale» disse Jay con calma. «Mi… mi dispiace di aver chiesto di Brigitte.»

«Non si dispiaccia. Prima, avevo solo il sospetto che mio marito mi tradisse. Ora lo so.» Fece un profondo respiro. «Quante sono le probabilità di ritrovare Sam?»

L'ispettore si mosse a disagio nella sedia. «La verità?»

Sadie annuì.

«Ogni ora che passa le probabilità diminuiscono. Ma deve essere ottimista, pensare che tornerà a casa e continuare a sperare.»

«La speranza è tutto quello che ho.»

«Nel frattempo, parleremo con la signora Moreau.»

«Non ha niente a che fare con la scomparsa di Sam.»

«Si sa che le amanti gelose possono fare qualsiasi cosa» disse l'ispettore andando verso la porta. «Ma non si preoccupi, signora O'Connell. La verità viene sempre a galla, alla fine.»

Quelle parole la fecero tremare. Né la polizia e né Philip avrebbero mai potuto scoprire che lei aveva visto la Nebbia.

Sam sarebbe morto.

E anche lei.

Capitolo 8

Dopo che gli ispettori e gli agenti della scientifica se ne furono andati, la casa tornò silenziosa. Philip si era chiuso nel suo studio, rifiutandosi di parlarle. Così, lei fece l'unica cosa che le fu possibile. Prese un sonnifero e si trascinò nel letto. Sotto il seno, le erano apparse delle chiazze scure. Aveva le costole incrinate, forse fratturate. Ma non era importante. Solo Sam era importante. Era ferito? Aveva freddo, fame, paura?

Certo che ha paura, che imbecille che sei!

Rimase sveglia nel letto, a lottare contro il rimorso crescente. Guardava le ombre nella stanza, quasi aspettandosi che riapparisse la Nebbia.

Che cosa sta facendo a Sam?

Due ore dopo, era ancora sveglia. Come poteva dormire sapendo che Sam non c'era e con un solo pensiero che le martellava in testa?

Era lunedì. Il compleanno di Sam.

Si spinse sui gomiti, gemendo per il bruciore a scoppio ritardato alle costole, e accese la lampada. Erano le 4:35 e fuori era ancora buio. Si rimise giù, con la testa che le pulsava e ripensò a qualcosa che le aveva detto Jay Lucas.

"La verità viene sempre a galla, alla fine."

Un cimitero di fantasmi senza pace camminava sulla sua tomba e un brivido la scosse. Se la verità fosse venuta a galla, Sam sarebbe morto.

«Devi tenere la bocca chiusa» sussurrò. «Non dire una parola. Non ancora.»

Posò lo sguardo sul comodino. Il portadocumenti, una cartella in pelle nera contenente i disegni preliminari per il libro di Sam, spuntava dal cassetto semichiuso.

Sam...

Il sonno non sarebbe più arrivato. Ricacciò indietro le lacrime e si mise a sedere. Poi, prese la cartella. Aprì la lampo e osservò il disegno colorato di uno spiritoso pipistrello marrone con gli occhi strabici. Si tirava su dei pantaloncini ampi che continuavano a scendergli.

Sorrise, asciugandosi una lacrima. «A Sam piacerai tanto, Lello.» Ebbe un singulto, ma si contenne.

Ora non è il momento di lasciarsi andare. Sam ha bisogno di me.

Sfogliò i disegni, lasciandosi trasportare ai momenti felici. Solo poche ore prima. Ricordò la risata di Sam, il suo viso sorridente mentre apriva i regali di compleanno.

Emise un gemito. «Non ha avuto la sua bici.»

Forse, non l'avrebbe mai visto andarci sopra. Forse, non l'avrebbe mai più rivisto...

«Basta!» sibilò. Scosse con forza la testa. «Sam *tornerà*. Lo troveranno.»

Devono prima trovare la Nebbia, le ricordò la sua coscienza. E solo una persona sa che aspetto ha. Più o meno.

Lo sguardo le cadde su un foglio bianco.

L'avvertimento della Nebbia le echeggiò nella testa. *"Se vedo una sola descrizione, se solo dici di avermi visto..."*

Avrebbe mai avuto il coraggio?

Rimase ad ascoltare in silenzio, per cogliere qualche rumore di passi o di voci.

La casa sembrava vuota.

Prese una matita. Poi, con un respiro affannato, si mise a disegnare il volto della Nebbia. Un disegno che nessuno avrebbe mai potuto vedere. Tratteggiava, cancellava, e mordicchiava la punta della matita mentre si concentrava a riprodurre il suo viso, il naso aquilino, gli occhi incavati, le palpebre pesanti e la guancia sinistra butterata. Circondò il volto con un cappuccio, e quando il disegno fu completato, lo guardò con occhio critico. Era un po' vago, ma era lui. La Nebbia.

«Non fare del male al mio bambino» bisbigliò tra le lacrime.

Fu tentata di strappare il foglio in mille pezzi. Spinta dal bisogno di confessare, annotò tutto quello che l'uomo aveva detto e fatto, e come era vestito. Poi, infilò il disegno tra due fogli puliti e rimise tutto nella cartella. Non avrebbe dovuto preoccuparsi che Philip potesse vederlo. Non era interessato al suo lavoro.

O a me, del resto.

Mentre apriva il cassetto per mettere via la cartella, lo sguardo le cadde sulla foto scolastica di Sam. Era caduta nel cassetto, in qualche modo. Per fortuna, il vetro non si era rotto.

La raccolse, ricordando il giorno in cui aveva scoperto di essere incinta, il giorno in cui Sam era nato, la mattina in cui l'avevano portato a casa, i suoi primi passi, la prima risata — che suono gioioso aveva fatto — e il suo primo giorno di scuola. Tante prime volte. Ancora tante dovevano ancora venire.

Strinse la foto al petto e un dolore struggente la travolse, seppellendola sotto una violenta tempesta di lacrime brucianti e singhiozzi disperati che le dilaniarono l'anima.

«Sam…il mio bambino. Oh, Dio… Sam!»

Alle sei e mezzo, rinunciò a rimettersi a dormire. Sentì dolore ai fianchi quando si mise seduta, prese il telefono e chiamò Leah.

«Ciao» gracchiò l'amica, mezza addormentata. «Com'è che chiami così presto? Philip ha fatto di nuovo lo stronzo…?»

«Ho bisogno di te, Leah.» Fu tutto quello che disse.

La voce di Leah tornò, forte e rassicurante. «Tra quindici muniti sono lì. Qualunque cosa sia, la supereremo.»

La linea si interruppe.

Sadie andò verso la doccia. Fu mentre si stava lavando i capelli che si rese conto di essersi scordata di togliersi gli slip. Poi, si vestì così in fretta che si rimise gli stessi calzini che aveva indossato il giorno prima.

Uscì nel corridoio illuminato dal sole e quando passò davanti alla camera di Sam, si bloccò. La porta era spalancata. Sam la lasciava sempre così al mattino. Sbirciò dentro, aspettandosi quasi di vedere Sam seduto sul letto.

«Sam.»

Lasciò la porta socchiusa e proseguì scendendo al piano di sotto. Si fermò all'ultimo scalino quando sentì rumore di piatti. «Leah?»

«Ah, bene, hai finito di farti la doccia» le disse l'amica quando Sadie entrò in cucina. «Ho fatto del caffè e dei toast. Allora, che succede? È per Philip?»

Sadie guardò l'amica e sentì di nuovo le lacrime pizzicarle gli occhi. Si sforzò di reprimerle. «È per… Sam.»

«Sta bene?»

Sadie scosse la testa. «Non c'è più, Leah.»

«Dov'è andato?»

Un singhiozzo le si fermò in gola. «La Nebbia lo ha preso.»

Leah spalancò gli occhi, incredula davanti all'orrore. «No! Sam, no.»

Sadie annuì, senza riuscire a dire nulla.

«No, Sadie» piagnucolò Leah.

Non appena vide gli occhi dell'amica riempirsi di lacrime, un tremito le percorse le spalle e perse il controllo. Tutto il suo corpo fu scosso da singhiozzi irrefrenabili. Leah la prese tra le braccia, cullandola come una bambina, accarezzandole i capelli e piangendo con lei.

«È scomparso, Leah. Sam è scomparso. Che cosa faccio?»

Leah non aveva una risposta.

Ogni volta che Sadie si calmava, un altro pensiero la colpiva. Ondate di ricordi, uno dopo l'altro, e l'ansia la soffocava, fino a lasciarla ad annaspare, senza fiato.

«Io... non posso... farcela» singhiozzò. «Ha Sam. Oh, Dio. Perché ha preso il mio bambino?»

«Non lo so, tesoro.» Leah piangeva. «Ma lo troveremo.»

Dopo un lungo silenzio, Sadie rialzò la testa e fissò l'amica negli occhi. «Che cosa abbiamo fatto Philip e io per meritare tutto questo? È una punizione? È una punizione per *me*?»

«Sadie, tu non hai fatto nulla di male» disse Leah, la voce tremante per l'emozione. «Non è colpa tua. Non è una punizione per nessuno dei voi due.»

Sadie non le credette.

Leah la portò in un ambulatorio dove un dottore assicurò Sadie che le costole erano incrinate, ma per fortuna non erano fratturate. Le prescrisse un antidolorifico, il Tylenol 3, e le prenotò una radiografia — *giusto per sicurezza,* le disse — presso l'ospedale Gray Nun per il giorno dopo, e le disse di stare più attenta a scendere le scale.

Dopo, disse a Leah di andarsene a casa. «Non c'è altro che tu possa fare ora» le disse. «E devo occuparmi di un po' di cose.»

«Se hai bisogno di qualcosa, Sadie, qualsiasi cosa, chiamami.»

«Tutto quello di cui ho bisogno è Sam.»

Il pomeriggio lo trascorse in centro, alla centrale di polizia. Philip la raggiunse là, con mezz'ora di ritardo. Quando si scusò con Jay, l'ispettore gli lanciò uno sguardo duro che fece sentire meglio Sadie. Poi, vennero condotti in un ufficio affollato, senza finestre con pile di fascicoli sistemati su un lato di una scrivania malridotta.

Sadie osservò i fascicoli. Da qualche parte lì dentro ce n'è uno su Sam.

«Dobbiamo sapere se uno di voi ha notato qualcosa di strano nei giorni scorsi» cominciò Jay, tirando fuori il taccuino. «Quindi, per prima cosa vorrei interrogarvi insieme. Siete d'accordo?»

«Tutto quello che serve» rispose Sadie. «Voglio solo riavere mio figlio.»

Un muscolo guizzò sulla mascella di Philip. «Lo stesso per me.»

Jay si rivolse a Sadie. «Ha notato degli estranei girare intorno alla casa? O ha avuto delle visite?»

Fece lentamente cenno di no con la testa. «Nessuno a parte Leah. E il clown. Ah, e un fattorino della KFC.»

«E a scuola di Sam? Ha visto qualcuno?»

«No. Solo la sua maestra.»

«In quali altri posti siete andati lei e Sam questa settimana?» la incalzò Jay.

Si sforzò di ricordare tutte le piccole cose che lei e Sam avevano fatto insieme. Per la maggior parte del tempo, aveva giocato con lui a casa, dato che fuori faceva molto freddo. A parte il giorno in cui lo aveva portato al parco.

Lo disse a Jay.

«Ha visto qualcuno di strano al parco?» chiese.

Scosse la testa. «Per lo più, c'erano genitori, madri. Ah, e c'era anche un pad… » Alzò lo sguardo ed ebbe un sussulto. «C'era un uomo in macchina. Ho pensato che fosse un padre.»

«Me lo può descrivere?»

Fece una smorfia. «Non lo so. Era seduto in macchina e aveva un cappello e un paio di occhiali da sole. Non l'ho visto bene. Credo che avesse all'incirca trentacinque, quarant'anni.» Non era una bugia vera e propria.

«Ha guardato la macchina?»

«Mi dispiace. Non ci ho fatto molto caso. Era scura, grigia o nera. Quattro porte. È tutto quello che ricordo.» Prima che Jay glielo chiedesse, disse: «E non ho visto la targa.»

«Mi sa dire di che marca o modello fosse?»

«Sadie non distingue una berlina da un'auto sportiva» disse Philip seccamente.

L'occhiata che Sadie gli lanciò lo azzittì all'istante.

Jay prese qualche appunto. «E alla festa di compleanno?»

«Solo amici di Sam, nessun estraneo» disse Sadie.

«Ora qualche domanda sulle vostre abitudini» disse Jay, girando pagina del taccuino.

Nel giro di pochi minuti, si fece raccontare per filo e per segno tutta la loro vita: quotidianità, amicizie e persone che erano entrate a casa loro. Ammise che il clown era il sospettato numero uno, dato che avevano trovato la scarpa in camera di Sam. Stavano anche investigando sul fattorino.

Sadie e Philip furono interrogati separatamente per una mezz'ora.

Poi, furono liberi di andarsene.

Mentre uscivano dall'ufficio, Sadie afferrò Jay per il braccio. «Quanto tempo ci vorrà per trovare Sam?»

L'ispettore lanciò un'occhiata dura al marito. Philip era a pochi metri di distanza, e guardava l'orologio come se avesse di meglio da fare.

«Questo dipende da chi lo ha preso, signora O'Connell» rispose Jay.

«Lei mi ha detto che i primi tre giorni erano critici. Che cosa succede poi?»

«Continuiamo a cercare. Ci avete dato molte piste da verificare.»

«E se *fosse* la Nebbia?» insisté.

Jay strinse le labbra. «Non abbiamo trovato nessuno dei bambini che ha preso. Ma potrebbe essere una buona cosa. È molto probabile che siano ancora tutti vivi. Incluso Sam.» Guardò di nuovo Philip. «Ma questo *se* l'avesse preso la Nebbia. In mancanza di testimoni o di una descrizione, non abbiamo molto su cui lavorare, ma stiamo vagliando tutte le ipotesi.»

"In mancanza di testimoni o di una descrizione…"

Le parole dell'ispettore la fecero trasalire, e si affrettò a girare l'angolo del corridoio, impaziente di lasciare la centrale di polizia. Mentre si avvicinava alla sala di attesa, si fermò di colpo.

Occhi azzurri con lunghe sopracciglia incrociarono i suoi.

Sam!

Era seduto su una sedia, e piangeva. Quando la vide, sorrise e le fece cenno di avvicinarsi.

Euforica e sollevata, si voltò verso Jay. «Lo avete trovato!»

«Cosa?»

«Sam!« Si voltò di nuovo, indicando la sedia. «Lui è…»

La sedia era vuota.

Le si annebbiò la mente. Lo aveva visto. Le aveva sorriso, salutandola con la mano.

Philip l'afferrò per il braccio, portandola fuori dalla centrale. «Non è stato divertente, Sadie.»

«Non è come pensi» sbottò. «Credevo… oh, lascia perdere.»

Sulla strada del ritorno, non si scambiarono una parola. Nemmeno quando Philip mise la Mercedes in garage. Quando entrò in casa, Sadie lanciò via le scarpe, lasciò cadere la borsa sul pavimento e salì di sopra. Due antidolorifici e un sonnifero più tardi, si mise a letto.

Non erano ancora le sei.

Capitolo 9

Sadie si svegliò lentamente, stropicciandosi gli occhi stanchi. Li sentiva secchi, come se glieli avessero riempiti di farina e poi strofinati. Molto probabilmente, un effetto secondario delle pillole che aveva preso la notte prima.

Sbatté le palpebre.

Era il secondo giorno e le mancava un pezzo di sé.

Sam.

Si tirò su a sedere e mise le gambe di lato, fuori dal letto. Un basso mugolio le ribollì nello stomaco, strisciando verso l'alto, un serpente arrotolato pronto a colpire. Aveva bruciore tra le costole, le arrivava fino in gola e poi le eruppe dalla bocca con un lamento.

«Sam!»

Dovunque fosse, era spaventato. Lo sapeva per certo e avrebbe voluto confortarlo, allontanarlo dalla paura. Avrebbe dovuto prepararsi per andare a scuola, come faceva ogni martedì mattina. Invece, era con…

Il diavolo.

«Oh, Dio. Perché gli hai lasciato prendere il mio bambino?» Colpì ripetutamente il materasso. «Perché?»

Ricacciando indietro le lacrime, prese il telefono.

«Sono Sadie O'Connell» disse quando Jay Lucas le rispose.

«Stavo per chiamarla. Può venire alla centrale?»

«Perché? Avete trovato Sam?»

Ci fu un breve silenzio. «No, ma dobbiamo parlarle di nuovo.»

«Deve venire anche Philip?»

«No, solo lei.»

Riagganciò e si vestì in fretta, persa nei suoi pensieri.

Perché Jay voleva parlare con lei da sola? Aveva capito in qualche modo che stava mentendo? Aveva il sospetto che lei avesse visto l'uomo che aveva preso suo figlio?

Dopo aver firmato il registro dei visitatori, fu accompagnata in un piccolo ufficio in cui rimase seduta ad aspettare con ansia. Jay entrò nella stanza, portando una cartella grigia. Le strinse la mano, poi si sedette alla scrivania.

«Signora O'Connell» cominciò. «Quello che sto per dirle è altamente riservato e non può uscire da questa stanza. Non dovrei nemmeno parlargliene, ma potrebbe avere attinenza con il caso di Sam. Per cui, la devo avvertire. Se riferisce anche solo una parte di quello che le dirò a suo marito o a chiunque altro prima che venga reso pubblico, saremo obbligati a formulare contro di lei l'accusa di interferenza nelle indagini. Capisce?»

«I-io… sì, capisco.»

«Lei è a conoscenza del fatto che suo marito è indagato per frode e appropriazione indebita?»

«Cosa?» farfugliò. «Di che sta parlando?»

«È da un anno che la squadra antifrode indaga su di lui. All'inizio non avevo fatto il collegamento, perché eravate entrambi registrati con il nome di O'Connell, dato che lei ha fornito le sue generalità quando ha chiamato. Ma quando ho corretto il nome di suo marito, ho visto che era segnalato.»

«M-ma è impossibile. Philip non farebbe mai…»

«Anche il socio di suo marito, Morris Saunders, è indagato. Sospettiamo che abbiano travasato i fondi dei loro clienti in conti offshore. Circa otto milioni di dollari in totale.»

Otto milioni di dollari?

Non riusciva a credere alle sue orecchie. Suo marito… Mister Difensore della Giustizia… era un malversatore, un ladro.

«Non c'è sempre la presunzione di innocenza?» chiese, impaurita.

L'anziano ispettore le rivolse un'occhiata mesta. «La squadra antifrode ha un infiltrato. Qualcuno che conosce molto bene suo marito.»

«Chi?»

«Non posso dirglielo ora. Ma lo saprà ben presto.»

Sadie rimase in silenzio per un lungo momento.

«Signora O'Connell?»

«Io… io pensavo che volesse parlarmi di Sam. Pensavo che forse aveste trovato…» La voce le mancò e si accasciò in avanti, con le mani sul viso.

«Mi dispiace, signora O'Connell.»

«La prego» disse, con le mani sulla bocca. «Mi chiami Sadie.»

«Ascolti... Sadie. So che non ha bisogno di essere caricata di altri pensieri, ma...»

Alzò di colpo la testa. «Ma cosa? Otto milioni di dollari sono più importanti di mio figlio? È questo che sta cercando di dirmi?»

Jay allungò una mano sulla scrivania. «La prego, mi ascolti un minuto. Nella maggior parte dei casi, i rapitori sono parenti della vittima. Spesso è un coniuge. È possibile che sia stato Philip a inscenare il rapimento...»

«Pensa che possa aver preso Sam? Per cosa, per i soldi del riscatto?»

«Potrebbe aver pensato di farsi prestare i soldi dalla banca o di farseli dare dalla famiglia o dallo studio legale. Se pensava di poter trovare i soldi per restituirli e salvarsi, potrebbe avere portato Sam da qualche parte.»

Sadie era indignata. «No! Philip non lo farebbe mai!»

«Le persone disperate fanno cose disperate, signora O'Con... Sadie.»

Spinse indietro la sedia e balzò in piedi. «Mio marito potrà anche essere un vigliacco e un ladro, ma non metterebbe mai la vita di Sam in pericolo per denaro. Mai!»

Jay si mosse nella sedia. «È possibile anche Sam sia stato preso da uno dei clienti di Philip. Suo marito ha preso denaro da persone molto pericolose. Persone che farebbero qualsiasi cosa per riaverlo indietro. Capisce quello che le sto dicendo?»

Lo guardò a bocca aperta. «Pensa che abbiano preso Sam per vendicarsi di Philip?»

«È possibile.»

«No! Era la Nebbia.»

La fissò con uno sguardo penetrante. «Come fa a saperlo?»

Aprì la bocca, pronta a digli tutto. Ma la voce rauca della Nebbia le riempì le orecchie. *Pezzettini sanguinanti.*

Lo stomaco le si contorse.

Doveva dirgli qualcosa? Dirgli quello che sapeva?

«Signora O'Connell, se sa qualcosa...»

«No» disse, volgendo lo sguardo altrove. «Non so nulla che possa aiutare a ritrovare Sam.»

«Allora perché è così sicura che è stata la Nebbia?» ripeté Jay.

Attenta, Sadie.

«Lo so e basta. Lo chiami istinto.» Si fermò sulla porta e guardò con durezza l'ispettore. «Quando troverete la Nebbia, troverete mio figlio.»

Poi, Sadie andò al Gray Nuns Hospital. Si sentiva un po' meglio con il passare del tempo, ma voleva essere sicura di non avere nulla di rotto. Non aveva le costole tanto delicate, finché il tecnico non le chiese di dimenarsi come un pesce fuori d'acqua sul tavolo radiografico. La fece girare sul fianco destro. Poi sul fianco sinistro. Poi sulla schiena. Quando uscì dall'ospedale aveva più dolori di prima. Arrivata a casa, prese un paio di Tylenol.

Non avendo nulla da fare, si mise ad aspettare.

E continuò ad aspettare.

Quando Philip tornò a casa quella sera, si chiuse nel suo studio. Sadie lo seguì con lo sguardo mentre la furia le ribolliva in fondo allo stomaco. Era fuori di sé per il fatto che la polizia non stesse cercando la Nebbia e sbalordita per le rivelazioni sulle attività criminali di suo marito.

Bussò, poi aprì la porta. «Philip, devo parlarti…»

Le parole le si bloccarono in gola.

Lo studio era nel caos più totale. Sembrava e puzzava come l'appartamento di uno scapolo. Il divano lungo la parete era coperto di lenzuola e coperte attorcigliate, e i vestiti di Philip giacevano ammonticchiati in un angolo. Era impossibile capire se erano puliti o sporchi. Cartoni di pizza vuoti e altri contenitori da asporto ingombravano un tavolino accanto alla finestra, e due tazze Fleming Warner giacevano mezze piene di caffè rappreso, vecchio di una settimana, sulla scrivania in rovere. Una aveva lasciato un cerchio di caffè sul piano.

Ma quello che la scosse ancora di più fu Philip.

Aveva una pistola.

«Che cosa stai facendo?» chiese lentamente.

Philip pulì con calma l'arma con un panno e la ripose in una scatola di cedro. «Non preoccuparti, Sadie. È tutta scena.»

«Scena per chi?» borbottò. «Sei impazzito? Non possiamo tenere una pistola in casa. Non con Sam…» Si interruppe e fissò il pavimento.

«Non è carica» disse, come se quello facesse differenza.

«È *illegale*. Come hai fatto ad averla, intanto?»

Lo guardò allontanarsi dalla scrivania, andare verso la libreria e dare un colpetto alla scatola sul ripiano più alto.

«Me la sono fatta procurare da uno che mi doveva un favore» rispose.

«E tu pensi di avere bisogno di… una pistola.»

Lo guardò attentamente, chiedendosi perché fosse così nervoso, perché un uomo che aveva rispettato tutte le leggi, a parte la fedeltà, avesse un'arma che aveva un unico scopo. Uccidere.

Strinse le labbra. «Hai paura di chi hai derubato, non è vero?»

Philip la guardò interdetto. «Ti hanno contattato?»

«No, è stata la polizia. Mi hanno detto tutto.»

«Questo è impossibile» disse con spavalderia. «Non sanno tutto.» Si sedette alla scrivania.

«Sanno abbastanza da trascinarmi alla centrale e minacciarmi che mi avrebbero accusato se ti avessi detto che mi avevano parlato.»

«Allora perché me lo stai dicendo?»

Si lasciò cadere nella sedia davanti a lui. «La polizia crede che questo c'entri con la scomparsa di Sam.»

«No, non c'entra nulla» rispose, scuotendo deciso la testa. «I miei soci non l'avrebbero mai fatto. Avrebbero preso me, invece, e mi avrebbero portato a fare un giro, forse mi avrebbero tagliato le gomme come avvertimento. Non avrebbero mai potuto prendere Sam.» Era come se stesse cercando di convincersene.

«Ti credo, Philip. Ma non abbiamo bisogno che la polizia sprechi del tempo dietro ai tuoi soci quando invece dovrebbe occuparsi di trovare la Nebbia. È lui che ha preso Sam. Ne sono certa.» Aggrottò la fronte. «Aspetta! Come fai a *sapere* dell'indagine? La polizia ha detto che era un'operazione sotto copertura.»

Philip si massaggiò la tempia. «Ho ricevuto una chiamata da uno degli investitori. Ha delle conoscenze al dipartimento di polizia e ha scoperto che stavano indagando su Morris e me. Ha minacciato di uccidermi se avessi aperto bocca sulle sue transazioni commerciali. E credimi, farebbe così prima di rapire un bambino.»

«Chi *sono* queste persone che hai derubato?»

Alzò le spalle. «Trafficanti di droga, per lo più.»

Strinse i denti, resistendo a malapena alla tentazione di allungarsi sulla scrivania e mollargli un ceffone. «Gesù, Philip! Pensi davvero che ti avrebbero permesso di farsi derubare?»

«Ero disperato. Abbiamo un mutuo pesante, bollette su bollette che si accumulano, e tu hai sempre bisogno di soldi per...»

«Non accampare scuse» sbottò, balzando in piedi. «E non permetterti di scaricare la colpa su di me. *Tu* hai sottratto il denaro. *Tu* ti sei compromesso con le persone sbagliate.»

Un milione di domande riempì quel lungo silenzio.

Poi, Philip disse: «Che cosa vuoi da me? Il sangue?»

«Non voglio nulla da te» rispose con fermezza, prima di uscire dalla stanza.

Per una volta, aveva avuto l'ultima parola.

Il giorno dopo non c'era ancora nessun segno di Sam.

Avvilita dalla mancanza di progressi da parte del dipartimento di polizia, fece fare dei manifesti che ritraevano il viso di Sam. Fece attenzione a non nominare la Nebbia. Affisse i manifesti sulle cassette postali, sulle vetrine delle banche, sulle bacheche dei negozi di alimentari e su qualsiasi altro posto le venisse in mente. Poi, le recapitò a ogni abitazione nel raggio di cinque isolati, sperando che qualcuno avesse visto qualcosa. Una targa, un'auto… Sam. Qualsiasi cosa.

Per due volte, sollevò il ricevitore per chiamare Matthew Bornyk, il padre dell'ultima bambina scomparsa. Ma cosa avrebbe mai potuto dirgli?

Salve, lei non mi conosce, ma abbiamo qualcosa in comune. Entrambi i nostri bambini sono stati rapiti da un pazzo maniaco, e io l'ho visto e gli ho parlato, ma non l'ho detto alla polizia.

«Gesù, Sadie» mormorò in un soffio. «Penserà solo che sei pazza.»

Da una parte, avrebbe tanto voluto parlare con qualcuno che sapesse esattamente che cosa provava, qualcuno che era spaventato proprio come lei, che si sentiva svuotato proprio come lei. Ogni volta che vedeva il padre di Cortnie in televisione o che lo sentiva alla radio, riusciva a capire dagli occhi e dalla voce che sentiva la perdita di sua figlia così profondamente come lei sentiva quella di Sam.

Di nascosto ritagliava ogni articolo di giornale sulla Nebbia. Era anche andata al *Sun* e al *Journal* e aveva acquistato i vecchi giornali. Li conservava tutti in una scatola in plastica nel suo armadio, e ogni tanto a distanza di qualche ora, li tirava fuori per scorrerli di nuovo e scrivere degli appunti. Però, si rifiutava di guardare le foto degli altri bambini.

A parte Sam. Piangeva ogni volta che vedeva il suo viso.

Il fratello e la cognata la chiamarono da Halifax. Brad, ufficiale di marina delle forze armate canadesi, stava per partire per l'Afghanistan. Si scusarono di non poter lasciare tutto, trovare una babysitter per i loro due bambini e volare a Edmonton. Sadie disse loro di non preoccuparsi, che nel tempo che ci avrebbero messo ad arrivare, la polizia sarebbe riuscita a trovare Sam e a portarlo a casa.

Avrebbe voluto così disperatamente crederlo.

Poi, la chiamarono i suoi genitori. Avrebbero voluto lasciare subito l'Arizona dove si stavano godendo il clima mite della stagione, ma Sadie li convinse a non farlo. Le loro domande la stavano già facendo quasi impazzire.

«Non c'è nulla che possiate fare, in ogni caso» disse.

«Ma vogliamo esserti vicina» disse la madre tra le lacrime.

«Lo so.»

E lo sapeva, certo. Le intenzioni di sua madre erano buone, ma Sadie non avrebbe potuto sopportare i suoi singhiozzi tutte le notti.

«Chiamaci appena sai qualcosa» la supplicò la madre.

«Sì. Grazie, mamma.»

«E tesoro, se hai bisogno di qualcosa…»

«Vi chiamerò. Vi voglio bene.»

Quando Philip tornò a casa quella notte, puzzava di Jack Daniels e senso di colpa. Si accasciò sul divano accanto a lei.

«Penso che gli investitori abbiano *preso* Sam» biascicò. «Se solo avessi saputo che lo avrebbero fatto, non avrei mai preso il loro denaro. Non lo avrei mai fatto se avessi saputo che avrebbero preso il mio bambino.» Crollò a terra davanti a lei e si aggrappò alle sue gambe come un bambino. «Ho rovinato tutto, Sadie.»

«Sì, è vero» rispose, fredda.

«Non so cosa farò se mi rinchiuderanno» gemette. «Non sono fatto per la prigione.»

Era nauseata. «*È di questo* che ti preoccupi?»

In quell'istante, suo marito, il grande avvocato onnipotente, si trasformò in un vigliacco piagnucoloso. Lo spinse via, poi attraversò furiosa la stanza. Si fermò sulla porta, e per un attimo fu tentata di lasciarlo annegare nel suo senso di colpa.

«È stato la Nebbia a prendere Sam» disse con amarezza. «Tu non c'entri nulla. Nemmeno i tuoi clienti.»

Philip sollevò la testa, lo sguardo spiritato. «Lo pensi davvero?» Si asciugò il naso e si rialzò barcollando. «Sì. Hai ragione, Sadie. Non è colpa mia. Non può essere.»

Lo lasciò nel soggiorno, a parlare da solo, e quando raggiunse la camera da letto, chiuse la porta a chiave.

Philip avrebbe capito il messaggio. *Se* fosse riuscito a salire le scale.

Capitolo 10

Non appena Philip fu uscito per andare a lavoro il mattino dopo, accese il televisore, sperando di sentire notizie di Sam. Ma invece, sullo schermo era incollato il viso di Philip. Nei sottotitoli, due terribili parole campeggiavano ben in evidenza. *INDAGINE PER FRODE!*

Una giornalista si spazzolò via qualcosa dalla giacca con un gesto della mano, poi annunciò brevemente che due studi legali della Fleming Warner erano sotto indagine per presunte accuse di frode. La donna fece i nomi di Philip e Morris Saunders come complici nel reato.

La notizia successiva riguardava l'hockey. Sadie spense la TV. Non sapendo che altro fare, prese coraggio e chiamò Matthew Bornyk. Rispose al primo squillo.

«Pronto?» La voce era roca. Se fosse naturale o per mancanza di sonno, non lo sapeva.

Sadie prese un profondo respiro. «Signor Bornyk, sono Sadie O'Connell. Lei non mi conosce, ma…»

«So chi è lei.» La voce si fece di colpo nitida e attenta. «Ha notizie di suo figlio?»

«No, nulla.» Rimase in silenzio, imbarazzata. «I-io non so perché l'ho chiamata.»

«Sono contento che l'abbia fatto. Stava per chiamarla io.»

«Davvero? È un po'… insolito. Parlare con qualcuno che non si conosce, insomma.»

«Ho un'idea. Perché non ci prendiamo un caffè insieme? Lei e suo marito.»

La proposta la sorprese. Non sapeva cosa aspettarsi da quella telefonata, ma non si era immaginata un incontro faccia a faccia.

«Dica dove e quando» disse.

«Borealis Café, in centro su Jasper Avenue» rispose. «Posso essere lì tra un'ora. Vuole sapere come arrivarci?»

«No. So bene dov'è.» Riattaccò.

Borealis Cafe era proprio di fronte agli studi legali della Fleming Warner. E poi, era spesso pubblicizzato sugli scontrini della loro carta VISA. Philip ci portava Brigitte molte volte. Per pranzi di lavoro, diceva.

Sì, certo!

Matthew Bornyk era invecchiato di dieci anni dalla foto che aveva visto sui giornali. Sebbene non avesse alcuna traccia di grigio tra i capelli biondi, le rughe sotto gli occhi grigio-azzurri e il pallore del viso rivelavano notti insonni e indicibile sofferenza.

«Si accomodi» disse, indicandole la sedia di fronte a lui. «Vuole un caffè? La miscela della casa è strepitosa. O se ha fame, la torta di mele al caramello è ott...» Volse lo sguardo altrove, accigliandosi. «Mi scusi, sto parlando a vanvera.»

Dopo che un giovane cameriere ebbe riempito le loro tazze con la miscela della casa Borealis, Matthew si chinò in avanti. «Suo marito non è riuscito a venire?»

«È stato trattenuto per... incontri di lavoro.»

Dopo un silenzio di disagio, l'uomo disse: «Ho sentito.»

«Difficile non sentirlo. È su tutti i notiziari.»

Matthew prese un sorso di caffè. «Mi dispiace.»

«Philip ha sempre voluto vivere come un re.» Le parole le uscirono dalla bocca prima di rendersi conto di cosa stesse dicendo.

«E lei?» chiese Matthew.

«Non sono una regina. Voglio solo una cosa. Mio figlio.»

La mano le tremò mentre sollevava la tazza, e Matthew fece un gesto inaspettato. Si allungò sopra il tavolo e le prese la mano. Quel contatto caldo la fece sussultare. Non sapendo cosa altro fare, si mise a fissare la mano che copriva la sua. Era forte e abbronzata, a parte un pallido cerchio sulla pelle intorno all'anulare destro.

«Li troveremo» disse. «Tutti e due. Non appena avremo un piccolo indizio, un testimone...»

Ritirò di scatto la mano.

Come poteva guardarlo negli occhi? Voleva un testimone e non si immaginava nemmeno lontanamente che stava prendendoci un caffè insieme. L'umiliazione e l'incertezza la stava divorando viva.

E se glielo dicessi?

La risposta le arrivò all'istante.

Allora, Sam morirà.

Matthew inclinò la testa, e la osservò. «Spero che presto sapremo qualcosa.»

«Lo spero anch'io» disse, con tono stanco. «Ha visto qualcosa? Quando Cortnie è stata portata via?»

«Dormivo. Mi sono accorto che era scomparsa solo al mattino.» Rimase a fissare il caffè nella tazza. «Mi faceva sempre compagnia quando prendevo il caffè prima di andare a scuola.» Sorrise. «Per lei, cioccolato caldo.»

Per la mezz'ora successiva, si scambiarono le loro storie. Sadie gli disse della mania di Sam per i pipistrelli. Di quando si era impuntato e aveva voluto lasciare la Little League Baseball, perché aveva creduto che potesse fare del male ai suoi amici pelosi.

«Poi, ho capito il perché: lo avevo visto osservare con terrore la mazza di baseball che il padre aveva acquistato su Ebay il giorno prima.» All'espressione sorpresa di Matthew, Sadie sorrise. «Era stata autografata dai Toronto Blue Jays, il cui emblema è appunto la ghiandaia azzurra, che si ciba anche di pipistrelli.»

«Ah, certo. Non si combinava bene.»

«No. Per niente.»

Sentendo il bisogno di una pausa per schiarirsi la mente, fece un cenno al cameriere e gli mostrò la tazza. Matthew fece altrettanto. Il cameriere riempì entrambe le tazze lasciando sul tavolo alcune capsule di latte.

«La mania di Cortnie è leggere» disse Mathew, girando il caffè. «Ha letto tutti i libri di Harry Potter. A volte, la trovo a leggere sotto le coperte. Con una torcia. Legge anche i libri di Cup of Soup.»

Sadie ridacchiò.

«Che c'è?» chiese.

«I libri di Chicken Soup.»

Le lanciò un'occhiata imbarazzata. «Immagino che lei conosca quei libri, essendo donna.»

Scosse la testa. «Sono una scrittrice.»

«Che cosa scrive?»

«Narrativa. Gialli, in genere. Al momento, sto lavorando a un libro illustrato per bambini. Per Sam…» Il sorriso le svanì dal viso.

«Lo leggerà» disse piano Matthew.

Lo sguardo di Sadie schizzò verso la vetrata.

Una donna con una giacca color foglia di tè era ferma all'angolo della strada. I capelli biondi splendevano alla luce del sole mentre aspettava che il semaforo desse il consenso ad attraversare. Un bambino le teneva la mano. Dava la schiena a Sadie, ma dai capelli le ricordò Sam.

Strinse gli occhi. Anche di corporatura è come...

Il bambino si voltò di scatto, gli occhi familiari si agganciarono ai suoi. Aprì la bocca e mosse le labbra a mimare una parola.

Mamma.

Il cuore le esplose in un milione di pezzi.

«Sam?»

Si alzò vacillando, noncurante del caffè rovesciato sul tavolo e delle strane occhiate di Matthew.

«Sadie, che succede?» le chiese, alzandosi subito.

Lo superò, corse verso la porta e girò l'angolo. Dall'altra parte della strada, la donna con la giacca color foglia di tè passeggiava lungo il marciapiede, guardando di tanto in tanto le vetrine dei negozi. Sola.

Schivando le auto in mezzo alla strada, Sadie, senza curarsi dei clacson che suonavano, corse verso la donna, la afferrò e la fece voltare.

«Ehi!» urlò la bionda. «Che diavolo sta facendo?»

«Dov'è?» chiese Sadie.

«Chi?»

«Sam! Il bambino che era con lei.»

La donna la scrutò come se Sadie fosse una mendicante di strada. «È pazza? Non c'era nessun bambino con me.»

Sadie la guardò a bocca aperta, senza riuscire a parlare. C'era qualcosa di sbagliato... di terribilmente sbagliato. I capelli della donna non sembravano così chiari da vicino, e aveva un aspetto più giovane della donna che aveva visto dall'interno di Borealis Café.

Ma indossa una giacca di color foglia di tè.

Si guardò intorno, scrutando il marciapiede. Non c'era nessun'altra donna vestita in quel colore.

«Sadie, che succede?» chiese Matthew, correndole incontro.

Lacrime amare le rigarono le guance. «Io l'ho visto. Sam! Camminava con *lei*.» Girò la testa, guardandosi intorno, ma la donna era scomparsa. «Dov'è andata?»

«Ascolti, Sadie, non vuole che l'accompagni a casa?»

«Non sono pazza, Matthew! Ho visto Sam. Lo giuro.»

La prese con delicatezza per il braccio. «Le credo.»

«Mi ha guardata e ha detto... *Mamma*.»

«A volte immagino di vedere Cortnie» mormorò, facendole attraversare la strada. «Al parco. A scuola. Ma non è mai lei davvero.»

«Non l'ho immaginato» insisté. «Era Sam.»

Matthew sospirò. «Sadie, vuole parlare...?»

«No. Voglio solo andare a casa.»

«Vuole che l'accompagni?»

«No, sto bene.» Alzò gli occhi al cielo. «Be', bene come posso sentirmi in queste circostanze.»

Matthew le prese le chiavi dalle dita tremanti, aprì lo sportello della macchina e attese che fosse salita. Poi, le riconsegnò le chiavi e insieme le porse un biglietto da visita.

«I miei numeri di casa, di ufficio e di cellulare.»

Lei lo ringraziò, e filò via. Lo osservò dallo specchietto retrovisore: Matthew Bornyk era rimasto immobile, un'espressione infelice disegnata sul bel viso.

Nessun padre dovrebbe avere mai quell'espressione.

Incapace di trattenersi, fece il giro dell'isolato per tre volte, in cerca della donna bionda con la giacca color foglia di tè. Di lei non c'era traccia. Né di Sam.

Arrivata a casa, si sedette sui gradini di freddo cemento del portico, sorseggiando sovrappensiero un caffè mentre guardava le auto passare. Dopo un'ora, avrebbe potuto giurare di aver visto Sam ben tre volte. Nel suo cuore, però, sapeva che non era lui. Il suo bambino era scomparso, rapito da un pazzo, e con il passare del tempo era sempre più convinta che avrebbe dovuto dire alla polizia quello che sapeva.

Forse domani.

Quel che restava del giorno si trascinò lento. Passeggiò per casa, con il telefono senza filo agganciato alla cintura.

«In caso arrivi qualche notizia di Sam» spiegò a Leah, che era passata da lei.

«Non puoi stare ad aspettare tutti giorni al telefono, Sadie. Devi uscire, stare all'aria aperta.»

Sadie la fissò. «Che cosa ti aspetti che faccia? Che vada ad abbronzarmi? O a prendermi un caffè?»

«No, non volevo dire questo» disse Leah, alzando le mani e mettendosi sulla difensiva. «Solo che non voglio vederti rintanata a casa per giorni interi. Non… non ti fa bene.»

«Non posso fare finta che non sia successo nulla, Leah. Certo, non quando mio figlio è là fuori da qualche parte in attesa che lo trovino.»

«Lo troveranno.»

Leah l'abbracciò, ma Sadie si sentì soffocare e si ritrasse.

La sua amica non capiva. Nessuno capiva.

Quella sera, passò l'aspirapolvere in camera di Sam.

«Per quando tornerà a casa» disse a Philip, risoluta.

Capitolo 11

Il giorno seguente, non c'era ancora nessuna traccia di Sam.

Jay chiamò per dirle che la scarpa da clown era un vicolo cieco.

«E non abbiamo ottenuto nulla dal volantino» aggiunse.

Niente impronte, niente DNA, niente che li conducesse al rapitore.

«Stiamo cercando di risalire al produttore della scarpa» disse. «Forse troveremo il negozio in cui è stata acquistata.»

Il cuore di Sadie saltò un battito. «Ma non servirebbe a nulla se avesse pagato in contanti.»

«Già, ma potremmo avere della fortuna. Il negozio potrebbe avere una telecamera di sicurezza. Abbiamo bisogno solo di un piccolo indizio, Sadie. Una traccia certa e troveremo Sam.»

Per tutto il giorno si spremé le meningi alla ricerca di un modo per aiutare la polizia a individuare Sam senza dover descrivere l'uomo che aveva visto, ma non venne a capo di nulla; quindi, decise di avventurarsi fuori casa ad affiggere altri manifesti di Sam per tutto il quartiere, fino a farsi seguire ovunque dagli occhi del suo bambino. Bussò alle porte, fece domande su uno strano veicolo nei dintorni e mostrò la foto di Sam. Ma nessuno aveva visto nulla.

Provò anche ad affidarsi al destino. Era diventata una battuta abituale in tutti quegli anni, una specie di gioco, del tipo: *Compreremo la casa se la precedente proposta non andrà in porto.* Oppure: *Saprò quando è il momento giusto per scrivere qualcosa di diverso quando avrò un segno.* Il destino era sempre stato il suo migliore amico di un tempo, ma ora che aveva bisogno davvero dell'intervento divino, l'aveva abbandonata.

Il giorno dopo, rimase in attesa accanto al telefono. Fino all'ora di cena non aveva squillato, così fece il numero di Jay.

«Sadie, non abbiamo ancora notizie. Mi dispiace.»

«Mi ha detto che i primi tre giorni erano decisivi» disse, cercando di non fare trapelare il panico dalla voce. «Perché ci vuole così tanto?»

«Stiamo facendo il possibile» la rassicurò. «Speriamo che chiami qualcuno del quartiere. Qualcuno deve aver visto qualcosa.»

Già, io.

Sebbene avesse le parole sulla punta della lingua, non riusciva a tirarle fuori. Aveva paura per Sam. Non dubitava che la Nebbia lo avrebbe ucciso, proprio come aveva promesso. E non poteva assolutamente vivere con il peso della morte di Sam su di sé.

Passò una settimana. Una settimana di vero inferno.

Sadie avrebbe solo voluto scivolare via nell'oblio, in una nuvola di farmaci. Ma la parte più testarda di sé la faceva uscire ogni mattino per sostituire i manifesti di Sam strappati, sbiaditi, cancellati dalla pioggia.

Il decimo giorno, restò a letto, rifiutandosi di alzarsi e di mangiare. Aveva anche ignorato lo squillare incessante del telefono, anche se Leah aveva chiamato due volte lasciando messaggi concitati in segreteria.

Non voleva parlare con nessuno.

Solo con Sam.

Gli mancava da morire, e non passava un momento che non pensasse a lui. Era vivo? Stavano abusando di lui?

Le X rabbiose tracciate sui giorni del calendario accanto al letto la fissavano.

«Dieci giorni...»

Teneva la foto di Sam stretta contro di sé. La staccò, notando l'impronta rossa che la cornice le aveva lasciato sul braccio. Risistemando la foto sul comodino, si protese verso il cassetto per prendere il raccoglitore... quello che conteneva il disegno della Nebbia.

Lo aprì.

Le sfuggì un sussulto quando agganciò con gli occhi il viso dell'uomo che aveva preso Sam. Estrasse il foglio dal raccoglitore e lo mise sulla trapunta.

«Quando ti troveranno, mi assicurerò che tu marcisca in prigione per tutto il resto della tua vita.»

Era una promessa che intendeva mantenere, a qualunque costo. Quello sconosciuto era entrato in casa sua, l'aveva aggredita e le aveva portato via suo figlio. Quale orribile crimine aveva commesso per meritarsi quell'orrore in vita sua?

Lo sguardo corse al cassetto dei calzini di Philip. Sentì la familiare stilettata di un impellente bisogno e la voce implacabile, che aveva messo a tacere tanti anni prima, iniziare la litania di motivi per cui una bevuta era pienamente giustificabile.

Solo un goccetto.

Scosse la testa e guardò il disegno della Nebbia, ma i suoi occhi furono di nuovo attirati contro la sua volontà dal cassetto che prometteva un immediato sollievo.

Per calmarmi i nervi. Chi potrebbe mai biasimarmi.

Rabbrividì quando una folata d'aria la percorse.

«Sei sveglia.»

Philip era sulla porta.

Infilò il disegno sotto le coperte; stava per fargli una ramanzina per essere entrato di soppiatto quando notò una cosa insolita. Suo marito era perfettamente vestito, pronto per andare al lavoro. E indossava lo stesso abito di ieri.

«Sei stato fuori tutta la notte?» chiese, sbalordita.

Alzò le spalle in un tic nervoso. «Sadie...»

«No! Non cominciare con altre scuse. Entrambi sappiamo dove sei stato e con chi. Credo che il minimo che tu possa fare è essere onesto almeno una volta nella tua patetica, deprimente vita.» Si chiese se l'espressione del suo viso corrispondesse al sapore amaro e orrendo che sentiva in bocca.

Senza una parola, Philip girò sui tacchi e scomparve.

Appena se ne fu andato, lanciò via la trapunta e stirò per bene il disegno prima di riporlo nel raccoglitore, che fece scivolare nel cassetto del comodino. Raggomitolata in posizione fetale con la foto di Sam stretta al petto, cadde in un sonno irrequieto e rimase a letto per tutto il giorno.

Il mattino dopo, Philip si trasferì ufficialmente nel suo studio.

All'inizio, si sentì sollevata. Poi, la rabbia la consumò. Mentre lei andava a letto ogni notte, sola e solitaria, lui restava fuori fino alle prime ore del mattino. Da una parte, ce l'aveva con lui, ma dall'altra era grata che fosse così occupato. A volte, si incrociavano nel corridoio e si scambiavano dei freddi cenni del capo. Ma si parlavano a malapena. Che cosa c'era da dirsi?

Più tardi quel pomeriggio, chiamò Jay; le rispose la segreteria telefonica su cui lasciò un messaggio.

«Volevo solo sapere se ha sentito qualcosa» disse. «Ha qualche nuovo indizio? Sono quasi due settimane. La prego, mi richiami.» Riagganciò, abbassando le spalle, prostrata.

La scomparsa di Sam l'aveva svuotata. Era senza il suo bambino. Senza più amore. Ed era piena di terribili rimorsi. Ogni minuto, lottava contro il suo segreto. Doveva parlare o restare zitta? E se la polizia avesse potuto trovare Sam prima che gli fosse fatto del male? A volte, era solo a un passo dal confessare di aver visto la Nebbia, seppur vagamente. E che l'aveva disegnato.

Quando Jay la richiamò, sentì dalla voce che era esausto. «Non abbiamo nulla di nuovo. Mi dispiace, Sadie. Nessuno dei suoi vicini ha sentito o visto niente.»

«E l'allerta Amber?»

«Non abbiamo avuto altro che false piste, finora.»

«Del tipo?»

Jay sospirò. «Un uomo ha segnalato delle luci strane su Edmonton la notte che Sam è stato rapito. Giura che Sam è stato portato via da extraterrestri iridescenti, dotati di tentacoli. E una donna a Calgary, che si professa sensitiva, ha detto che è stato rapito da una donna senza una gamba con un vestito a fiori.»

Le disse che Sam era stato avvistato a Vancouver, in Stanley Park, alle cascate del Niagara, in Texas... addirittura anche in Messico. Alla fine, tutte quelle notizie erano state smentite.

«Grazie lo stesso» disse, prima di riagganciare.

Sprofondando in una poltrona, ricacciò indietro le lacrime, sconfortata. Sam era sparito dalla faccia della terra.

Solo io continuo a vederlo.

Lo vedeva ovunque. In giardino, al supermercato da Sobeys, in banca, anche sul sedile posteriore dell'auto. A volte, poteva addirittura giurare di sentire la sua voce, il che era ridicolo, dato che Sam non parlava.

Philip non era di nessun aiuto. Continuava a dirle che Sam molto probabilmente era morto.

«Quel bastardo probabilmente lo ha sepolto da qualche parte» aveva detto il mattino prima.

Lei sapeva che Sam era vivo. Lo sentiva, ne avvertiva la presenza.

I passi pesanti di Philip risuonarono al piano di sopra, ricordandole che c'era ancora qualcosa di incompiuto di cui doveva occuparsi. C'era una cosa che voleva da suo marito. Qualcosa che aveva continuato a rimandare.

«Basta chiederglielo» mormorò tra sé.

La camera da letto era immersa nel silenzio quando entrò. Philip era seduto sul letto, le dava le spalle, immobile.

«Philip» disse, restando sulla porta. «Voglio il divorzio.» Vedendo che non si muoveva, aggiunse: «Credo che anche tu lo voglia. Il nostro matrimonio... è finito.» *Morto.*

Philip voltò di scatto la testa, il suo sguardo duro la prese in contropiede. «Tu, *puttana*!»

«Phil...»

«L'hai visto?» Teneva in mano un foglio.

La faccia della Nebbia la fissava, la faccia che lei aveva disegnato con tanta cura. Il battito del suo cuore accelerò e si aggrappò allo stipite per non cadere. «Io... io posso spiegare.»

«Davvero? Stavo cercando un pezzo di carta. E invece ho trovato *questo*.» Le sventolò il foglio davanti agli occhi. «E sul retro il resoconto completo di quello che è accaduto quella notte.»

Fece un passo avanti, incerta. «Philip, io...»

«Tu cosa? Hai dimenticato di dirmelo? Hai dimenticato di dire alla polizia che avevi visto quel bastardo che ha preso nostro figlio? Cosa diavolo c'è che non va in te?»

«Tu non capisci» farfugliò. «Stava per uccidermi.»

«A te? E Sam? Non posso credere che fossi preoccupata per la tua...»

«Aveva una pistola, Philip! E mi ha colpito. È per questo che avevo quell'ematoma sul torace. Non potevo muovermi.» La sua voce si fece rauca. «E poi ha detto che avrebbe ucciso Sam se avessi detto a qualcuno di averlo visto. O se ne avessi dato una descrizione. Non sapevo cosa fare!»

«Avresti dovuto dire la verità.»

Lo fissò incredula. «Non ti permettere di darmi lezioni sulla verità, tu... tu, stronzo.»

«Hai mentito, Sadie. Hai detto di non aver visto nessuno.» Agitò il foglio davanti a lei. «Questo è l'uomo che ha preso nostro figlio. La polizia si è affannata girando a vuoto per quasi due settimane, e per tutto il tempo tu avevi questo. La sua faccia, Cristo!»

«Ha detto che avrebbe spedito Sam a casa in pezzi!» gridò.

Philip la fissò come se *lei* fosse il mostro. Poi, scosse la testa e, senza una parola, scomparve nel corridoio, con il disegno in mano.

Di sotto, la porta sbatté e Sadie trasalì.

«Che cosa ho fatto?» urlò in preda all'angoscia.

Capitolo 12

Il mattino seguente, le crollò addosso il mondo intero. Il suo peccato di omertà era finito in prima pagina. Tutte le emittenti avevano diffuso la notizia di come la madre dell'ultimo bambino rapito avesse nascosto di conoscere il volto della Nebbia. Ogni giornale del paese riportava il suo disegno. I giornalisti la criticavano ferocemente per non aver rivelato un indizio così importante. Anche la polizia la guardava in modo diverso.

A parte Jay.

«Anche lei è una vittima in tutto questo» le disse.

Impaurita, si era rintanata in casa, rifiutandosi di rispondere alla porta. Ogni volta che suonava il telefono, trasaliva, soprattutto quando vedeva il numero di Matthew Bornyk. Non poteva affrontarlo, ora.

Quando Philip fece i bagagli e si trasferì in albergo, sapeva che niente sarebbe mai stato più come prima. La sua vita era un treno deragliato senza superstiti.

Più tardi quel mattino, trovò Leah in cucina. Era entrata dal garage quando non aveva avuto risposta alla porta.

Sadie guardò a lungo gli occhi lacrimosi dell'amica e scoppiò a piangere. «Ucciderà il mio bambino, Leah. Sam è così spaventato, posso *sentirlo*. E non c'è nulla che possa fare per confortarlo.»

Leah la strinse forte tra le braccia. «Gesù, Sadie. Mi dispiace così tanto.»

«È colpa mia.»

«No, non è vero. Hai fatto quello che pensavi fosse giusto.»

Sadie scosse la testa. «Forse, se avessi detto alla polizia che faccia aveva la Nebbia qualcuno avrebbe potuto riconoscerlo.»

«E forse avrebbe fatto quello che aveva detto» replicò Leah. «Ascolta. Nessuno può fartene una colpa. Ti era stato dato un ultimatum, giusto?»

Sadie incrociò il suo sguardo. «Tu avresti tenuto la bocca chiusa?»

«Francamente, non so cosa avrei fatto se mi fossi trovata nei tuoi panni. Forse, l'avrei detto alla polizia sperando che non lo rivelasse ai giornali. Insomma, non l'ha mai visto nessuno. Tu hai visto il suo volto. È un'informazione molto importante.»

Sadie si ritrasse. «Non pensi che ci abbia pensato?»

«Lo so...»

«Tu non sai nulla. Tu non sai che cosa vuol dire amare un figlio, essere madre, tenere la vita nelle tue mani e vederla crescere in qualcosa di bello. Tu non sai cosa vuol dire guardare un mostro che ti strappa tuo figlio, sapendo che potresti anche non rivederlo più. Non passa un giorno in cui non mi senta in colpa, in cui non mi chieda se avrei dovuto dire o fare qualcosa.»

Leah allargò le mani. «Sadie, tu...»

«No! Tu non puoi giudicarmi. Nessuno può farlo. Tu non c'eri. Voglio che mio figlio viva. Nessuno di voi riesce a capirlo? Preferirei saperlo vivo nelle mani di quel... quel *mostro*, piuttosto che saperlo morto.»

Il campanello suonò.

«Vado io» disse a bassa voce l'amica.

Sadie benedisse quella tregua precaria. Non aveva avuto molta pace di recente. Tutti le chiedevano qualcosa. L'ispettore Lucas, Philip... anche Leah. Come piranha assetati di sangue, la dilaniavano, strappandole pezzo per pezzo tutta la sua sicurezza, fino agli ultimi residui di speranza che le restavano.

«La tua vicina che abita dall'altro lato della strada ha lasciato questo» disse Leah, porgendole un pacchetto avvolto in una carta marrone.

« La mia vicina?»

«Sì. Gail. Quella con il cagnolino che ringhia. Ha detto che qualcuno lo ha lasciato per sbaglio sotto il suo portico.»

Sadie posò lo sguardo sulle mani di Leah. «No...»

Il pacchetto si beffava di lei. Scritti con il pennarello nero c'erano il suo nome e il suo indirizzo, ma nient'altro. Niente mittente, niente francobollo, niente che indicasse che le poste canadesi l'avessero mai lavorato.

Emise un grido e lanciò il pacchetto sul tavolo della cucina.

Leah la agguantò. «Che c'è?»

«Ha detto che mi avrebbe rispedito Sam. In pezzettini sanguinanti.»
Leah fissò nervosamente la scatola. «Non penserai davvero…»
«No, Non penso. Lo so.»

Il respiro di Sadie si fece corto e affannato, e la lingua le si incollò al palato come se fosse ricoperta di sabbia. Fece per muoversi verso il tavolo, quasi temendo che il pacchetto esplodesse solo a toccarlo. Non esplose; deglutì a vuoto e il suo stomaco turbolento minacciò di ribellarsi.

«Forse dovremmo chiamare la polizia» suggerì Leah.

Sadie scosse la testa. Non avrebbe aspettato l'arrivo della polizia. Doveva sapere che cosa c'era in quel pacchetto *ora*.

«Chiamo quell'ispettore» disse con decisione Leah, prendendo il telefono.

Sadie la ignorò e scartò il pacchetto.

Era una confezione di tintura per capelli. *"Biondo dorato"*.

L'aprì con cura e sbirciò dentro. Non c'era nessun biglietto, solo un mucchietto di tessuto nero. Quando lo aprì, qualcosa rotolò sul tavolo.

Un piccolo dito insanguinato.

Un grido lancinante scosse l'aria.

Sadie ci mise qualche secondo a capire che il grido era il suo.

Quando la polizia se ne fu andata, Leah le rimboccò le coperte.

«Non sappiamo se è di Sam» disse.

«Io lo so.»

Sadie fissò la macchia sul muro. Nel pulire, l'aveva saltata. Doveva ricordarsi di lavare i muri, al mattino. Dopotutto, non voleva una casa sporca. Sam sarebbe tornato a casa presto e doveva essere tutto pronto per lui.

Leah rimase a osservarla da sopra, con uno sguardo preoccupato. Con un gesto delicato della mano, le sistemò la frangia. «Le pillole dovrebbero fare effetto tra breve.»

Sadie le afferrò la mano. «Che cosa farei senza di te, Leah? Tu sei l'unica che mi sei rimasta vicina in tutto questo.»

«Hai bisogno di riposare. Sono di sotto se hai bisogno di qualcosa.»

Sadie si acciglò, ripensando alle parole aspre che le aveva rivolto poco prima. Aveva davvero detto quelle cose a Leah? Non era affatto da lei. Si sentì mortificata per il suo comportamento.

E si vergognava per quella macchia sul muro.

Cercò di tenerlo a mente. *Pulire i muri.*

«Ti voglio bene, amica mia» disse Leah, soffocando un singhiozzo.

La porta si richiuse dietro di lei.

Sadie si guardò le mani. Tremavano. Per un attimo, fissò le dita. Era affascinata dal mignolo.

Così minuscolo... e coperto di sangue. Da dove veniva quel sangue?

Scosse la testa, ricordando.

Dal dito insanguinato di Sam. Nel pacchetto.

La polizia aveva detto che lo avrebbe conservato nel ghiaccio. Ci sarebbe voluto un giorno per verificare il DNA, ma lei sapeva che era il mignolo di Sam. Gli aveva baciato le manine così tante volte. Sapeva anche qualcos'altro. Quello era solo l'inizio. Sapeva che poteva aspettarsi di trovare un pezzo di Sam sui gradini di casa. Forse un dito al giorno.

No! Non pensarlo!

Decisa a scacciare con la forza della disperazione quei pensieri orribili, gettò via la coperta e arrancò fino alla cassettiera di Philip. Rovistò furiosamente, poi rovesciò il cassetto sul pavimento. Tre bottigliette di whisky rotolarono ai suoi piedi.

«Andrà tutto bene.»

Svitò il primo tappo, alzò la bottiglietta in un brindisi silenzioso agli anni di astinenza dall'alcool. Poi, tranguigò il whisky. Il liquore amaro all'inizio bruciò, poi si fece più caldo, confortevole. *Familiare*. Un caro ricordo di un amico perso da tempo. Svuotò le ultime due bottigliette, poi barcollò verso il letto con un solo pensiero nella mente.

Senza di te, Sam, non ho nulla per cui vivere.

Pianse fino a svuotarsi il cuore. Poi, si addormentò.

Quando si risvegliò qualche ora dopo, scoprì che Philip era ritornato a casa.

«Temporaneamente» dichiarò. «Finché non ti sentirai meglio.»

Le preparò una minestra per il pranzo.

«Devi mangiare» disse, mettendole davanti il vassoio.

Lo guardò con occhi spenti. «Perché?»

«Devi mantenerti forte.»

«Ma io non sono forte» disse, mesta. «Sono debole e...»

«Sei la persona più forte che conosca. Questa è la pura, sacrosanta verità. Io sono il debole. Non tu.» Si chinò e la baciò sulla fronte. «Resta forte, Sadie. Per Sam.»

Dopo che Philip se ne fu andato, spiluccò controvoglia qualcosa dal vassoio. Sentì un improvviso conato salirle dallo stomaco e corse in bagno appena in tempo, prima di essere sopraffatta dalla nausea.

Che cosa starà facendo ora la Nebbia a Sam?

Altre due pillole le diedero il sonno senza sogni che desiderava.

Alle sei di sera, Jay apparve sul portone di ingresso.

Nel momento stesso in cui lo vide, si sostenne alla parete e trattenne il respiro. Poi, chiamò gridando Philip, che stava lavorando a casa.

«Abbiamo trovato la macchina, la berlina» annunciò Jay. «È stata noleggiata. Niente impronte, nessuna traccia dell'autore, solo qualche capello di Sam sul sedile posteriore.»

«Dove l'avete trovata?» chiese Philip.

«All'aeroporto. Abbiamo controllato tutti i voli. Non hanno preso l'aereo. Sarebbe stato comunque impossibile, dato che Sadie ha detto che Sam era privo di sensi.»

«Allora deve aver avuto un'altra macchina» dedusse Sadie.

Jay annuì.

«E il... dito» chiese timidamente.

Jay strinse le labbra. «Il dito è stato anestetizzato prima dell'amputazione. Abbiamo trovato tracce di anestetico locale, il che ci porta a credere che abbia delle conoscenze mediche. Potrebbe essere un infermiere o un dottore. Qualcosa di simile.»

«E?»

«E... il dito è di Sam.»

Sadie non capì più nulla. Urlò tutto il suo dolore e si accasciò sul pavimento, così agitata e fuori di sé che Philip non riusciva a calmarla.

«Chiunque lo ha fatto, sapeva quello che faceva» aggiunse Jay, cercando di confortarla. «Vuol dire che si è assicurato che non si sviluppasse un'infezione. Credo che Sam sia ancora vivo.»

Non c'era conforto nelle parole dell'ispettore.

Quando se ne fu andato, si piegò in due, piangendo. «Quel bastardo fa male a Sam, ed è tutta colpa mia.»

No, non è vero, mamma.

«Sì che lo è» ribatté al fantasma di suo figlio.

Senza una parola, Philip tornò a isolarsi nel suo studio. In un'unica mossa, si era praticamente lavato le mani di lei. E lo sapevano entrambi.

Salì le scale barcollando fino alla camera da letto, andò al cassetto del comodino ed estrasse una busta gialla. Conteneva i documenti che Philip aveva firmato la sera prima.

«So di essere stato un marito orribile» le aveva detto. «Ma non voglio che mi odi, Sadie.»

Fissò i documenti del divorzio, con la penna sospesa a mezz'aria, pronta ad apporre la firma, ma poi l'incertezza la travolse. Non sapeva perché. Il loro matrimonio era già finito da anni.

Allora perché *stava* esitando?

Forse perché aveva paura che firmando, liquidando il suo matrimonio, Sam non sarebbe tornato mai più. Forse, tenendo insieme il suo matrimonio, sarebbe tornato. Forse, c'era ancora speranza per lei e

Philip.

Strinse le labbra. «Chi vuoi prendere in giro?»

Scarabocchiò la sua firma sui documenti.

Per un lungo momento, fissò la penna che con un colpo cancellava il suo status di moglie. Era stato così facile, così veloce. Il suo matrimonio era finito… morto.

Come Sam, la schernì il suo subconscio.

«No» mormorò, scuotendo la testa.

Corse di sopra. Philip non era ancora uscito.

«Ecco.» Lasciò cadere la busta sulla scrivania davanti a lui. «Firmato, sigillato e consegnato. Lascerò la casa alla fine del mese.»

Almeno aveva la decenza di sembrare dispiaciuto.

«Dove andrai?» le chiese.

«Non lo so di preciso. Potrei stare da Leah per qualche settimana, finché non mi trovo un posto.»

«Ti ripeto quello che ti ho già detto. Puoi tenerti la casa.»

Scosse con forza la testa. «Non la voglio, Philip. Sam è stato rapito in questa casa. È avvelenata ora, contaminata. Voglio solo una cosa da te.»

«Cosa?»

«Assicurati che faccia il suo corso.» Indicò la busta.

«La depositerò subito.»

«Fallo.»

La guardò, con una luce inquieta negli occhi. «Ho cercato di essere un buon marito, ma non sono proprio tagliato per questo. Io… ti ho amato, Sadie. Nel modo migliore che conoscevo. Ma poi è arrivato Sam e tutto è… cambiato. *Tu* sei cambiata.»

«Siamo cambiati tutti e due, Philip.»

Capitolo 13

La Pasqua era sempre stata la vacanza preferita di Sadie. Ora non lo era più. Non l'aveva chiamata nessuno con un gioioso "Buona Pasqua", come negli anni passati. Niente fiori da Philip, anche se li comprava all'ultimo momento da Sobeys. E niente Sam. La domenica di Pasqua arrivò invece con una pioggerellina e un cielo da temporale, un tempo perfetto per l'umore abbattuto di Sadie.

Stava rigovernando la cucina quando suonò il telefono.

«Pronto?»

Dall'altro capo, un respiro pesante.

«Leah, non sono proprio dell'umor…»

«Sam ti ha lasciato il regalino di Pasqua» disse una voce raschiante.

Le si gelò il sangue. Erano due settimane che non sentiva quella voce.

«È sotto il portico.»

Il suo respiro accelerò. «Aspetta! Ti prego! Non fargli del male…»

Clic.

Lasciò cadere il telefono sul tavolo e arrancò verso la porta di ingresso, la spalancò, sperando, pregando, di vedere Sam. Tutto quello che vide fu una scatoletta rotonda.

Telefonò a Jay.

«Sono dietro l'angolo» disse. «Stiamo già perlustrando il quartiere.»

Arrivò qualche minuto dopo a bordo di una macchina civetta. Patterson era con lui.

«Abbiamo fatto mettere il vostro telefono sotto controllo» spiegò

Jay, quando notò lo sguardo interrogativo.

«Avete tracciato la chiamata?»

«Non è rimasto al telefono abbastanza a lungo.»

L'ispettore più giovane perlustrò il cortile, controllando il perimetro della casa, mentre Jay la seguì sul portico.

«Lo ha spostato?» chiese.

Scosse la testa. «Neanche di un centimetro.»

«Bene.»

Si infilò un paio di guanti in lattice, si accucciò accanto alla scatola e alzò il coperchio con prudenza. Espirando con un sibilo, le lanciò un'occhiata fugace. Poi, mise la scatola in una busta di plastica trasparente e la sigillò.

«Porta questo al laboratorio» disse a Patterson quando fu di ritorno. «Resterò con la signora O'Connell finché non arriva il marito.»

Patterson partì, facendo stridere le gomme.

«Che cosa c'era nella scatola?» gli chiese, con lo stomaco in subbuglio.

«Sadie, credo che dovremmo aspettare…»

«Me lo dica, Jay. È meglio, piuttosto che lasciare correre la mia immaginazione. Che cos'era?»

«Il dito del piede di un bambino.»

Le ginocchia le cedettero e si accasciò contro il muro della casa.

Jay le fu subito accanto. «Gesù, mi dispiace così tanto» disse, aiutandola a entrare in casa. «Le chiamo i servizi di assistenza alle vittime.»

«No!» Gli afferrò il braccio. «Ho bisogno di stare sola.»

Non appena le parole le furono uscite di bocca, si rese conto di quello che aveva detto. «Non le sto dicendo di andarsene. È che non voglio essere circondata da sconosciuti. Ho bisogno di pensare. Ho bisogno di chiamare Philip. Ho bisogno… oh, Dio!»

Si lasciò cadere su una sedia al tavolo della cucina, cullandosi avanti e indietro, cercando di non pensare alla scatola. O al dito del piede di Sam. O al mostro che lo aveva preso. Si strinse nelle braccia.

Sammmm!

«Dove tiene le tazze da tè?» le chiese Jay, energico.

Un turbinio di pensieri le bombardò la mente. Che cosa gli taglierà ancora? Un altro dito del piede? Un altro dito della mano? Qualcos'altro?

«Sadie?» Jay le toccò il braccio.

Soffocò un singhiozzo. «Scusi. Che cosa ha detto?»

«Le tazze da tè?»

«Nella vetrina» disse, guardandolo.

Jay trovò il bollitore, lo riempì e lo chiuse con il tappo. Quando l'acqua arrivò a ebollizione, Jay la guardò e lei gli indicò una credenza dove teneva teiera e tè. Qualche minuto dopo, l'ispettore riempì due tazze di tè scuro e forte, addolcendolo con molto latte e zucchero, e si abbandonò pesantemente su una sedia.

«Non sono molto bravo in queste situazioni. Non so mai cosa dire» si scusò.

«Il tè è una buona cosa» disse. «Grazie per la distrazione.»

«Mia madre mi diceva sempre che i guai del mondo si possono risolvere con una teiera» mormorò. «È l'unica cosa che riesco a pensare di fare quando le cose vanno male.»

Sadie studiò il suo viso stanco, segnato dalle rughe. «E le cose vanno molto male, non è vero?»

«Non sappiamo se appartiene a Sam» disse, con tono pacato. «Lo farò analizzare immediatamente.»

Sadie sbatté rapidamente le palpebre, ricacciando indietro le lacrime. «Ha detto che avrebbe spedito Sam a pezzi. Prima il dito della mano, ora il dito del piede.» Emise un gemito e si coprì la testa con le mani.

«Vorrei tanto poter fare qualcosa, Sadie.»

Percepì un sentimento di impotenza nella sua voce. Lei si sentiva nello stesso modo.

«Grazie, Jay.»

«Mi dispiace che la tormentino in questo modo» disse. «E sono davvero dispiaciuto che quel criminale abbia fatto del male a suo figlio.»

Annuì in silenzio.

«Voglio che sappia che stiamo facendo tutto il possibile...» La voce si affievolì. «Accidenti, so che non c'è nulla che possa dire per farla sentire meglio.» Frustrato, si passò una mano sui capelli fini e grigi. «Darei qualsiasi cosa per avere un indizio per questo caso.»

Provò un moto di compassione per Jay. Il suo viso era segnato dalle preoccupazioni e da anni di casi senza speranza. «Grazie.»

«Sono troppi anni che faccio questo mestiere» ammise. «Con il tempo non diventa più facile.»

«Ci deve pur trovare qualcosa di gratificante.»

Le sorrise, mesto. «Acciuffare i bastardi.»

Bene, pensò. Era quello che voleva anche lei.

«Deve viaggiare molto» disse, senza troppo pensarci.

«Non molto. Ho un piccolo... problema.»

Alzò un sopracciglio. «Che tipo di problema?»

«Be'...» Piegò la bocca in una smorfia ironica. «Non mi piace volare.»

«Lunghe code e aeroporti affollati» ipotizzò. «O l'undici

settembre.»

«Niente di tutto questo. Ho paura di volare.» Si alzò lentamente e andò verso la porta del soggiorno. «Chiamo suo marito.»

Per pochi minuti, solo per pochi minuti, era riuscito a non farla pensare all'orribile realtà che suo figlio era stato brutalmente amputato. Capì che Jay Lucas non era abituato a mostrare la sua vulnerabilità. Poi, pensò alla sua vulnerabilità... Sam. Lui era la sua debolezza numero uno.

Comunque, ne aveva anche un'altra. E la stava chiamando.

«Jay» disse, alzandosi sulle gambe tremanti. «Ho bisogno di distendermi per un po'.»

«Sistemo io qui» si offrì. «Ah, e Philip sta arrivando.»

Si scusò e andò verso il corridoio.

Non farlo! Era la sua coscienza che l'ammoniva. Ma lei non ascoltava. L'unica cosa a cui pensava era la scatola con il dito del piede di Sam. Aveva bisogno di qualcosa che l'aiutasse a non sentire il dolore, a dimenticare. E c'era solo una cosa capace di garantirle quell'effetto.

Nello studio di Philip, afferrò un mazzo di chiavi dal cassetto della scrivania. Poi, aprì il cassetto più in basso dello schedario, quello che Philip le aveva sempre detto che era per lavoro.

Lavoro? Già, certo!

Aveva scoperto le bottiglie un mese prima, mentre cercava un raccoglitore vuoto. Philip aveva lasciato il cassetto aperto, senza chiuderlo a chiave. Quando lo affrontò, le disse che quelle sei bottiglie di Screaming Eagle Cabernet incredibilmente costose gli erano state date da un facoltoso cliente dopo una riuscita fusione di aziende.

Non aveva mai toccato le bottiglie... finora.

Il vino la chiamava. Sadie... bevimi... ti aiuterò a dimenticare.

Sedotta dalla convincente promessa, salì le scale, un cavatappi in una mano e una bottiglia nell'altra. Non appena raggiunse la camera da letto, stappò la bottiglia di vino rosso e l'annusò. L'aroma era così intenso e sulfureo, un misto di terra, frutta concentrata, e un tocco di qualcosa di indefinito che covava sotto la superficie.

Fece una smorfia, chiedendosi se c'era dell'altro alcool in casa. Ma a meno che non avesse voluto bere l'estratto di vaniglia che i suoi genitori avevano portato dal Messico, quello era il meglio che aveva.

«Rassegnati, principessa.»

Non si prese nemmeno la briga di versarlo in un bicchiere. Bevendo direttamente dalla bottiglia, all'inizio quasi ne non sentì il sapore. Il vino le scivolò in gola, lasciandole un retrogusto bruciante. Quando infine le papille gustative si misero in funzione, fu colpita dalla pessima qualità del vino, al limite del bevibile.

«Forse ci si deve abituare al sapore» mormorò.

Ingurgitò il vino, sforzandosi di mandarlo giù. Mentre assaporava la calda iniezione di alcol nel corpo, qualche goccia le scivolò dall'angolo della bocca cadendo a terra, sulla moquette beige. Sembravano macchie di sangue.

«Che cosa stai facendo, Sadie?» sussurrò.

Portò di nuovo la bottiglia alla bocca.

Per dimenticare.

Mezza bottiglia più tardi, era un po' più che alticcia. Nascose il Cabernet dietro il comodino e barcollò fino al bagno, dove l'aspettava un flacone di pillole. Ne fece cadere qualcuna sul palmo. Era tentata di prenderle tutte, per scivolare in un sonno profondo e definitivo, ma ne prese una e rimise via le altre.

Poi, cadde a faccia in giù sul letto e perse i sensi.

I giorni passavano monotoni.

Mentre Jay lavorava senza sosta sul caso di Sam, l'indagine per frode che coinvolgeva Philip e Morris ebbe come risultato che i due vennero portati in centrale per essere interrogati. Quando Sadie raggiunse Philip, lo trovò in uno stato di panico.

«Grazie a Dio, sei qui» disse, afferrandole la mano.

Si liberò con uno strattone. «Non capisco perché mi vuoi qui.»

«Be', *sei* ancora mia moglie.»

«Ancora per poco. Quando la causa di divorzio sarà ufficializzata...» Si interruppe. «Hai presentato i documenti, non è vero?»

Distolse lo sguardo da lei. «Non possiamo affrettare le cose adesso. Abbiamo cose più importanti a cui pensare. È solo questione di tempo, verrò accusato.»

«Avresti dovuto pensarci prima.»

«Per la miseria! Ho bisogno di te, Sadie! Perché non riesci a capirlo?»

«Tu hai bisogno di me» disse lentamente, soppesando ogni parola. Gli lanciò uno sguardo pericoloso. «Tu non vuoi che io testimoni contro di te. Tu vuoi che io ti difenda, ti sostenga.»

«*Dovresti* sostenermi. Siamo sposati, Cristo! Ti ho dato tutto.»

Lo fulminò con lo sguardo. «Tutto? Mi hai dato una vita di infedeltà e bugie. Il nostro matrimonio è stato tutto un inganno, Philip. Fin dall'inizio. Mia madre aveva ragione.»

Dopo quello scambio, Sadie si rifiutò di parlargli. Rimase seduta nella stanza degli interrogatori mentre gli investigatori lo mettevano sotto torchio riguardo alle sue operazioni finanziarie. Un'avvocatessa dall'aspetto untuoso, con i capelli pettinati all'indietro e un vestito che costava probabilmente lo stipendio di un mese, interrompeva di tanto in tanto bisbigliando qualcosa all'orecchio di Philip. A un certo punto, un funzionario di polizia le fece una domanda diretta, ma lei scosse la testa. Non era tenuta a rispondere. E non lo avrebbe fatto.

Quando lasciarono la centrale, Sadie camminò davanti a Philip, rifiutandosi di parlare. Attraversò il parcheggio, il bacio sprezzante del vento pungente che le sfiorava la pelle. Odiava il freddo. L'estate era la stagione che amava. L'estate voleva dire portare Sam al parco, a nuotare nella piscina all'aperto di Millcreek e a visitare il Valley Zoo.

Scosse la testa. *Basta!*

«E ora, che succede?» chiese, aprendo lo sportello dell'auto.

Philip salì al posto del passeggero. «L'avvocato mi ha detto di fare il finto tonto e di far ricadere tutta la colpa su Morris.»

«Come puoi solo pensare di farlo?»

«Se non lo faccio, potremmo perdere tutto.»

Si sentì nauseata. «Abbiamo già perso tutto.»

Il ritorno a casa fu penoso, ma per fortuna non parlarono. Mentre entrava in garage, vide un nugolo di giornalisti in attesa davanti alla porta di casa. Da quando l'indagine per frode era diventata di dominio pubblico, una nube tossica di sventura seguiva Philip ovunque, in genere sotto forma di giornalisti tenaci che aspettavano come tigri fameliche il momento giusto per scagliarsi contro di lui e dilaniarlo.

Oggi, era anche disposta a offrire loro un bicchiere di vino.

«Signor Tymchuk!» gridò un uomo, quasi incespicando per battere sul tempo gli altri sciacalli.

Sadie lo guardò di traverso, si fece strada tra la folla e si richiuse la porta alle spalle, senza provare il minimo dispiacere per Philip, catturato all'esterno.

«Tu hai fatto questo casino, Philip. Arrangiati.»

La spia della segreteria telefonica lampeggiava impaziente, pretendendo di essere ascoltata. Appoggiò la borsa sul tavolo accanto alla porta e premette il tasto.

«Grazie per il suo sostegno negli anni passati» diceva un ente di beneficienza, a cui lei sapeva bene di non aver mai mandato denaro. Saltò al messaggio successivo, un monotono annuncio di un call center che vendeva servizi per il giardino.

«C'è ancora la neve per terra» borbottò. *Cancella.*

Il messaggio che seguì catturò la sua attenzione.

«Signora O'Connell, sono l'ispettore Garner. Lavoro al caso di suo marito. Per favore, mi richiami subito.» Aveva lasciato un numero.

Con un profondo sospiro, alzò il ricevitore.

«Vorremmo che tornasse in centrale» disse Garner, quando le parlò.

«Non credo che io...»

«Mi scusi. Non intendevo interromperla, ma lei sai che c'era un ispettore infiltrato nello studio legale in cui lavora suo marito?»

Rispondere a una domanda non avrebbe aggravato la situazione di Philip.

«Sì.»

«L'ispettore desidera parlarle... in via *confidenziale*.»

Sadie entrò in agitazione. «Perché vorrebbe fare una cosa del genere?»

Garner doveva aver messo una mano sul ricevitore perché si udì una voce smorzata all'altro capo. E una seconda voce, indistinta.

«Non posso spiegarle al telefono» disse infine Garner. «Può venire domani mattina intorno alle dieci?»

«Va bene. Ci sarò.»

Riagganciò proprio nel momento in cui Philip entrava in casa.

«Maledetti bastardi!» sbraitò, diretto al suo studio. «Non voglio essere disturbato, Sadie. Capito?»

«Non ho intenzione di disturbarti» rispose, secca.

Quello che avrebbe voluto era bere, ma aveva già finito la bottiglia di Cabernet. Provò una fitta di vergogna. Aveva messo fine all'astinenza dall'alcool. Ma non era più come prima. Aveva bevuto un bicchiere prima di andare a letto. Perché l'aiutasse a dormire. La cosa positiva era che questa volta lo teneva sotto controllo. Almeno, era quello che diceva a se stessa.

Passò lo sguardo sulle pareti del soggiorno, fermandolo su una foto di famiglia. Ricordava perfettamente quel giorno. Sam aveva appena compiuto due anni. Lo aveva tenuto in braccio e gli aveva fatto il solletico fino a farlo ridere a crepapelle. In quel momento perfetto, il fotografo aveva colto lo spirito di Sam.

E forse la sua anima.

Sadie ripensò alla sua nascita travagliata. Le infermiere non credevano che quel bimbo minuscolo potesse sopravvivere, ma lui aveva combattuto, strappando un respiro dopo l'altro a ogni battito affaticato del suo cuore, e ce l'aveva fatta. Per sei anni. Sei *brevi* anni.

Aveva amato Sam più dei suoi stessi genitori o di Philip o di qualsiasi altro... più della sua stessa vita. Era un miracolo, la sua salvezza. Era l'amore per suo figlio che l'aveva fatta alzare ogni mattino e che aveva dato un senso alla sua vita. Aveva dato una prospettiva alla sua intera esistenza.

Lo faceva ancora.

Capitolo 14

Il locale della centrale di polizia in cui aspettava era angusto, ma non così tetro come si sarebbe aspettata. Su una parete, campeggiava il dipinto di una geisha in un giardino di ciliegi in fiore. In un angolo, un alberello di seta impolverato giaceva sbilenco in un vaso di plastica, e al centro della stanza c'erano delle sedie imbottite e un tavolino rotondo in stile anonimo, ma che mostravano segni di essere stati usati di frequente.

Si sedette e lanciò un'occhiata furtiva al vetro scuro al centro della parete. Sapeva a che cosa serviva un vetro scuro. Lo aveva visto in Law & Order.

Salutò con la mano, sorridendo tra i denti stretti. «Diamoci una mossa, ragazzi.»

Passarono cinque minuti interi.

Tamburellò sul tavolo. «Facciamola finita.»

La porta si aprì ed entrò una donna.

Sadie la riconobbe subito. «Che cosa sta facendo *lei* qui?»

«Mi dispiace, Sadie. Per Philip. Per tutto.» Lasciò cadere un tesserino sul tavolo.

«Lei? Lei è l'ispettore in incognito?»

Brigitte Moreau si sedette nella sedia di fronte a lei.

Sadie era confusa. L'ultima cosa che si aspettava era di scoprire che il poliziotto infiltrato inviato per spiare suo marito fosse la donna che lui si portava a letto. La donna che lei detestava da un anno.

Brigitte intrecciò le mani. «Devo riconoscere, la cosa è un po' imbarazzante. Il mio vero nome è Bridget Moore. Io, ehm… sono entrata nello studio di Philip quando è stato scoperto un ammanco di fondi. Il mio incarico era di avvicinare Philip, per vedere se c'entrava qualcosa e scoprire dove fosse finito il denaro.»

«Avvicinarlo non significa doverci andare a letto.»

Bridget sciolse le mani. «Dovevo sfruttare il suo debole per le donne. Fare in modo che si fidasse di me.»

«Immagino che abbia funzionato.»

«Ascolti, Sadie, sappiamo entrambe che Philip non era un marito perfetto. Ha fatto la corte a *me*... o a Brigitte Moreau.» Arricciò le labbra in un sorriso ironico. «E mi creda, il sesso non è che sia stato un granché.»

Sadie la fissò, chiedendosi perché il commento beffardo di Bridget non le facesse venire voglia di scattare oltre il tavolo e afferrarla per i capelli biondi e in perfetta piega. Paradossalmente, aveva solo voglia di ridere. Forse, si sarebbe potuto anche organizzare una festa in disonore di Philip e brindare con una bottiglia di piagnistei. Lei, di sicuro, aveva parecchio di cui lamentarsi.

«Il sesso non è *mai* stato un granché» ammise.

Bridget sorrise. «Sa, se posso essere sincera, sta molto meglio senza di lui. Non sono stata la prima, lo sa.»

Sadie si finse sorpresa. «Davvero?»

«Philip mi ha detto che aveva iniziato ad avere altre storie subito dopo il matrimonio. L'ultima volta, cioè prima di me, era stato con qualcuno che gli era vicino, mi disse. Una socia, credo. Ma mi disse che era stato solo per una volta, uno sbaglio.»

Sadie pensò a Latoya Jefferson, la giovane segretaria che aveva lavorato allo studio qualche anno prima. Philip aveva mostrato un interesse insolito verso di lei. Quando Sadie gliel'aveva chiesto, lui aveva alzato le spalle, dicendo che era la figlia di un amico. Latoya se n'era andata in mezzo a un turbinio di pettegolezzi per una storia che aveva avuto con uno dei soci.

Sadie si incupì.

Bridget notò la sua espressione. «In mia difesa, Philip sa essere molto seducente quando vuole. E poi, era l'unico modo per rintracciare il denaro.»

«E ci è riuscita?»

La donna annuì. «Un giorno mi ha lasciata nel suo studio per andare da Morris. Ho trovato alcuni documenti dietro una foto di Sam. Stiamo per rintracciare i fondi. Se siamo fortunati, potremo riuscire a dirottarli su un conto sicuro. Parliamo di milioni.»

«Allora perché sono qui?»

«Perché dovevo scusarmi, Sadie. E perché sentirà alcune cose poco piacevoli durante il processo.»

«Se ci andrà.»

Gli occhi di Bridget si illuminarono. «Pensa che possa accettare il patteggiamento?»

«Non lo so. Philip è fondamentalmente un...»

«Vigliacco?»

«Vedo che lo conosce molto bene.»

Bridget arrossì. «Stiamo pensando di arrestarlo la prossima settimana. Ah, e non si preoccupi di pagare la cauzione. È troppo a rischio di fuga. Non andrà da nessuna parte.»

«E lei non vuole che nemmeno io vada da qualche parte. È così?»

«Speriamo di tenerla fuori da tutto questo» disse Bridget. «Per ammissione di Philip, lei non sapeva nulla dei suoi movimenti. L'ha tenuta all'oscuro. Non le chiederemo di testimoniare, ma...»

«C'è sempre un *ma*.»

Bridget fece un profondo respiro. «La stampa infierirà su questo caso. Diranno che il mio coinvolgimento è stato un'istigazione a delinquere e trasformerà il vostro matrimonio in una farsa.»

Sadie si alzò lentamente. «Che dicano pure quello che vogliono. Non credo che mi farò trovare per un bel po' di tempo.»

«Probabilmente è una buona idea per ricominciare» disse Bridget. «Per iniziare una nuova vita.»

Sadie si fermò sulla porta. «Non avranno tutti i torti, sa.»

«A proposito di cosa?»

«Il mio matrimonio *è stato* tutta una farsa. Ma una cosa buona l'ha fatta.»

Gli occhi di Bridget si riempirono di comprensione. «Spero che trovino Sam.»

«Anch'io.»

Nel parcheggio, Sadie restò seduta al posto di guida per quasi quindici minuti, con il motore acceso, mentre ripercorreva gli ultimi sviluppi. Se qualcuno le avesse detto che avrebbe avuto una conversazione pacata, quasi amichevole, con la donna con cui era andato a letto suo marito, avrebbe riso.

L'ironia *era* uno strano alleato.

«Stiamo verificando alcuni nuovi indizi» le disse Jay qualche giorno dopo. «Abbiamo dovuto vagliare le telefonate di persone che sostenevano di aver riconosciuto l'uomo del suo disegno. Nel frattempo, vi chiediamo di fare un'intervista, un appello per il rilascio di Sam.»

Dopo pranzo, lo raggiunse allo studio televisivo.

Philip era già lì.

«È sicuro che sia una buona idea?» gli chiese Philip.

L'ispettore gli rivolse un sorriso forzato. «A questo punto, non abbiamo nulla da perdere.» Quando vide la smorfia sul viso di Sadie, aggiunse: «Se fate un appello personale, potrebbe sentirsi in dovere di avere più cura del benessere di Sam.»

«Se Sam è ancora vivo» mormorò Philip.

«Gli manca un dito della mano e un dito del piede» gridò Sadie. «Questo non vuol dire che sia morto.»

«Nemmeno che sia vivo.»

Le parole di Philip la fecero infuriare.

«Sta' zitto, Philip!» gridò. «È vivo! Lo so!»

Per un momento, nessuno parlò.

Jay lanciò a Philip un'occhiata severa, poi si rivolse a Sadie. «Quando parla alla Nebbia, ripeta spesso il nome di Sam. Gli faccia sentire che è una persona, Sadie. La maggior parte dei rapitori vede la vittima come un oggetto impersonale, non come un essere umano. Gli mostri il lato dolce, spensierato di Sam.»

«Pensa che potrebbe lasciare andare Sam?»

Jay strinse le labbra e Sadie vide il suo sguardo.

«Non è per questo che vuole che gli faccia sentire che è una persona, vero?» disse.

«Ascolti, Sadie. Non vogliamo che continui a fare del male a Sam. Vogliamo che pensi che i suoi avvertimenti hanno funzionato, che abbiamo fatto un passo indietro. Intanto, continueremo a cercarlo.»

In mezzo alla confusione, qualcuno le agganciò un minuscolo microfono al colletto e un ricevitore alla cintura dei pantaloni.

«Abbiamo preparato una bozza del discorso per aiutarla» disse Jay, porgendole un foglio.

Scorse le parole, fissando il foglio come se fosse scritto in una lingua straniera. Una parola risaltava tra tutte. *Sam.*

«Andiamo in onda tra cinque secondi» disse il cameraman, contando alla rovescia.

Aveva un sapore amaro in bocca.

Il giornalista Lance MacDonald la presentò.

Poi, il tempo si fermò.

Guardò la telecamera, con la bocca secca come carta vetrata, la lingua molle. *Che cosa dico a un rapitore, a un uomo a cui ho lasciato portare via mio figlio?*

Lesse le note che Jay aveva preparato con tanta cura.

«Voglio chiederti di far tornare a casa sano e salvo nostro figlio, Samuel James Tymchuk. Samuel…Sam… è nostro… mio…» Sopraffatta dall'emozione, non riusciva più a far uscire le parole.

Dietro di lei, Philip sibilò: «Gesù! Vai avanti!»

«S-Sam ha solo sei anni e...»

Gli occhi le si riempirono di lacrime e le parole davanti a lei si sfuocarono.

Provò ancora. «Sam ha sei anni e...»

Perché stava leggendo le parole di qualcun altro?

Accartocciò il foglio e fissò la telecamera.

«Sam è mio figlio. Ha sei anni ed è molto sveglio, anche se non parla. Ama leggere e disegnare. È un bambino dolce, dolce... il mio bambino... e lo amo sopra ogni cosa. Ti supplico... per favore, fallo tornare da me.» Fece un profondo respiro. «Mi scuso per il fatto che il mio disegno sia stato reso pubblico. Mi dispiace di averlo disegnato. Ma non sono stata io a consegnarlo alla polizia, non ne sono colpevole. Nemmeno Sam è colpevole. Lui è innocente e so che non vuoi fargli del male. Ti darò del denaro, il tempo di sparire, tutto quello di cui hai bisogno.»

Vide l'espressione seria di Jay, lo vide scuotere la testa, ma continuò. «Se mi ridarai mio figlio, se mi ridarai Sam, ti garantirò che potrai andartene. Sai come raggiungermi. Chiamami. Resterà tra me e te. Ma non fare male a Sam.» Soffocò un singhiozzo. «Ti prego...»

Philip la spinse via. «Ascolta, pazzo pervertito! Ridacci nostro figlio! Solo un mentecatto vigliacco farebbe...»

Sadie guardò con orrore Jay che afferrava Philip e lo sbatteva contro il muro. Anche il giornalista trasalì. Il cameraman ebbe la prontezza di girare la telecamera e tutta la troupe fece un passo indietro.

«Lei, stupido irresponsabile!» sibilò Jay tra i denti. «Che cosa sta cercando di fare, vuol far uccidere suo figlio?»

«No, che non lo voglio!»

Sadie strinse Philip per un braccio. «Se per causa tua farà del male a Sam...»

«Per causa mia? E tu, allora?» Le agitò un dito davanti al viso. «Per Cristo, sei stata tu a lasciarglielo portare via.»

«Tu non c'eri!» gridò, sfogando tutta la sua rabbia. «Stava per sparare a Sam, davanti a me. Non avevo scelta!»

«Avresti dovuto provarci!» le urlò contro. «Avresti dovuto fare di più!»

Sadie gli lanciò uno sguardo di ghiaccio. «Me lo chiedo sempre se avessi potuto fare di più, Philip. Ogni giorno.»

Quella notte, vide il suo viso su tutti i notiziari delle emittenti locali. Chiamò Jay poco prima delle dieci.

«Ancora nulla?»

«Mi dispiace, Sadie. Non si è ancora fatto sentire.»

Riagganciò, delusa.

Nel bagno della camera, ingurgitò una pillola di sonnifero. Poi, si lavò i denti e si spruzzò dell'acqua fredda sul viso. Andando a tastoni, trovò l'asciugamano. Poi, alzò la testa e inspirò a fondo.

C'era un bambino in piedi dietro di lei.

«Sam!»

Si voltò di scatto, ma c'era solo uno spazio vuoto.

«Sam? Dove sei, piccolo mio?»

Si mise a passeggiare per la camera da letto, apatica e sfinita. Poi, crollò nel letto e scivolò nell'incoscienza, in un sonno popolato da visioni inquietanti.

Sam era davanti a lei, impossibile da raggiungere, circondato da ombre nere come la pece. All'inizio, apparve in lontananza. Poi, cominciò ad avanzare. Alle sue spalle, il vuoto nero si espandeva, un tunnel correva verso di lui per riprenderselo. Sam girò la testa per guardare all'indietro, e quando si voltò di nuovo, la paura irradiata dai suoi occhi le fece quasi fermare il cuore.

«Presto, Sam!» urlò.

L'oscurità strisciò su di lui e Sadie gli corse incontro, ma le gambe erano appesantite da una qualche forza malevola, invisibile. Era solo a un metro di distanza, ma le ginocchia le cedettero e cadde a terra, lanciando un grido di dolore.

«Torna da me, Sam! Mi manchi.»

Sam si chinò su di lei, il viso indistinto, e una brezza improvvisa le sfiorò la guancia. In quel momento si svegliò di colpo, con il cuore che le batteva furiosamente. Avrebbe giurato che Sam le avesse dato un bacio. Quando si toccò la guancia, la sentì umida.

Al mattino, ebbe la conferma di aver sognato tutto.

O è così, o sono impazzita del tutto.

Una versione elettronica della canzone "I Love You" di Barney, che aveva scelto Sam, interruppe i suoi pensieri.

«Questa linea è controllata?»

Le tremò la mano. «Non… non credo.»

«Vi ho visti in TV» disse la Nebbia. «Tu e tuo marito.»

«Non avrebbe dovuto dire quelle cose» disse subito Sadie. «Non voleva dirle. Ti prego, non fare male a Sam per questo. Mi dispiace davvero, davvero tanto.»

Si udì un gemito soffocato, poi lo sbattere dello sportello di una macchina.

«Anche a me» rispose la Nebbia. «Conosci il vivaio Rafferty Tree, a ovest di Beaumont?»

Trattenne il respiro. «Sì.»

«Sam ti aspetta. Vieni tra mezz'ora. Sola.»

«Sola?» ripeté.

Uno sbuffo di impazienza. «Se volessi ucciderti, Sadie, l'avrei già fatto quella notte. Ah, e in caso debba dirtelo, niente polizia.»

«Aspetta! Io…»

La comunicazione si interruppe.

Una sensazione di sollievo la pervase. Stava per riprendersi Sam.

Lasciò un messaggio per Philip sulla segreteria telefonica. «Torno presto. Con Sam.»

Fissò la luce lampeggiante del messaggio per un po'.

Be', non lo dirò alla polizia, ma se pensa che uscirò senza dire a nessuno dove vado, è completamente pazzo.

Il vivaio Rafferty Tree era a venti minuti di macchina, nella periferia sud di Edmonton. L'azienda, a conduzione familiare, coltivava un vasto assortimento di alberi e cespugli, con ettari di aree boschive che si estendevano a perdita d'occhio.

Mentre guidava, colse il suo riflesso nello specchietto retrovisore. Era un disastro. I lunghi capelli neri erano secchi e opachi, e non ricordava se quel mattino li avesse spazzolati. I crateri tipo Marte che aveva sotto gli occhi rivelavano la mancanza di sonno e i troppi pianti. Anche l'azzurro delle iridi pareva sbiadito.

«Hai un aspetto orribile, Sadie O'Connell.»

Sapeva però che non importava quale fosse il suo aspetto, purché potesse riavere Sam. Si sentiva attirare dall'essenza vitale di suo figlio, che la incitava ad accelerare.

Presto!

Svoltò in una strada secondaria, ignorando il cartello "Proprietà privata" e l'avviso che il vivaio avrebbe aperto solo fra tre settimane. La strada sterrata la condusse oltre una foresta incolta di alberi decidui: betulle, pioppi tremuli e pioppi balsamici. Più avanzava, più il verde si infittiva, finché non si trovò circondata da un bosco di lussureggianti sempreverdi.

«Dove sei?»

La strada finì in un vicolo cieco. Parcheggiò l'auto e scese. C'erano due sentieri, in direzioni diverse. A destra, c'era un palloncino rosso, legato a un ramo di un abete del Colorado. "Da questa parte", sembrava quasi indicare.

Passando, vide un pezzetto di carta attaccato al filo del palloncino.

Lo prese e lo aprì.

HAI 5 MINUTI PER SALVARLO!

Un misto di adrenalina e terrore la fece partire in quarta.

Si mise a correre.

Quando un luccichio metallico attirò la sua attenzione, lasciò il sentiero e si intrufolò tra gli alberi, senza curarsi dei rami sottili che le si impigliavano nei vestiti e nei capelli. Si mise a correre più veloce, finché le gambe non cominciarono a bruciarle.

Più avanti, suonò un clacson.

Aggirò un pino contorto e si arrestò di colpo a circa una decina di metri dal cofano posteriore di una Chevrolet gialla arrugginita. Era parcheggiata tra due alberi con i mozzi posteriori appoggiati su blocchi di cemento. Dalla neve accumulata sul portellone del portabagagli e sui paraurti si capiva chiaramente che l'auto era ferma lì da un po' di tempo, il che non era certo sorprendente, visto che Sadie si era inoltrata in una zona del vivaio non consentita ai clienti.

Girò intorno all'auto, mantenendosi a una certa distanza. I finestrini erano sudici, l'interno poco visibile.

Poi, lo vide.

«Oh, Dio.»

Sam era accasciato sul volante, con indosso ancora il suo pigiama, un cappello da baseball dei Blue Jays tirato in giù sulla fronte. La bocca era chiusa da nastro isolante.

«Sam!» gridò.

Non si mosse.

Terrorizzata, si precipitò verso l'auto.

Un errore fatale.

Con il piede destro inciampò in un sottile filo metallico prima di riuscire a capire cosa fosse. Da quell'istante, tutto si dissolse in un incubo infernale e il tutto il suo mondo svanì. Un boato assordante scosse la terra, gettandola a terra, mentre schegge di metallo squarciavano l'aria.

«Nooooo!» urlò.

Un mucchietto fumante e annerito ricadde accanto alla sua mano protesa.

Il cappello da baseball di Sam.

La Nebbia aveva mantenuto la sua promessa.

Sam.

«Oh Gesù, no!»

Si rimise in piedi arrancando, ma una seconda esplosione la fece volare all'indietro. Sbatté la testa contro una pietra. Un dolore lancinante la percorse, sovrastandola, e quando si toccò la nuca, si ritrovò le dita sporche di sangue.

Perdeva e riprendeva i sensi, in continuazione.

«Sam...»

Qualcosa galleggiava sopra la sua testa.

Il palloncino rosso.

Restò sospeso, poi si alzò nel cielo pieno di fumo, con il filo penzolante.

Alzò una mano tremante. «Torna indietro.»

Un volto demoniaco si frappose alla luce. Confuso tra le ombre, si chinò e rise di lei, il fiato stantio.

«Perché?» chiese, con un gemito.

«Mantengo sempre le promesse» bisbigliò.

Poi, Sadie scivolò nell'oblio.

Capitolo 15

«Posso entrare?»

Jay Lucas, in divisa, rimase sulla porta della stanza di ospedale, con un mazzo di fiori penduli in una mano, un impermeabile fradicio nell'altra.

Sadie immaginò che non fosse solo una visita di cortesia. «Certo.»

«Come si sente?» chiese, infilando i fiori in una brocca d'acqua sul comodino.

«A parte qualche graffio e una leggera commozione cerebrale, sto… bene.»

Ed era vero. Fisicamente. Psicologicamente, era un'altra storia.

Due giorni prima Philip aveva portato la polizia al vivaio dopo aver sentito il suo messaggio sulla segreteria telefonica. Avevano trovato il relitto fumante dell'auto e lei, accanto, priva di sensi.

Fece un respiro profondo. «Avete trovato Sam?»

Jay scosse la testa.

«Potrebbe essere stato sbalzato fuori» disse. «Avete cercato tra i cespugli…?»

«Sadie, abbiamo trovato tracce di sangue di due vittime.»

«Due?» Si mise seduta, con una smorfia di dolore. «Non ha senso.»

«A meno che non ci siano stati due bambini in auto.»

«Ma ho visto solo Sam.»

«L'altro potrebbe essere stato sul sedile posteriore o…»

«O nel portabagagli» finì la frase Sadie.

L'ispettore annuì mesto.

«Il sangue… siete sicuri che sia di Sam?» chiese, timorosa.

«Corrisponde al DNA che è sullo spazzolino che ci ha dato.»

Una lacrima le scivolò su una guancia. «E le altre prove?»

«Abbiamo trovato frammenti del detonatore. Roba militare.»

«È un bene, vero?» disse tra le lacrime. «Sarà più facile individuarlo?»

«Purtroppo, al momento attuale, è roba facilmente reperibile su Internet, se si cerca bene.»

Inspirò a fondo. «Devo prendere accordi. Per seppellire Sam.»

«Sadie, io, ehm…»

«Cosa?»

Sul suo viso si disegnò un'espressione addolorata. «Non c'è nulla da seppellire.»

Lo guardò senza capire.

«Non è rimasto nulla di lui» disse piano. «Sono esplose due bombe. Hanno disintegrato quasi tutto. Alla scientifica ci vorranno delle settimane per passare al setaccio i resti. E anche in quel caso, sono così minuscoli…»

Sadie rabbrividì. «Pezzettini sanguinanti.»

«Eh?»

«Qualcosa che mi disse la Nebbia.» Distolse lo sguardo, sfinita. «E il palloncino?»

«Lo abbiamo trovato su un albero, a qualche metro dalla scena. È stato inviato al laboratorio. Se siamo fortunati, troveremo un'impronta o della saliva per risalire al DNA.»

Sadie rimase a fissare il soffitto. Si ritrovò a rivivere l'esplosione, l'inferno di fiamme della macchina, l'odore di carne bruciata… le grida. Le *sue proprie* grida.

Si asciugò gli occhi. «Se solo non mi fossi mossa.»

«Non poteva sapere del filo.»

«Ma avrei dovuto chiamarla, aspettare…»

Jay le prese la mano. «Lo prenderemo, Sadie.»

Lo guardò negli occhi, confortata dalla spietata promessa della giustizia. Non dubitava delle sue parole. Avrebbe cercato la Nebbia… anche al prezzo della vita, se necessario. Sadie pregò Dio che non fosse così. Si era affezionata a quell'uomo.

«Grazie, Jay» sussurrò.

Fece una smorfia, contrito. «Ho sentito che Philip è… ehm…»

«In una cella di due metri per quattro» disse lei, sarcastica.

Bridget aveva mantenuto la parola, per quanto fosse dispiaciuta per il momento poco opportuno. Philip era stato arrestato ufficialmente quel mattino.

«Si è dichiarato colpevole» disse Sadie. «Ma il suo avvocato pensa che otterrà una pena ridotta.»

Jay annuì. «Perché hanno trovato il denaro.»

«Fino all'ultimo centesimo. Philip ci contava per la pensione.» Scosse la testa. «Non credo che pensasse di andare in pensione in carcere, però.»

«Lei è fortunata, Sadie.»

Rimase a bocca aperta. «Fortunata? Che cosa dice?»

Jay si mosse nervosamente, con evidente disagio. «Intendo dire che avrebbero potuto prenderle la casa, le auto, congelarle i conti bancari.»

«Cose senza importanza» rispose con un tono spento. «Avrebbero anche potuto prendersi tutto, se mi avessero ridato Sam.»

Seguì un silenzio imbarazzato.

«La faranno uscire presto?» chiese infine Jay.

«Prima di cena.»

«Ha bisogno che qualcuno la venga a prendere?»

Scosse la testa. «Verrà la mia amica.»

Jay andò verso la porta. «Se ha bisogno di qualcosa, mi faccia sapere.»

Rimase ad ascoltare i passi dell'ispettore echeggiare lungo il corridoio. Poi, si alzò dal letto e andò verso il bagno. La nausea l'assalì scuotendole il corpo dolorante e finì a terra davanti alla toilette. Con la fronte bruciante appoggiata sulle braccia, visualizzò Sam legato e imbavagliato nella macchina.

"Non è rimasto nulla di lui" aveva detto Jay.

Allora, perché sento come se Sam fosse ancora con me?

Diede di stomaco. Gemendo piano, avrebbe tanto voluto strisciare dentro il water ed essere espulsa con l'acqua sporca. Un'infermiera la trovò con la fronte sul sedile della tazza e la aiutò a tornare a letto.

Più tardi nel pomeriggio, fu dimessa dall'ospedale. Leah la stava aspettando all'ingresso per portarla a casa. Il viaggio verso casa fu infinito come la pioggia scrosciante e il cupo cielo grigio, in sintonia con il suo umore tetro. Disse molto poco a Leah. Aveva troppi pensieri per la mente.

«Grazie per il passaggio» disse, aprendo la porta di ingresso.

Leah la guardò preoccupata. «Vuoi che resti con te stanotte?»

«No.» Entrò in casa e fece per chiudere la porta, ma Leah la fermò con il braccio.

«Sadie, non respingermi. Voglio aiutarti…»

«Non c'è niente che tu possa fare. Voglio solo restare sola.»

«Sei sicura?»

«Sì, sono sicura. Grazie lo stesso.» Chiuse la porta e ci si appoggiò con la schiena. «Non c'è nessuno che possa fare qualcosa per aiutarmi.»

Passò da una stanza all'altra, ancora sotto l'effetto calmante degli antidepressivi presi in ospedale e del rumore cadenzato delle gocce di pioggia contro le finestre. Ogni volta che passava davanti alla camera di Sam, si fermava e appoggiava la mano sulla porta. Ma non riusciva ad aprirla. Alla fine, avrebbe dovuto mettere via i suoi giocattoli, i suoi vestiti... la sua vita.

Non ancora. Più avanti. Quando sarò pronta.

Decisero di celebrare il funerale, completo anche della sepoltura.

«Per dargli l'ultimo saluto» le aveva detto Philip quando andò a trovarlo in carcere.

All'inizio, Sadie aveva esitato. Un funerale avrebbe reso la morte di Sam più reale. E lei non voleva che fosse reale. Poi, ci fu la questione della bara. Philip aveva sostenuto che avrebbero potuto seppellire una scatola di compensato, qualcosa di simbolico.

«Una scatola.» Lo aveva guardato a bocca aperta come se fosse impazzito. «Sam merita più di una scatola di compensato da due soldi.»

Decise da sola e acquistò una bara da bambino.

Il mattino del funerale di Sam fu uggioso come si conveniva all'occasione. Una folla di persone benintenzionate ma indesiderate portarono teglie identiche e tradizionali cesti di frutta. All'ora di pranzo, Sadie aveva esaurito ogni spazio sul bancone della cucina e anche il frigorifero era pieno.

Poi, c'era la famiglia di cui occuparsi. Il fratello, la sorella e il padre di Philip erano venuti in autobus da Seattle, mentre i suoi genitori, abbronzati e di bell'aspetto, erano arrivati in aereo da Yuma. Il fratello era stato inviato in Afghanistan la settimana prima, lasciando la cognata Theresa con i bambini.

«Accidenti, Sadie» disse Theresa al telefono. «Darei qualsiasi cosa per essere lì. E anche Brad, lo so. Mi... mi dispiace così tanto. Sammy mi mancherà tantissimo. Il suo visino dolce, la sua risata, la sua...»

Sadie le agganciò il telefono in faccia.

Provò un po' di rimorso. Non voleva essere scortese, ma sentendola parlare di quanto le sarebbe mancato Sam, le aveva fatto stringere i pugni. È la *mia* perdita, avrebbe voluto gridare. *Non la tua!*

Philip chiamò all'ora di pranzo. «Come va?»

«Tu che ne dici?» rispose, sforzandosi di nascondere il tono di risentimento nella voce.

«Alle due e mezza consegneranno una corona al cimitero.»

«Dovresti essere presente, Philip.»

«Ci ho provato, ma non mi fanno uscire. Non è giusto.»

«Sam è morto» sbottò. «È giusto *questo*?»

Ci fu un momento di silenzio. Poi, lo sentì schiarirsi la gola. «Saluta il mio bambino per me, Sadie.»

«Non riesco nemmeno a salutarlo per me» disse, sconsolata.

Due ore dopo, lasciò che il padre la infilasse nel sedile posteriore della Mazda e si diressero al cimitero, la madre al suo fianco che tirava su con il naso coprendosi con un fazzoletto. Chuck, il suocero, portò il fratello e la sorella di Philip nella Mercedes.

Il funerale fu doloroso ma breve. A parte le famiglie, parteciparono anche Leah, Liz, Jean, Bridget e Jay. Matthew Bornyk mandò un messaggio di condoglianze, anche se Sadie non aveva pensato di invitarlo. E perché avrebbe dovuto? Sua figlia poteva essere ancora viva.

Dopo la breve preghiera di un pastore che aveva trovato il padre, Sadie attese che tutti posassero un bocciolo di rosa bianca sul coperchio della bara. Dato che non c'erano resti umani, seppellirono un unico oggetto: il cappello da baseball annerito. Lentamente, la piccola bara bianca con il rivestimento interno in satin bianco che solo Sadie aveva visto fu abbassata in una fossa fangosa nel settore dei Cherished Children del cimitero di Hope Haven. La vide scomparire nel buco in terra e il suo cuore scese con quella.

Con il viso rigato di lacrime, si avvicinò un po' di più. Sospesa sul bordo della fossa, avrebbe voluto che qualcuno le desse una spinta. Si sarebbe lasciata andare senza opporsi, se lo avessero fatto.

Chiuse gli occhi, inalando il delicato profumo di una rosa bianca.

Poi, la gettò nella fossa.

«Dormi, ometto» disse con voce tremante. «Bello come…»

Scoppiò in lacrime, singhiozzando convulsamente.

«Coraggio, tesoro» le disse la madre, prendendola con dolcezza per il braccio.

«Mi dispiace così tanto» disse Sadie tra le lacrime. «Perdonami, Sam!»

«Lascialo andare, Sadie.»

«Come faccio, mamma? Come dico addio al mio bambino?»

«Non lo so, tesoro» disse sua madre, asciugandosi una lacrima. «Nessuna madre dovrebbe mai seppellire il suo bambino.»

Tornarono alla macchina, ognuno immerso nel proprio dolore.

Quella sera, Sadie non riuscì più a sopportarlo. Il costante movimento di corpi e le conversazioni banali in ogni stanza la irritavano. Voleva soltanto essere lasciata sola, e lo disse alla madre. Alla fine, la famiglia di Philip andò in hotel, e le sue amiche tornarono alle loro case, alle loro vite.

Si rannicchiò sul divano e appoggiò la testa sulle ginocchia della madre. «Ho perso tutto, mamma. Tutto.»

La madre le accarezzò i capelli. «So come ti senti, Sadie, ma cambierà. Davvero. Ti farà meno male, con il tempo.»

«Tempo. È tutto quello che mi resta.»

«Il tempo è un dono, tesoro. Usalo con saggezza. Fa' qualcosa per Sam, qualcosa per ricordarlo.»

Ma Sadie non l'ascoltava. Un'altra voce le parlava, ed era molto più convincente.

"Mamma, dove sei? Non riesco a trovarti."

Non appena i suoi genitori se ne furono andati a letto, si armò di un'altra bottiglia di Cabernet di Philip e si barricò in camera da letto. Nel giro di un'ora, l'aveva fatta fuori tutta ed era scesa barcollando al piano di sotto per sbarazzarsi della bottiglia vuota.

Tornata in camera, si addormentò sulla poltrona.

Il mattino dopo, entrò con passo instabile in cucina. Trasandata, puzzolente di vino stantio e sofferente per la sbornia orrenda della sera prima, non vide i genitori che erano seduti al tavolo della cucina. La stavano aspettando, e lo sguardo di disapprovazione della madre le fece capire che c'era qualcosa che non andava.

«Che c'è?» chiese.

La madre aggrottò la fronte. «Hai un aspetto terribile.»

«Davvero, grazie, mamma.»

Una bottiglia vuota le dondolò davanti al naso.

«Ho trovato questa» le disse il padre. «Nel cassonetto sul retro.»

«Che cosa diamine stai facendo, Sadie?» le chiese la madre.

Sadie si massaggiò la testa che le pulsava, poi andò alla finestra e incrociò le braccia. «Sto dimenticando.»

Che altro poteva dire? Loro non capivano.

«Hai bisogno di aiuto» disse la madre, con decisione. «Aiuto psicologico, Alcolisti Anonimi, qualunque cosa ti serva, fallo. Resteremo con te per un po'. Finché non starai meglio.»

«Non ho bisogno di una babysitter, mamma.»

«No, ma hai bisogno di aiuto.» La madre le si avvicinò, con le mani protese, supplicante. «Fatti aiutare. Ci sei già passata prima, Sadie. Non porta a nulla di buono. Lo sai.»

«Non dirmi quello che so! So che mio figlio è morto! So che è colpa mia. So che bere mi rende insensibile. E mi *piace*.»

«Dici così perché stai soffrendo per la sua perdita» gridò la madre. «Tutti soffriamo per la sua perdita. Tu hai perso tuo figlio. Noi abbiamo perso nostro nipote. Non vogliamo perdere anche te.»

«Vai a casa, mamma. Starò…»

«Non ce ne andiamo» la interruppe il padre. «Finché non accetterai di farti curare da uno psicologo e di andare alla Alcolisti Anonimi.»

Sadie strinse i denti. «Mi stai dando un ultimatum, papà? Non sono una bambina. Sono adulta e posso prendere da me le mie decisioni. Giusto o sbagliato, devo fare a modo *mio*. Se questo significa bere per dimenticare, allora bevo. Ora, voglio essere lasciata sola.»

Il dolore che vide nello sguardo della madre la fece trasalire.

«Dammi un po' di spazio, mamma. Se avrò bisogno, ti chiamerò.»

«Promesso?» la madre stava piangendo.

«Tornate negli Stati Uniti. Non c'è altro che possiate fare.»

I genitori se ne andarono il mattino dopo, depressi e sconfitti.

Sadie passò la giornata tra le carte. Poi, chiamò l'agente immobiliare che aveva trovato Philip.

«Notizie per la casa?»

«Abbiamo un acquirente» rispose l'uomo. «Stiamo finalizzando il contratto, il denaro arriverà sul conto entro domani. Quanto tempo le serve?»

«Sarò fuori tra qualche giorno.»

Più tardi, la chiamò Jay.

«Quel bastardo ci tiene per le palle» si sfogò. «Il palloncino, il biglietto, le bombe... sono tutti vicoli ciechi. Ma speriamo ancora di trovare qualcosa di nuovo.»

Percependone la frustrazione, Sadie lo ringraziò e riagganciò. Aveva visto parecchi episodi delle serie televisive *Missing* e *Without a Trace* per sapere che ogni giorno che passava le possibilità di catturare la Nebbia diminuivano.

Il giorno dopo, si fermò davanti alla porta di Sam. Trattenendo il respiro, l'aprì e un tumulto di emozioni la travolse. Quello era l'ultimo posto in cui aveva visto Sam vivo, in cui aveva visto un assassino portarglielo via. Avrebbe dovuto combattere di più. Avrebbe dovuto fare qualcosa di più. Il rimorso la divorava, ribollendogli nello stomaco e minacciando di esplodere.

Si mosse in cerchio, lentamente, osservando le ciabattine pelose di Sam, la mazza da baseball con l'autografo, i suoi vestiti... il letto vuoto. Ci si sedette sopra. Poi, si distese e si mise a fissare lo stesso soffitto che suo figlio aveva guardato per sei anni. Con un dito, tracciò un invisibile simbolo dell'infinito nell'aria. Ancora, e ancora.

«Mi manchi, Sam.»

Si girò su un fianco, afferrò la coperta preferita di Sam e pianse fino allo sfinimento, finché un'idea che le era rimasta a ribollire nella mente dal giorno in cui Sam era morto divenne l'unica cosa su cui riusciva a concentrarsi. Non poteva, *non voleva*, vivere senza Sam, e c'era un solo modo per stare con lui.

Con il cuore pesante, si dedicò al compito spaventoso di smantellare la camera del figlio. Ogni oggetto pareva evocare un altro ricordo, e ognuno era una staffilata al cuore, sempre più profonda. Le ci vollero delle ore, combattendo contro emozioni, ricordi e lacrime, prima che potesse completare l'opera.

Poi, si mise a vagare per la casa. La casa in cui avevano portato Sam ai tempi della felicità. Ovunque, c'erano ricordi di lui. Come batuffoli di polvere, infestavano ogni angolo e fessura. Avrebbe voluto ignorarli, ma non poteva. I suoi primi passi, il suo primo capitombolo per le scale, il suo primo compleanno.

Il suo ultimo.

«Tutto è diverso ora» sussurrò.

Sam non c'era più. Philip non c'era più. La sua vita, quella che conosceva, non c'era più. Si era dissolto tutto, intorno a lei.

La rabbia le ribolliva ribelle salendo alla superficie, come una pastiglia effervescente nell'acqua. *Plop, plop. Fizz, fizz...*

Non c'era alcun sollievo in vista. A parte in una sola cosa.

Non farlo, Sadie!

Ma non poteva opporsi al destino.

Capitolo 16

Afferrò un'altra bottiglia di Screaming Eagle Cabernet dalla riserva segreta di Philip. Ne rimanevano tre, nel cassetto. Pensò di prendere anche quelle, ma poi cambiò idea.

«Vi terrò per un'occasione speciale.»

Di sopra in camera, si lasciò cadere tristemente nella sedia accanto alla finestra e accese la radio d'epoca poggiata sul davanzale interno. Aveva bisogno di qualcosa di forte, che le desse una spinta, così girò la manopola finché non sentì i bassi martellanti di un brano rap molto ritmico. Da una voce profonda tuonavano parole poco riconoscibili di una donna che stava lasciando il suo uomo.

«*I axed you why...*» cantava il rapper.

Sadie alzò la bottiglia in aria. «Alla fine di una vita.»

Si era abituata a bere direttamente dalla bottiglia e ne tranguggiò un lungo sorso. Il gusto inizialmente amaro del vino non la disturbava più; ne assaporò il calore mentre le scendeva in gola. Ogni sorsata l'avvolgeva in una calma che cancellava ogni pensiero.

«E adesso?» mormorò.

In un momento di improvvisa lucidità, prese due decisioni.

Per prima cosa, prese delle forbici in bagno e si mise di fronte allo specchio. Tra un sorso di vino e l'altro, si tagliò i lunghi boccoli neri appena sotto le orecchie. Non provò alcun dispiacere nel vedere le ciocche cadere sul pavimento. Quando ebbe finito, c'erano più capelli a terra che in testa.

Si fissò nello specchio, negli occhi infossati e pesti. «Non sono nulla. Solo un guscio vuoto.»

Dopo aver spazzato i capelli e averli depositati nella pattumiera, tornò in camera per prepararsi alla sua seconda decisione. Appoggiò la bottiglia sul comodino, tirò fuori dall'armadio due valigie e le lanciò sul letto.

«C'è ancora una cosa da fare» biascicò. «Ma non puoi farla qui.» Si fermò, la mano sospesa accanto alla lampo di una valigia. «Be', potresti, ma potrebbe non essere molto apprezzata dai nuovi proprietari.» Ridacchiò, ubriaca.

Un bussare alla porta, inaspettato.

Sadie fece scivolare la bottiglia mezza vuota nel cestino solo qualche secondo prima che Leah si affacciasse alla porta.

«Posso entrare…? Sadie! Che cosa hai fatto ai capelli?»

«Li ho tagliati.»

«Già, lo vedo» rispose Leah, entrando nella stanza.

Sadie si stava spazientendo. «Non ho sentito il campanello.»

«Ho suonato più volte, ma non mi hai risposto e mi sono preoccupata. Sono entrata dal garage.» Leah lanciò un'occhiata alle valigie sul letto. «Che diavolo stai facendo?»

«Secondo te? Me ne vado.»

«Ma non puoi farlo.»

«Mi vedi.»

«E Philip? E il processo?»

Sadie lanciò tre paia di jeans in una delle valigie. «Non c'è più nulla per me qui. Devo andarmene.»

Un silenzio imbarazzante riempì la camera.

Leah si sedette sul letto. Quando alla fine parlò, il tono era ormai di rassegnata accettazione. «Allora, dove andrai?»

«In qualsiasi posto, ma non qui.»

Mise la foto di Sam e un pesante album di fotografie sopra i vestiti. Poi, chiuse la lampo della valigia. Nella seconda valigia, mise la scatola di plastica che conteneva tutti i ritagli di giornale. Per ultimo, mise la cartella dei disegni.

«Finirai il libro di Sam?» chiese Leah.

«Sarà l'ultima cosa che faccio per lui.»

«Forse *è* una buona idea. Prenditi del tempo, vai via per un po'.»

Sadie annuì. «Sei stata una grande amica, Leah. Migliore di me.»

«No, è a questo che servono le amiche. Io ci sono per te. Mi occuperò della casa mentre starai via, finché non ritornerai.»

Sadie scosse la testa. «È stata venduta.»

Leah inarcò un sopracciglio, incredula. «Che cosa? Non sapevo che l'avevate messa in vendita» disse, con un tono accusatorio nella voce.

«Senti, non te lo posso spiegare. Le cose sono diverse, ora. Ora che Sam… non c'è più.»

«Sì, ma scappare non risolverà nulla. Gesù, Sadie! Che cosa ti sta succedendo?»

In preda alla rabbia, Leah indietreggiò andando a sbattere contro il cestino. Quando guardò in basso e vide la bottiglia di vino, scosse la testa, delusa. «Sadie, non è questo che vuoi…»

«Non farmi la predica! Sono stanca di tutti quelli che mi dicono come devo fare, cosa devo fare, come mi devo sentire. Mi hanno portato via mio figlio, me lo hanno strappato davanti agli occhi. Ed è colpa mia. Quindi, se sento il bisogno di andarmene, è quello che farò. Se sento il bisogno di bere, berrò. Tu non capisci, Leah. Non capirai mai.»

Gli occhi di Leah si erano riempiti di lacrime. «Hai ragione. Io non capisco. Perché tu non mi parli. Mi hai tagliata fuori, mi hai esclusa. E ora, hai ripreso a bere? Sam non l'avrebbe voluto, amica mia.»

Sadie strinse la mascella. «Non dirmi che cosa avrebbe voluto mio figlio.» Poi, aggiunse: «Ricordati di chiudere la porta di ingresso quando esci.»

Leah se ne andò senza una parola.

Dopo che se ne fu andata, Sadie provò rimorso.

Leah non si merita questo.

Da un lato, avrebbe voluto scusarsi, chiederle perdono. Ma, alla fine, avrebbe solo peggiorato le cose. Leah non l'avrebbe mai perdonata per quello che stava per fare.

Attraversò la stanza fino all'armadio, prese un paio di maglioni e li mise in valigia. Non aveva idea di dove andare, ma voleva essere pronta. In bagno, rovistò tra i flaconi nell'armadietto dei medicinali. Trovò una miniera. Tre confezioni di miorilassanti e sonniferi. Almeno un centinaio di pillole.

Scese di sotto, puntando dritta allo studio di Philip. La porta era chiusa ed esitò. C'erano altre due cose di cui aveva bisogno. Erano entrambe oltre quella porta.

Entrò. Chiudendosi la porta alle spalle, non fece caso al disordine e andò verso lo schedario da cui prelevò le ultime tre bottiglie di Cabernet. Le avvolse in una delle magliette di Philip e le infilò in un borsone che il marito usava quando andava a giocare a golf.

Corse verso l'armadio.

La scatola di cedro era ancora lì.

«Ok, Sadie. E ora?»

Prese la scatola. Era più pesante quanto si aspettasse, e le mani le tremarono quando alzò il coperchio. Tremarono ancora di più quando toccò il metallo freddo della pistola. Prese il caricatore e lo esaminò.

Aveva un solo proiettile.

«Prego Dio che tu sappia quello che stai facendo.»

Rimise la pistola nella scatola, la infilò nella borsa, poi rovistò nell'armadio alla ricerca di altri proiettili. Non ce n'erano. Guardò nella scrivania di Philip, nello schedario, in una vecchia valigetta. Nulla.

«Be', non è che abbia proprio bisogno di fare pratica nel tiro al bersaglio» mormorò. «Quanto può essere difficile? Si punta e si spara.»

Afferrò la borsa e si diresse alla porta.

La maniglia si mosse prima che la toccasse.

Al diavolo!

La porta si aprì.

«Sadie!» esclamò Leah. «Io, ehm...»

«Che ci fai qui? Pensavo che fossi andata a casa.»

Leah percorse la stanza con lo sguardo. «Stavo andando, ma... poi mi sono ricordata di aver lasciato un libro qui.»

Sadie aggrottò la fronte. «Nello studio di Philip?»

«Be', ho pensato che forse qualcuno lo avesse messo qui. Non è in cucina. Né in soggiorno.»

«Come si intitola? Ti aiuto a cercarlo.»

«Ah, non ti preoccupare. In realtà, credo di averlo lasciato in macchina.»

Sadie guardò l'amica, sorpresa per lo strano comportamento.

Perché Leah era lì, nello studio di Philip?

La risposta la travolse con la forza di uno tsunami, diminuì in silenzio, poi colpì di nuovo con più violenza.

Al diavolo tutti e due!

Philip doveva aver detto a Leah della sua scorta segreta di Cabernet. E dato che aveva già visto una bottiglia in camera da letto, era tornata per buttare le altre.

Leah disse qualcosa sottovoce.

«Scusa?»

«Non so più cosa dire» rispose Leah. «O fare.»

«Non ti preoccupare.»

«Ma non voglio che le cose siano così tra di noi. Dimmi solo che cosa posso fare per essere utile e lo farò.»

«Non c'è nulla che tu *possa* fare.» Sadie si voltò per andarsene, ma Leah allungò il braccio.

«Sadie, io...»

«Che c'è?»

L'aria vibrò per la tensione.

«Niente» disse infine Leah. «Non importa.»

Mentre Sadie le passava accanto, urtò con il borsone le gambe di

Leah.

«Cosa c'è nel borsone?» le chiese l'amica.

«Documenti legali. Scusa, ma non sono dell'umore giusto per chiacchierare. Mi vado a distendere per un po'. Prima ti accompagno alla porta.»

«Bene» disse Leah con un sospiro. «Fammi sapere se hai bisogno di qualcosa.»

Sadie lanciò un'occhiata alla borsa. «Ho già tutto quello che mi serve.»

Poco dopo le sei di sera, Philip chiamò dalla prigione.

«La casa è stata venduta» gli disse. «Ho detto che ne saremo fuori entro la fine del mese.»

«Non c'è problema. Chiamerò una ditta di traslochi. Va tutto al deposito, compresi i mobili, giusto?»

Non tutto.

Lanciò un'occhiata nervosa al borsone. Era sul tavolo accanto alla porta. Pronto, in attesa.

«Sì, fai mettere tutto al deposito» confermò.

«E le tue cose, Sadie?»

«Ehm, non ho pensato a dove…»

«Mettile con la mia roba. Non c'è problema. Così, potrai avere accesso a tutto, in caso uno di noi avesse bisogno di qualcosa.»

«Sei sicuro?»

«Ehi, non ne avrò bisogno tanto presto.»

Philip aveva ragione su quello. Aveva patteggiato addossando tutta la colpa a Morris, il socio che aveva orchestrato la truffa. Con la collaborazione e la dichiarazione di colpevolezza di Philip, non ci sarebbe stato il processo. La pena gli era stata ridotta da venti a dieci anni.

«Così andrai a stare da Leah per qualche giorno?» chiese.

Gli disse una bugia. «Forse, una settimana o due.»

Ci fu un lungo silenzio e quando alla fine parlò, il tono della voce era triste. «Sadie?»

«Sì?»

«Verrai a trovarmi domani?»

Ci pensò un attimo. «No. Ho bisogno di stare per un po' di tempo… lontano. Da te, da questa casa, da tutto.»

«Bene.» Sospirò. «Mi dispiace, Sadie. Per tutto.»

«Anche a me.»

«È che sono finito con le persone sbagliate. So che mi ha cambiato… che *ci* ha cambiato. Forse, con il tempo, potremo essere amici.»

«Senti, Philip. Sono stanca. Ho bisogno di dormire.»

«Dove andrai dopo Leah?»

Da nessuna parte, Philip. Non vado da nessuna parte.

Sadie non rispose. Philip fece un sospiro. «Cerca di star bene, okay?»

Lanciò un'occhiata al borsone. «Certo.»

Due giorni dopo, era tutto sistemato. Era riuscita a impacchettare le loro cose personali da sola. Leah si era offerta, ma Sadie aveva rifiutato. Non voleva che ci fossero testimoni al crollo della sua vita.

Quel mattino, un camion di traslochi si fermò nel viale. Su entrambi i fianchi c'era la scritta: *Due piccoli uomini con un grande cuore.* Aveva visto quel mezzo in città, e il nome l'aveva sempre fatta sorridere.

Ma non questa volta.

Fece strada ai traslocatori in casa, grata che si occupassero di tutto il resto. Sfinita, si lasciò cadere sul divano.

«Ditemi quando volete che mi alzi» disse, soffocando uno sbadiglio. «Vi dispiace se accendo la radio?»

Il più giovane dei due sorrise: «Niente affatto.»

Allungò una mano verso il telecomando sul tavolino, accese lo stereo e cercò la sua stazione preferita, che non ascoltava mai quando c'era Philip.

«Ah, *91.7 The Bounce*» disse l'uomo più anziano.

«Se non preferite il genere *country.*»

«No!» risposero entrambi, disgustati.

Un sorriso le si disegnò sulle labbra. Finché non si rese conto di quello che stava facendo. Rimproverandosi di provare un po' piacere nella vita, li guardò mentre impacchettavano tutta la sua esistenza.

E quella di Sam.

I due uomini incartarono, inscatolarono e coprirono tutti gli oggetti simbolici della sua vita: i piatti che aveva ricevuto in regalo per il matrimonio, il nuovo microonde che Philip le aveva comprato per Natale, il vaso di cristallo che la madre le aveva regalato dopo il primo anno che non aveva più toccato alcool.

«Va tutto in deposito?» chiese incuriosito l'uomo più anziano.

Annuì.

Nel giro di poche ore, i traslocatori se ne andarono, con un camion pieno di mobili e scatoloni. Sul pavimento accanto alla porta, le valigie e il borsone con il vino e la pistola erano l'ultimo baluardo ancora rimasto in una casa vuota che una volta era stata piena di gioia, ma in cui ora echeggiava la tragedia.

Le ci vollero due viaggi per portare tutto in garage. Fece per andare verso la Mazda, finché non fu distratta da un lampo metallico.

La Mercedes di Philip.

«Questa è la *mia* macchina, Sadie» aveva insistito il giorno in cui l'aveva acquistata. «E sono l'unico che la guida. Intesi?»

Si avvicinò di più alla macchina.

Avrebbe osato?

«Be', Philip non la userà» mormorò.

Aprì il portabagagli della Mercedes e spinse da parte un contenitore di plastica pieno di cartelle e lettere. Infilò le due valigie accanto al contenitore e sistemò il borsone sul sedile del passeggero. Poi, salì in macchina e lanciò un'occhiata al borsone che aveva accanto. Era visibile la forma della scatola che conteneva la pistola. Cedendo a un impulso improvviso, aprì la zip della borsa, per assicurarsi che la pistola fosse ancora nella scatola.

C'era.

«Okay, diamo inizio allo spettacolo.»

Girò la chiave di accensione. L'auto crepitò, poi si mise in moto. Lanciò uno sguardo all'indicatore del carburante e sorrise.

«E il pieno di benzina. Grazie, Philip.»

Innestando la retromarcia, fece all'indietro il viale e uscì in strada. Si fermò un momento davanti all'abitazione, il posto che aveva chiamato casa per più di sei anni. Senza volerlo, alzò lo sguardo, verso la finestra vuota del secondo piano e vide il viso supplichevole di Sam premuto contro il vetro.

«Lo so che non sei reale. Addio, Sam.»

Partì senza più guardarsi indietro.

«Tieni» disse, consegnando a Leah tre chiavi. «Auto, casa e deposito. Dopo che sarai andata a prendere la mia macchina, lascia la chiave di casa sotto lo zerbino per l'agente immobiliare.»

Leah sbirciò oltre la spalla e vide la Mercedes. «Pensavo di dover mettere al deposito la macchina di Philip.»

«Ho deciso di prendere questa invece.»

Leah sgranò gli occhi. «Non si arrabbierà?»

Sadie ignorò la domanda ed estrasse qualche banconota dal portafoglio. Quando Leah la guardò interrogativa, le disse: «Forse, la mia macchina ha bisogno di benzina.»

«Ah, certo.» Leah le lanciò uno sguardo ferito. «Non c'è problema.»

«Grazie.»

Sadie si rese conto di quanto fosse goffa la loro conversazione, ma era un male necessario. Doveva tagliare con tutti. Faceva parte del piano.

«Sadie...»

«Mi dispiace, Leah. Davvero. Ma è quello che devo fare. Spero che un giorno capirai. Devo andare ora. Assicurati che l'avvocato di Philip abbia le chiavi del deposito, okay?»

Leah annuì, rassegnata. «Certo.»

Sadie salì sulla Mercedes e partì. Fu solo quando stava per uscire dalla città di Edmonton che si mise a riflettere sul piano. Ricordò i passi che avrebbe dovuto fare, facendo mentalmente la lista di tutto.

«A tra poco, Sam.»

Lanciò uno sguardo sul sedile posteriore, quasi si aspettasse di vederlo seduto lì, a fissarla. Il posto era vuoto. Allungò la mano verso la radio, poi cambiò idea. Avrebbe lasciato decidere al destino.

«Guiderò in silenzio. Quando verrà interrotto, mi fermerò.»

Il traffico si stava preparando per l'ora di punta pomeridiana mentre Sadie attraversava le strade congestionate di Edmonton. Mezz'ora dopo, il traffico si attenuò e alla città caotica si sostituì la campagna. I fangosi campi di fieno contornati dalla neve in scioglimento sfrecciavano veloci, confusi in un susseguirsi di pianure infinite, interrotte di tanto in tanto da qualche mandria di bestiame. Il silenzio e la pace avevano il potere di ipnotizzare.

Passarono due ore, senza che accadesse nulla.

Poco dopo, apparve il cartello per Edson. Attraversò la piccola cittadina, senza nemmeno un ripensamento. Ma poi, più avanti sulla superstrada, il traffico si bloccò.

Il silenzio era finito.

Capitolo 17

L'accolsero luci lampeggianti e suono di sirene.

Sadie guardò il borsone sul sedile del passeggero. «Merda!»

Obbedendo a un poliziotto del traffico in gilet arancione, rallentò fino ad avanzare a passo d'uomo dietro a una station wagon con pannelli in legno occupata da rockettari tatuati che, tra tutti e quattro, avevano ogni parte del viso perforata da piercing. Un giovane sul sedile posteriore si voltò, le sorrise e fece movimenti osceni con la lingua trafitta di chiodi. Ignorandolo, si concentrò sulla strada.

«Avanti. Muovetevi!»

Un minuto dopo, vide il problema. Più avanti, una cisterna dal ventre argentato si era rovesciata sulla linea di mezzeria. Stavano deviando il traffico.

Si lasciò sfuggire un sospiro di esasperazione. «Dove sto andando, alla fine? Ho bisogno di un segno. Avanti, Sam, indicami dove...»

Un corvo la guardava in silenzio in cima a un palo di legno. Sospeso al di sotto dell'uccello c'era un cartello. Alcune delle parole si erano sbiadite, ma riuscì comunque a distinguerle.

Chalet in affitto! Grotta dei pipistrelli! Seguire le indicazioni per Cadomin, Alberta.

Ed eccolo, il segno. Ancora una volta, il destino era intervenuto.

Lasciò la Highway 16 e seguì la strada verso sud in direzione di Robb. Fu grata per l'assenza di traffico, avendo incontrato un solo veicolo, un vecchio caravan Airstream, per tutto il tragitto fino al punto in cui la strada asfaltata cedeva il passo a una via sterrata.

«Sarà poi così lontano dalla civiltà?»

In risposta, i pneumatici invernali della Mercedes fecero schizzare pietre e pezzi di ghiaccio. Al suono del metallo raschiato, trasalì. «Philip non ne sarà contento.»

Guidò la Mercedes fino in fondo alla via finché non superò la cittadina di Cadomin. Seguendo i cartelli per gli chalet in affitto, manovrò per affrontare al meglio i crateri che si aprivano sulla strada e rallentò in prossimità di un tornante.

Un clacson suonò.

«Oh, Cristo!»

Un pickup nero con i finestrini oscurati sbucò fuori dal nulla. Avanzò sbandando verso di lei, obbligando la Mercedes ad accostarsi pericolosamente al fosso.

Sadie pestò sul pedale del freno.

Mentre il furgone passava, vide la sagoma di un uomo con un cappello da cowboy. Agitò nervosamente un pugno in aria contro di lei.

«Stronzo!» gridò, anche se non poteva sentirla.

Nello specchietto retrovisore, osservò il furgone sparire dietro una nuvola di polvere. Cercò di calmare il battito frenetico del cuore, pur domandandosi che senso avesse in fondo se fosse stata colpita. Sarebbe stata una benedizione.

Ma non hai finito il libro di Sam, ribatté la voce della sua coscienza.

Riprendendo la strada, guidò per altri quindici minuti e poi il panorama, da una distesa piatta e alberata, si trasformò in una catena argentea di colline ondeggianti che si stagliava in lontananza. Oltre, le Montagne Rocciose si innalzavano maestose, così pallide che parevano galleggiare nel cielo.

Rallentò in prossimità di un incrocio.

Un cartello indicava a sinistra per la Grotta di Cadomin. A destra, per gli chalet Armonia.

Svoltò a destra e imboccò un viottolo stretto che serpeggiava tra gli alberi. Qualche minuto dopo, vide un piccolo chalet di legno grezzo. Un cartello conficcato nel terreno accanto alla porta di ingresso diceva: *Ufficio degli chalet Armonia.*

Emise un sospiro di sollievo, parcheggiò l'auto e scese, sgranchendosi le gambe doloranti.

«Hai fatto un lungo viaggio?» chiese una voce stridula.

Sadie ebbe un sussulto.

Un'anziana donna, magra come una matita e capelli grigio tortora con un taglio corto da uomo, era in piedi accanto allo chalet. I jeans scoloriti, la leggera giacca invernale e il viso abbronzato e pieno di lentiggini facevano pensare a una persona abituata a passare molto tempo all'aperto.

«Il gatto ti ha mangiato la lingua?» le chiese la donna, che camminava muovendo avanti e indietro una mano con cui impugnava un'accetta.

Sadie fece un passo indietro, trattenendo il respiro. «Io, ehm…»

«Sei di città.» Strizzò gli occhi quasi neri.

«Edmonton.»

La donna infilò una mano nella tasca della giacca ed estrasse un pacchetto di sigari. Con un gesto ne fece uscire uno. Lo accese facendo scattare l'accendino. Il fumo le fuoriuscì dall'angolo della bocca.

«E hai bisogno di uno chalet» disse.

Sadie annuì. «Fino alla fine di questo mese e il successivo.»

La donna, pensierosa, tirò una boccata ed ebbe un attacco di tosse. Il rantolo che le eruppe dal petto pareva un vecchio treno merci sferragliante su un binario sgangherato.

«Mancano quattro giorni alla fine del mese» disse. «Ti faccio pagare solo maggio. Mi è rimasto uno chalet, sei fortunata. Non è stato pulito, però.»

«Va bene» si affrettò a dire Sadie. «Lo prendo.»

La donna si girò e fece ondeggiare più forte l'accetta. La piantò su un ceppo accanto alla porta dello chalet con un fragoroso schiocco. Per Sadie, era come se la ghigliottina del destino le fosse calata sulla testa, recidendogliela di netto.

«Sono Irma» disse la donna, tendendo una mano ossuta.

Sadie la strinse con cautela. «Sadie O'Connell.»

«Piacere di conoscerti.» La donna lanciò un'occhiata alla Mercedes. «Quando vai in città, fa' attenzione a come guidi. Questa strada non è la più sicura, specie con Sarge nei paraggi.»

«Ha un pickup nero, per caso?»

Irma aggrottò la fronte. «Quel catorcio è da rottamare.»

Sadie si morse la lingua quando vide un preistorico rimorchio per il trasporto del bestiame parcheggiato dietro l'ufficio. Anche quel mezzo era ormai da rottamare. Ma non lo disse.

«Vieni, Sadie. Ti faccio vedere la tua suite a cinque stelle.»

Irma rise della sua stessa battuta, poi le indicò un sentiero ben battuto. Dopo qualche metro, la donna si fermò per spegnere il sigaro.

«Sei nell'ultimo chalet» le disse, mentre con la punta dello stivale frantumava il mozzicone del sigaro. Ne accese subito un altro. «Ne vuoi uno?»

«No, grazie. Non fumo.»

«Già, nemmeno io.» Irma sorrise, mostrando una dentatura trascurata e rovinata. «Ogni giorno mi dico che smetto. Poi, me ne faccio un altro. È una bella rogna quando ti fai il diavolo come migliore amico.»

Sadie deglutì. «A volte, è l'unico amico che si ha. Lo sai che cosa dicono, meglio il diavolo che si conosce...» Irma la fulminò con i suoi occhi neri, e Sadie cambiò argomento. «È questo?»

Più avanti, in mezzo a un boschetto di pioppi spogli, c'era uno chalet con le tendine a margherite.

Irma scosse la testa. «Il tuo è lungo il fiume.»

«C'è un fiume qui?»

«Be', è più un ruscello in alcuni punti.»

Superando lo chalet, Sadie notò un cartello appeso alla porta sul retro. C'era una parola. *Pace.*

Sorrise. «Bel nome.»

«Idea di mia figlia. Ha dato un nome a tutti. Dice che così attraggono di più.» Irma la guardò da sopra la spalla. «È vero?»

«Be', a me sì» rispose Sadie, divertita.

«Il mio è l'ufficio, Armonia» disse Irma. «Poi ce ne sono due dietro al mio. Speranza è vicino alla strada e Ispirazione è dentro al bosco. Laggiù, ci sono Pace e Infinito.»

Sadie sussultò. Aveva sentito bene?

«Infinito?»

Irma sorrise. «Ha la vista migliore. Si vede tutto.»

«E quello è il mio?»

«Già, l'unico che mi è rimasto.»

Sadie fece un respiro profondo. La coincidenza la inquietava.

«Le coincidenze non esistono» diceva sempre la madre.

«Tua figlia vive con te, Irma?»

«Naa, gestiva questo posto, prima. Poi, lei e il marito se ne sono andati nella *grande città*. La vita di campagna non le bastava più quando ha incontrato lui. Specie dopo che sono arrivati i figli.»

«Quanti nipoti hai?»

«Cinque. Brenda non è riuscita a fermarsi una volta partita. Per cinque anni ne ha sfornato uno all'anno.» Irma sbuffò. «Ora li fa studiare a casa. A Edmonton, così ha voluto Pete, dove ci sono scuola a non finire. Dio onnipotente, a quella ragazza manca qualche rotella.» Scosse la testa. «Ha preso da quella buonanima del padre, che riposi in pace.»

Sadie le rivolse uno sguardo comprensivo.

«Clifford è morto» disse Irma. «Cavalcava i tori al rodeo di Calgary. È stato calpestato dal vecchio Diablo, diciotto anni fa. Cieco come un pipistrello, quello.»

«Il toro?»

Irma grugnì. «No. Clifford. Non riusciva a vedersi nemmeno i piedi.»

Continuarono a camminare, entrambe perse nei loro pensieri.

«Quindi, sei qui da sola?» le chiese Sadie, infine.

«Già, io e gli operai del petrolio. Sono negli altri chalet. Per tua fortuna, non ci sono durante il giorno. Tornano qui a dormire, se non trovano una camera in città. Ma non dovrebbero disturbarti. Magari, non vedrai nessuno, a parte me.»

Sadie si fermò accanto a un ceppo sradicato. Una fila continua di formiche si muoveva lungo una radice scoperta, mentre un aracnide panciuto si avvicinava furtivo alla coda per il buffet. Sadie rabbrividì quando il ragno catturò una formica ritardataria e la divorò.

La sopravvivenza del più adatto, pensò.

Irma fece un cenno a Sadie di continuare a seguirla. «Ci siamo quasi.»

Il sentiero scendeva verso una zona di diradamento arboreo, poi si aprì su un fiume tortuoso che saltava sulle rocce, aggirava ceppi, serpeggiando e ondeggiando tra i boschi e superando l'ultimo banco di neve ancora rimasto. In alcuni punti, era così stretto che l'acqua era bassissima. In altri, il fiume era scuro e profondo.

Per Sadie, la vista era da mozzare il fiato.

«Questo è il fiume Kimree» annunciò Irma.

La brezza di aprile increspò la superficie dell'acqua, accarezzando il viso di Sadie con una fresca nebbiolina. Nell'aria aleggiava un tenue profumo palustre; non proprio sgradevole, come un odore di terra umida. Le ricordò lo Screaming Eagle Cabernet.

«Puoi continuare a seguire questo sentiero attraverso il bosco o prendere la scala.» Irma indicò dei gradini di legno grezzo piantati nella terra ghiacciata. «È più agevole camminare lungo il fiume se porti dei pesi. Ma fa' attenzione. Quei gradini sono scivolosi.»

Sulla sponda del fiume, camminarono l'una accanto all'altra, senza parlare. Non si vedevano più costruzioni, né persone. Quando Irma sarebbe tornata in ufficio, Sadie sarebbe rimasta sola.

Proprio quello che voglio.

«Eccolo lì» disse Irma, orgogliosa.

Avvicinandosi da un lato, Sadie ebbe il primo colpo d'occhio della sua nuova casa. Lo chalet era abbarbicato su un poggio di erba secca, il tetto grigio chiaro luccicava alla luce del sole. Due finestre su un lato erano chiuse da pesanti persiane bianche e i pali di sostegno frontali di una piccola veranda poggiavano sul letto del fiume. Una ghiacciaia portatile azzurra e bianca a marca Coleman, due logore sedie di legno e un tavolo fatto con un ceppo sporgente erano gli unici arredi della veranda, a parte un cedro nano in un vaso di terracotta accanto alla porta scorrevole.

Sadie ispezionò la sua nuova casa. Non c'era molto da vedere all'esterno e probabilmente dentro non era molto meglio. Ma il gorgoglio rassicurante del fiume la rendeva sopportabile.

«Non scherzavi quando dicevi che lo chalet era sul fiume» disse, ridacchiando.

«Speriamo solo di non avere una piena» la mise in guardia Irma.

«Piena?»

«Già. Qualche anno fa, abbiamo avuto un'alluvione improvvisa e un temporale che ha illuminato il cielo per miglia. *Quello* sì che è stato un temporale come Dio comanda. Se ne arriva un altro così, meglio che chiudi le persiane. Il vento soffia forte qui, e i tuoni sono belli forti.»

Salirono i gradini incassati nel terreno e girarono intorno allo chalet. Cataste di legna, coperte da un telone verde sbiadito, erano addossate contro una parete. Una canna da pesca e una lampada a olio erano abbandonate sull'erba.

Turbata, si girò verso Irma. «Non c'è corrente?»

«Qui no, cara. È un problema?»

«Devo caricare la batteria del portatile e del cellulare.»

«Be', stavo per prendere uno di quei generatori strafighi come quello che si è preso Sarge, ma non posso permettermelo. M dispiace.»

«Va bene. Caricherò le mie cose in città, allora.»

Irma emise un grugnito. «Non a Cadomin, niente da fare. C'è un solo negozio, e Louisa è una che ha le sue fisse. Non ti fa nemmeno andare in bagno se vieni da fuori città.» Si passò una mano sudicia sulla fronte. «Devi andare a Hinton, al Pub di Ed. Digli che ti mando io. È mio fratello.»

Mentre si avvicinavano al retro dello chalet, Sadie vide il cartello sopra la porta. *Infinito*. Le fece pensare a Sam, al loro rituale notturno.

«Sam» sussurrò.

«Chi è Sam?» chiese Irma. «È il tuo uomo?»

«No, ehm…»

«Va bene, cara. Non ti troverà qui.»

Sadie si voltò di colpo. «Cosa? No, mi hai frainteso.»

Irma scosse la testa. «Naa, non credo. Perché allora ti nasconderesti in mezzo al nulla? Te lo leggo negli occhi, cara.»

«Cioè?»

Irma andò alla porta e infilò la chiave nella serratura. «Appena ti ho vista, mi sono detta: "Irma, questa ragazza sta scappando da qualcuno. O da qualcosa di terribile." Te lo leggo negli occhi. E gli occhi non mentono.» Le lanciò una breve occhiata oltre la spalla. «Ma non sono affari miei.»

La donna spinse la porta. Cigolò lamentosa, poi si spalancò e ne uscì un nugolo di mosche nere.

E l'odore della morte.

«Maria santissima, madre di Dio!» esclamò Irma, sconvolta.

Sadie si sentì soffocare. «Che cos'è questo odore?»

Capitolo 18

I loro passi violarono il pavimento coperto di fango, e una colonna di particelle fini, polvere, ragnatele e Dio sa che altro, salì nell'aria stantia, insieme al puzzo insopportabile di pelle di pollo in decomposizione, pesce putrefatto e latte andato a male. Ricordò a Sadie quando il tritarifiuti si era intasato e il contenuto era traboccato dal lavello della cucina.

Irma corse ad aprire le finestre. «Mi dispiace tanto, cara. Sono stata così presa dai problemi di Brenda che ho sempre rimandato le pulizie di questo posto. Sarei dovuta venire prima.»

Sì, direi, avrebbe voluto rispondere Sadie. Ma non lo fece.

Trattenendo il respiro, attraversò la stanza, tirò le pesanti tende e aprì la porta scorrevole che dava sulla veranda. La luce illuminò ogni angolo lercio, e per un momento, fu tentata di girarsi e andarsene.

E andare dove?

Contrasse la bocca in una smorfia quando vide la moltitudine di piatti sporchi ammassati alla rinfusa nel lavello e sul bancone in laminato sbeccato. In un angolo, nel secchio dell'immondizia c'erano due teste di pesce infestate da un nugolo di mosche e un cespo viscido di insalata, lattuga o forse spinaci. Sul piano accanto al lavello, c'era un fornello a due fuochi di marca Coleman, su cui era stato abbandonato un pentolino di ghisa. Sbirciò dentro, e subito desiderò di non averlo fatto. Il fondo era ricoperto di una sostanza marrone e pelosa, un banchetto affollato di mosche nere, larve e vermi bianchi che vi si contorcevano sopra.

Trattenne a fatica un conato. «Quando se n'è andato l'ultimo ospite?»

«Circa due settimane fa. Se n'è andato in tutta fretta, quel tipo.»

«Anch'io me ne sarei andata in tutta fretta da un posto che puzza così. Quel tipo era un maiale.»

Rimase con lo sguardo fisso sul groviglio di lenzuola ammassate sul divano letto, calzini sporchi e magliette macchiate erano sparpagliati ovunque sul pavimento.

«Perché non si è portato via la sua roba?»

Irma alzò le spalle. «Mah, un'emergenza in famiglia, così ha detto.»

«Per caso, lavorava nel settore petrolifero?»

«Naa, diceva di essere una specie di dottore. Ma da' retta a me, non mi farei infilare nemmeno un ago da quel tipo. Tremava tutto.» Irma lanciò un'occhiata intorno alla stanza. «Di certo, gli manca una donna nella vita.»

«O una domestica» mormorò Sadie.

«Ti faccio vedere il resto, cara. Là, c'è la camera da letto.»

Quando Irma aprì la porta, Sadie rimase sconvolta dallo stato in cui si trovava la stanza. Era immacolata, pulita, non una cosa fuori posto. A parte un leggero strato di polvere sul letto a due piazze, la cassettiera e il comodino. C'era un piccolo armadio senza porte ai piedi del letto e sulla parete una finestra rettangolare che si affacciava sul bosco.

«Mica l'ha usata tanto questa stanza» commentò Irma, senza che ce ne fosse bisogno.

«Mi chiedo perché.»

«Non so. Questo letto è più comodo del divano di là. Non ha molto senso per me.» Andò strascicando verso l'armadio. «C'è una cesta di lenzuola pulite sul ripiano. Lasciami pure tutta l'altra biancheria, la lavo da Ed.»

Tornando nel soggiorno, Sadie notò qualcosa che non si aspettava di vedere, in un angolo della stanza. Un vecchio orologio a pendolo. Una fitta ragnatela ondeggiava dal soffitto e, a parte il vetro anteriore che non c'era più e alcune scheggiature nel legno, sembrava funzionare ancora.

«È di mia suocera» disse Irma, arcigna. «Io non sopporto proprio il suono, anche se quel maledetto coso non segna ogni ora come dovrebbe. Non ti disturba, vero?»

«Non credo.»

«Bene, perché non lo tolgo di lì.»

Irma le mostrò il bagno, appena fuori dalla cucina. Aveva una vasca da bagno d'epoca con piedini a forma di artiglio e servizi igienici nuovi di zecca che stonavano con la semplicità rustica del resto dello chalet.

«Devi scaldarti l'acqua per il bagno» disse dispiaciuta Irma. «Non c'è caldaia.»

«Non importa. Sono già contenta che ci sia un bagno.»

Irma sollevò il mento. «Eppure, lo dico sempre, non c'è nulla di meglio di un buon vecchio cesso all'aperto per entrare in contatto con Madre Natura.»

Puoi pure tenertelo il tuo cesso all'aperto, pensò Sadie. E anche la natura.

«Non riesco a credere che l'ultimo cliente ti abbia lasciato tutto questo casino.»

Irma sogghignò tra i denti. «*Ti* ha lasciato, cara.» Le consegnò la chiave dello chalet. «Ci dev'essere una lanterna in ogni stanza e l'olio è sotto il lavello. Ce la fai a portare dentro le tue cose? La strada è lunga.»

«Ce la faccio.»

«Già, hai dovuto affrontare di peggio.» Le toccò la spalla con la mano ossuta. «Come ho detto, ce l'hai scritto negli occhi, cara.»

Sadie aggrottò la fronte. Doveva essere molto prudente con Irma.

«C'è un camino per cucinare e per riscaldarti» continuò la donna. «Sai come si accende?»

Sadie annuì.

Quando si trattava di far partire un fuoco all'aperto, era la regina delle scintille. Tre anni tra le guide femminili e una serie assortita di campeggi da uomini rudi con il padre e il fratello erano stati un buon insegnamento. Le poche volte che avevano portato Sam in campeggio, era stata sempre lei a far partire il fuoco, per il disappunto di Philip.

Irma si fermò sulla soglia e accese un altro sigaro. Il fumo dolciastro si mischiò al potpourri di odori sgradevoli, attenuando leggermente il fetore.

«Prima che me ne vado, Sadie, hai domande?»

«Solo una. Dove conservo il cibo deperibile?»

«C'è un vecchio freezer fuori dal mio chalet. Puoi usarlo. Non è collegato alla corrente, ma lo riempio di ghiaccio ogni due giorni. Anzi, lo fa Ed. Ed è ancora piuttosto freddo di notte per mantenere le cose quasi congelate. Ma etichetta la tua roba, o gli uomini te la faranno fuori. Ah, e c'è una cantina *qui* sotto.» Indicò un tappetino quadrato e logoro accanto a una sedia a dondolo. «Buona per conservarci le verdure.»

Sadie lanciò un'occhiata preoccupata al tappeto. Non avrebbe mai e poi mai strisciato in una cantina ammuffita. Dio solo sapeva che cosa crescesse là sotto.

«Comunque, puoi sempre usare il frigo fuori per le piccole cose» aggiunse Irma. «Ti porterò io qualcosa. E se hai bisogno di altro, vieni pure da me.»

«Non mi servirà nulla, Irma.»

«Certo che no. Ma il bosco può essere molto solitario e silenzioso, specie per la gente di città. Non ci sono *fast food* aperti tutta la notte, qui. Ma non abbiamo neanche quello schifo di traffico.»

«A proposito di traffico, posso lasciare la macchina al tuo chalet?»

«Certo, ma chiudila a chiave di notte. Non ci sono auto così chic, qui da noi. Ed è meglio che non mi tenti.» Irma uscì e sorrise mostrando tutti i suoi denti ingialliti. «Ho sempre voluto guidare una macchina sportiva.»

Quando se ne fu andata, Sadie si sentì stranamente sola. Un'occhiata all'interno dello chalet le fece subito capire che sarebbe stata troppo occupata per sentirsi sola. Le mani sui fianchi, esaminò la stanza con terrore, con una smorfia di disappunto sulle labbra.

«Scommetto che senti la mancanza del tuo aspirapolvere centralizzato e di Swiffer, ora.»

Trovò una confezione di buste per l'immondizia sotto il lavello della cucina. Infilò lenzuola, asciugamani e indumenti maschili in una delle buste. L'immondizia e tre trappole per topi occupate in un'altra. Quando aprì la porta mezz'ora dopo per mettere fuori le buste, scoprì uno scatolone pieno di prodotti per la pulizia, una grossa torcia azzurra con l'adesivo *Chalet Infinito,* gas per il fornello, una cartina e un biglietto di Irma.

Sady,

qui ciai un po' di roba per fare le pulizie. Se ti serve altro, fai un fischio. Nella torcia ciò messo le baterie nuove. La cartina è nuova, ti fa vedere la strada per Hinton e Edson. Hinton è più vicina. La drogheria meglio è il negozio di Sobeys. Il Pub di Ed cià fegato con cipolle, pollo fritto e pesce fritto e patatine più buoni della città.

P.S. Per il casino che ti tocca ripulire, dammi solo metà mese di magio.

Irma

Quasi due ore dopo, Sadie si lasciò cadere in poltrona, sfinita ma soddisfatta. L'interno dello chalet ora risplendeva, il fetore della decomposizione era stato sostituito da un fresco profumo di agrumi.

«Non puoi fermati ora» disse con un sospiro.

Dovette fare due viaggi alla Mercedes per recuperare le valigie e il borsone. Non sapeva se lasciare la pistola in macchina, ma si immaginò Irma che faceva partire la Mercedes mettendo in contatto i fili dell'accensione per farsi un giretto, inseguita dalla polizia.

Infine, la pistola trovò il suo posto sotto il letto matrimoniale.

Per un brevissimo attimo, si mise a riflettere sullo scopo dell'arma. Guardò il pavimento, e se lo immaginò impiastrato di…

Di colpo, rialzò la testa. «Non pensarci.»

Era affamata. Le uniche cose che aveva ingerito in tutto il giorno erano una ciambella vecchia e un caffè a una stazione di servizio. Aprì una credenza e trovò tre scatolette, due di tonno e una di fagioli. Ebbe un brontolio allo stomaco: lanciò un'occhiata alla parete sopra il lavello. L'orologio a fiori indicava le *18:10*. Aveva tutto il tempo per andare in città e tornare.

Chiuse la porta dello chalet e si incamminò nel bosco verso la Mercedes. Salì a bordo e si diresse a Hinton. Seguendo la carta che le aveva lasciato Irma, si aggrappò al volante, con lo sguardo fisso davanti a sé sulla stradina di ghiaia. Per fortuna, nessuno aveva cercato di investirla, questa volta.

Scalò la marcia per affrontare una curva senza visuale. La strada scese all'improvviso, arrivando a costeggiare il fiume. Mentre attraversava un ponte di legno traballante, rallentò per ammirare il panorama. Il fiume scendeva gorgogliando qualche metro più in basso, attraversando il terreno ancora ghiacciato, faceva una curva e spariva alla vista. Sulla destra, Sadie notò un tetto grigio che spuntava tra gli alberi.

Strinse gli occhi. Era il suo chalet. Ne era sicura.

Un movimento improvviso sulla sponda opposta attirò il suo sguardo.

Un uomo con un cappello nero da cowboy e un giaccone nero lungo fino alle ginocchia emerse dal bosco. Andò verso il fiume, si accovacciò a terra, forse per lavarsi le mani, poi si rialzò e si sgranchì con calma.

Era sicura che fosse il proprietario del furgone nero.

Sarge, così lo aveva chiamato Irma.

L'uomo girò la testa verso il ponte. Verso di *lei*. Era troppo lontana per riuscire a vedergli il viso, ma ebbe l'impressione che non stesse sorridendo. Poi, lo vide sparire tra i cespugli.

«Bene!» mormorò, mentre accelerava per allontanarsi. «Penserà che sono una ficcanaso. Oh be', Sadie, ma lo sei.»

Si lasciò il ponte alle spalle, rincuorata dal fatto che quell'uomo abitasse dall'altra parte del fiume. Non aveva certo bisogno di visite da parte dei vicini.

Il pub di Ed era tranquillo, a parte il vistoso jukebox in stile anni 50 che rimbombava delle note di *Walk the Line* di Johnny Cash e i pochi avventori, tra cui alcuni studenti, che giocavano intorno ai tre tavoli da biliardo in fondo al locale. Seduti a un tavolo accanto all'ingresso, c'erano due uomini dall'aspetto rozzo che bevevano birra. Indossavano tute sporche di terra e con le barbe grigie sfioravano il piano bagnato del tavolo. Avevano l'aria di cercatori d'oro ai tempi del Klondike.

Quando si accorsero della presenza di Sadie sulla porta, spalancarono la bocca e cominciarono a bisbigliare tra loro. Sadie fece finta di nulla e andò verso il bancone, dove un uomo le dava le spalle mentre sistemava le bottiglie contro una parete di specchio. Quando si fu voltato, Sadie capì senza ombra di dubbio che doveva essere il fratello di Irma.

«Che cosa le servo, giovane signora?» le chiese.

«Un tè freddo, per favore.»

Una specie di sorriso gli increspò la bocca. «Che cosa ci fa una bella ragazza in un posto come questo?»

Sadie rise. «Vedo che l'originalità non è il suo forte.»

«Difficile essere originali quando si è gemelli.»

Era la copia carbone della sorella, anche nella corporatura esile, nei capelli grigi portati corti e negli occhi scuri. Ma mentre gli occhi di Irma erano seri e scaltri, i suoi erano impegnati in un pericoloso balletto di corteggiamento mentre prendeva un bicchiere sotto il bancone e lo riempiva di tè freddo.

Fece scivolare il bicchiere verso di lei. «Allora, che cosa fa qui, a parte farmi battere il cuore?»

«Sto portando a termine un progetto. Avevo bisogno di un posto tranquillo, così ho preso uno degli chalet di sua sorella.» Poi aggiunse, ripensandoci: «E se le faccio battere il cuore, forse si è scordato di prendere le medicine, stamattina.»

«Ah, ah» disse, ridacchiando. «Lei è una tipa sveglia.»

«È quello che dice anche mio marito.»

La mascella di Ed cadde e Sadie per poco non gli scoppiò a ridere in faccia.

«Cavolo. È sposata?»

Non gli avrebbe di certo raccontato del divorzio in corso, quindi si limitò a tendergli la mano. «Sadie O'Connell.»

«Ed Panych.» Sorrise. «Be', Sadie O'Connell, ha appena cancellato tutte le mie speranze.»

Gli sorrise e gli diede dei colpetti sulla mano piena di macchie di vecchiaia, quella con la fede d'oro all'anulare. «Sono certa che sua moglie ne sarà felice.»

Un bubbolio si alzò alle sue spalle. Gli uomini al tavolo avevano ascoltato ogni loro parola.

«Già, Martha sarà molto contenta, Ed» gridò uno di loro. «Non penso che voglia condividerti con qualcuno. Specie adesso, che avete appena festeggiato i cinquant'anni.»

Ed agitò una mano in aria. «Ehi, sta' zitto, Bugsy. Stavo solo scherzando, con questa signora.»

Bugsy borbottò qualcosa al suo compagno, che scoppiò in una sonora risata che echeggiò in tutto il locale.

«Mi scusi» le sussurrò Ed.

«Non c'è niente di cui scusarsi.» Sorrise, e alzò la voce. «Ed, se non fosse sposato…»

«Ah, sono troppo vecchio per una bella ragazza come lei» mormorò, imbarazzato. Sparì zoppicando nel retro del locale.

Sadie si sedette al bancone, persa nei suoi pensieri, e subito fu catturata da una triste nostalgia. Aveva sempre pensato che lei e Philip sarebbero invecchiati insieme, che avrebbero celebrato i loro cinquant'anni e poi *anche* i loro sessant'anni di matrimonio, seduti vicini nelle sedie a dondolo gemelle nel portico sul retro.

Bevve tutto il tè in un lungo sorso.

Non stava accadendo nulla di tutto ciò, ormai.

Ed riapparve. «Un altro?»

«No, grazie.» Frugò nella borsa e fece cadere delle monete sul bancone. «Irma mi ha detto che mi avrebbe permesso di collegare il mio portatile, per ricaricare le batterie. Posso?»

«Puoi caricare le mie quando vuoi!» gridò Bugsy.

«Ehi!» sbraitò Ed. «Falla finita, cane rognoso. O non ti servo più nulla.»

Bugsy serrò la bocca sotto i baffi.

«Se ha bisogno di corrente, venga qui da me» le rispose Ed. «Dica a Irma che le porterò altro ghiaccio in mattinata.»

Sadie annuì, poi uscì. Sopra la sua testa, il sole splendeva facendo luccicare la strada asfaltata e ogni cosa di metallo, ma l'aria era ancora fredda.

Non c'era molto movimento a Hinton. Il traffico era scarso, c'erano solo poche macchine. Il negozio di Sobeys era dall'altro lato della strada, un po' più avanti, così decise di lasciare la Mercedes al parcheggio del pub. Le avrebbe fatto bene camminare un po'.

Si incamminò per la strada senza fretta, godendosi il silenzio, quando una risata giovanile la fece voltare. Un gruppo di adolescenti camminava verso di lei, le ragazze ridacchiavano, mentre i ragazzi cercavano di mantenere un'aria da duri. Uno di loro, un punk con i capelli striati di nero e violetto, avanzava con un'aria tanto spavalda che avrebbe fatto arrossire John Travolta. Teneva il braccio intorno alle spalle di una bionda anoressica che pareva destinata, prima o poi, a soggiornare in un centro di recupero.

«Hai un problema, signora?» chiese il ragazzo, mentre la superarono.

«No» borbottò, chiedendosi se anche Sam avrebbe parlato in quel modo.

Affrettò il passo ed entrò da Sobeys.

Mezz'ora dopo, andò alla macchina con quattro buste di prodotti acquistati in drogheria e una del vicino negozio di liquori. Le mise a terra, aprì lo sportello dal lato del passeggero e sistemò le buste sul sedile e a terra.

Mentre lasciava il parcheggio, un pick-up nero le sfrecciò davanti sbucando da dietro l'angolo. La superò a tutta velocità, alzando sassi che andarono a colpire il parabrezza della Mercedes, e si fermò davanti all'ingresso del pub facendo stridere le ruote e sollevando una nuvola di polvere. Sadie osservò dallo specchietto retrovisore, e vide un uomo con un cappello da cowboy e un lungo giaccone saltare giù dal pick-up. Anche se le dava le spalle, lo riconobbe: doveva essere quel Sarge, quell'idiota che per poco non era andato a sbatterle contro qualche ora prima.

Ed è anche il mio vicino oltre il fiume.

Fu tentata di seguirlo, per dirgli quello che pensava di lui, ma ci ripensò. Gli scontri non erano per lei. Di *questo*, ne avevo avuto la prova più di una volta.

Capitolo 19

«Ecco. Per un po' dovrebbe bastarmi.»

Sadie sistemò l'ultimo pacco di carne nel congelatore malandato, all'esterno dello chalet di Irma. I cardini arrugginiti del coperchio cigolarono quando lo abbassò. Fece una smorfia e guardò Irma. La donna era appoggiata allo chalet, e fumava un sigaro, come al solito.

«Ed ha detto che ti porterà ancora del ghiaccio domani» disse Sadie.

Irma grugnì. «Be'… che ha fatto, ci ha provato con te?»

«Solo un po'.»

«Ah, non ci credo solo un po', cara. Ed è un vecchio porco. Non so come fa Martha a sopportarlo.» Irma alzò una spalla ossuta. «Però, alla fine è innocuo. È tutto chiacchiere.»

«Posso badare a me stessa, Irma.»

«Non l'ho dubitato neanche un minuto. Sta' solo attenta a quelli di città. Specie a Sarge.»

«Dici quell'idiota con la Ford nera?»

Irma ebbe un attacco di tosse. «Già, proprio lui.»

«Abita da queste parti?»

La donna spostò lo sguardo sulla mano sinistra di Sadie. «Niente anello?»

«Divorziata. Be'…» Scrollò le spalle. «Quasi.»

«Non esiste…»

«…una quasi divorziata» Sadie finì la frase per lei.

«Mi piacerebbe averti come figlia» borbottò Irma. «Sei più sveglia di molta altra gente.» Strinse le labbra, pensierosa. «Sarge abita oltre il fiume, più giù. Non è sposato, se vuoi saperlo.»

Sadie arrossì. «Non volevo saperlo.»

«Certo che no. Sta' lontana da lui, cara. È un solitario e non è un tipo socievole. Specie da quando gli sono morti moglie e figli.»

«È terribile.»

«Una terribile tragedia, sì.»

«Ne succedono di tragedie terribili. Li conoscevi bene?»

Irma aspirò una boccata dal sigaro. «La moglie, Carrie, era amica della mia Brenda. Solo che Sarge non voleva che lei parlasse con nessuno, nemmeno quando era in Iraq. Un tipo possessivo, lui. E i bambini... poveri piccoli innocenti.»

«Che è successo?»

«La casa prese fuoco quattro anni fa, quella notte ci fu un grosso temporale. Si salvò solo Sarge. Ha perso tutto. Carrie. I bambini. Non aveva nemmeno l'assicurazione. Quell'uomo ha così sofferto, che non ha nemmeno abbattuto la casa.»

«Che cosa ne ha fatto?»

«L'ha lasciata in piedi... insomma, quello che ne è rimasto. Ed dice che non ci fa avvicinare nessuno, e non vuole che nessuno giri intorno alla sua proprietà. Quel Sarge... non è più lo stesso. Non riesco a immaginare come ci si deve sentire, a non aver potuto salvare i propri cari.»

Sadie rabbrividì. «Io ci riesco.»

«Oh, cara. Mi dispiace tanto. Tuo marito?»

«Mio figlio.» Sadie le voltò le spalle, diretta verso la macchina. «Non posso parlarne. Scusa.»

«La gente dice che sono una buona ascoltatrice, cara.»

«Grazie, Irma. Ma sono qui per dimenticare.»

Sperando di non averla offesa, prese le ultime buste dall'auto e le trasportò lungo il sentiero fino agli scalini. Li fece con cautela, poi si godette la breve passeggiata lungo il fiume. Allo chalet, si destreggiò con le buste e aprì la porta con la chiave. Dopo aver sistemato lo scatolame e aver messo frutta e verdura nel frigo, si preparò un veloce panino con insalata e tonno, si avvolse in una coperta di lana e si accomodò in una delle poltrone di legno in veranda. Sbocconcellò il panino, con lo sguardo perso sul fiume, a osservare il sole sonnacchioso iniziare la sua tranquilla discesa.

Pensò a Sam, a quanto amasse stare all'aperto.

«Ti sarebbe piaciuto qui, Sam.»

Non si rese conto quanto tempo fosse rimasta seduta lì a guardare le onde increspare l'acqua e a pensare a Sam. Lui era sempre nei suoi pensieri. A volte, si sentiva soffocare da un senso di colpa maligno e distruttivo.

Si scrollò di dosso quelle ombre. «Mi manchi, Sam.»

Alcuni uccelli acquatici si inerpicarono su per la sponda, lanciandosi ogni tanto un richiamo a vicenda. L'aria fredda le accarezzava il viso facendola sentire viva, mentre respirava il fresco aroma dei pini e degli abeti e ascoltava l'eco di madre Natura. Tutto intorno a lei la pace era perfetta. Il *Paradiso*.

Chiuse gli occhi... solo per un istante.

«Craaaaa!»

Di colpo, riaprì gli occhi. Trattenne il respiro.

Un corvo era appollaiato sulla staccionata di legno della veranda. La fissava, con gli occhi piccoli e brillanti, a non più di un metro di distanza, immobile.

«Vattene!»

Inclinò la testa di lato, guardandola incuriosito.

«Stupido uccello, sciò!»

Agitò la mano, ma l'uccello si limitò a saltare su e giù. Bizzarro comportamento per un corvo, pensò.

Il corvo emise un altro verso rauco.

«Per tua informazione, io odio gli uccelli» disse. «Se non panati e al forno.» Sorrise stupidamente.

«Squacckkk!»

Si alzò, immaginandosi che muovendosi il disturbatore si sarebbe allontanato. Non lo fece. Fu tentata di avvicinarsi all'uccello, ma il buon senso ebbe il sopravvento. Perché farlo, in fondo?

Forse, è malato. Forse, è portatore di influenza aviaria.

Ignorandolo, si stirò. Poi, strinse gli occhi. La luce fioca le fece dare una seconda occhiata all'acqua.

Si era fatto tardi. Doveva aver dormito per un po'.

«Deve essere l'aria di campagna.»

Si mosse verso la porta scorrevole, sorvegliando il corvo. L'uccello guardava ogni suo movimento, ed era così snervante che infine Sadie sbuffò e si decise a entrare. Accese una lampada a olio e controllò l'orologio sulla parete. *20:55*.

Con un sospiro, lanciò un'occhiata alla stanza, poi si mise ad accendere il fuoco. Non c'era la TV da guardare e nient'altro da fare se non dormire. Ma ora, aveva perso del tutto il sonno, e i pensieri cupi si stavano già insinuando nella sua mente.

Aveva bisogno di bere un goccio.

Andò alla credenza: rimase con la mano sospesa su tre bottiglie di vino rosso. «No. Vi risparmio.»

Andò al frigo e tirò fuori la bottiglia di rum giamaicano che aveva comprato in città. L'aprì e ne versò un buona dose in una capiente tazza in metallo, aggiungendovi il contenuto di una lattina di coca cola. Poi, si rannicchiò sul divano davanti al camino.

Il rum scese giù veloce. Forse troppo. Il retrogusto morbido la scaldò e le diede una piacevole sensazione di formicolio. Accolse l'effetto di intorpidimento mentale come un'insperata tregua dal tormento continuo e straziante che l'accompagnava ovunque.

Si alzò, si versò un altro bicchiere. «Questa volta, lo controllo.»

Le tornarono in mente le parole di condanna di Philip: "Non illuderti, Sadie. Sei un'alcolizzata. Un bicchiere non è mai abbastanza."

«Posso smettere quando voglio, Philip. È solo che non voglio.» Ridacchiò. «Parlare da soli è un segno di pazzia?»

Solo se ti rispondi.

Era quello che le diceva sempre sua madre.

Finì la seconda tazza di rum e se ne versò un'altra.

Il chiarore della lampada e il fuoco tremolante del camino illuminavano le pareti di legno, avviluppandole in uno scintillio dorato. Eppure, alla stanza mancava qualcosa di tangibile, qualcosa che le sfuggiva.

«Che cosa manca qui?»

La risposta la colpì subito, chiara come acqua di sorgente.

Arrancò verso la camera da letto. Quando tornò nel soggiorno qualche minuto dopo, aveva tre foto incorniciate tra le mani. Una piccola di Sam trovò posto sul tavolino, e mise una di Leah ad adornare il tavolo ovale accanto alla poltrona.

Sadie lanciò un sorriso all'amica. «Mi dispiace, anima gemella.»

Leah l'avrebbe odiata quando sarebbe stato finito tutto.

Tenendo tra le mani il ritratto di Sam, deglutì a fatica. «Tu devi avere un posto speciale, ometto.» Il suo sguardo fu attirato dallo spazio vuoto sopra il fuoco scoppiettante. «Perfetto.»

Spinse una sedia davanti al camino, poi appese il ritratto sopra la mensola. Il viso dolce e sorridente di Sam la guardava, pieno di vita. Sfiorò le punte di due dita con un bacio e le premette sulle labbra di Sam.

«Ti voglio bene» sussurrò.

Alle sue spalle, un'asse di legno del pavimento scricchiolò.

Lanciò un'occhiata all'indietro e per poco non cadde dalla sedia. Attraversò la stanza, restando in ascolto. Nulla. Guardò la porta della camera da letto. Era chiusa. Era così che l'aveva lasciata?

Si lasciò sfuggire uno sbuffo. «Questa è paranoia, Sadie.»

Spinse la porta, aprendola, entrò e accese la lampada sulla cassettiera. Si mise in ginocchio sul pavimento di legno massiccio, sollevò il copriletto e sbirciò al di sotto.

La scatola di cedro era sempre lì.

Rialzandosi, ebbe un capogiro e sbatté il fianco contro lo spigolo della cassettiera. Per poco, non fece cadere la lampada.

Ridacchiò. «Appena un po' brilla, vero?»

Una leggera risata infantile le echeggiò intorno.

Sadie sussultò. «Chi è?»

Un'altra risatina.

Uscì di corsa dalla camera da letto, tenendo la lampada in alto sulla testa. Si voltò facendo perno su un tallone al centro dello chalet. «Sam?»

Non c'era nessuno.

Con una decina di passi irregolari, si avvicinò alla finestra panoramica della cucina. Tutto ciò che poté vedere era una nebbia fitta che abbracciava dei robusti tronchi d'albero e una falce di luna che svaniva e riappariva tra nubi minacciose.

Un tonfo.

Si girò. Un'ombra distorta si spostò dall'altra parte della porta scorrevole, coperta da una tenda. Attraversò la stanza di corsa e tirò la tenda. «Chi c'è lì fuori?»

Fuori, era così nero che riusciva a malapena a intravedere la forma del tavolo e delle due poltrone. A parte l'arredo, la veranda era vuota.

Aprì la porta facendola scorrere e uscì.

Proprio in mezzo a un mucchio di terra fresca.

Individuò subito la causa. Il cedro bonsai era riverso su un lato, dal vaso di terracotta erano fuoriuscite delle zolle di terra.

Un brivido le corse lungo la schiena.

Qualcuno o qualcosa lo aveva rovesciato.

Preoccupata, scrutò tra le ombre, ma non vide nulla muoversi, a parte il fiume. L'aria era pungente, ma immobile. Senza vento. Ai limiti del bosco, una coltre di nebbia semiopaca era sospesa a circa trenta centimetri da terra.

Una sfumatura di bianco guizzò tra gli alberi.

Strinse gli occhi. «Ma che cos'è?»

Qualcosa si *stava* muovendo là fuori.

La giacca era appesa a un piolo appena all'interno della porta. L'afferrò e si infilò un paio di stivali. Poi, rovistò il ripiano al di sopra della sua testa e prese la torcia.

«Okay» bisbigliò. «Dove ti nascondi?»

Là!

Avanzò con prudenza sulla veranda, la luce della torcia descriveva un arco verso il bosco. Qualunque cosa fosse stata, quella macchia bianca tremolò, e poi riapparve dietro un albero a qualche metro di distanza.

«Ehi?» chiamò. «Chi è là?»

Una piccola sagoma avvolta in uno spettrale manto bianco emerse da un vortice di nebbia. Un bambino. Sadie non riusciva a distinguere se fosse un bambino o una bambina. Vide solo dei tratti indistinti, non vide né braccia né gambe.

Un'altra risatina aleggiò nell'aria.

Fece per scendere i gradini che conducevano sull'erba e andò verso la sagoma bianca, sperando che fosse umana.

E se non lo è?

Imbaldanzita dall'alcool che le scorreva nelle vene, passò il fascio di luce della torcia sul bosco.

«Irma! Se sei tu, non è divertente.»

La figura era sparita.

«Forse, l'hai immaginato. Forse, sei solo ubriaca.» Emise uno sbuffo di scherno e rifece i gradini barcollando. «Che cosa stavi pensando, Sadie? Che potessi andartene in giro per il bosco a inseguire un fant…?»

C'era qualcosa davanti alla porta scorrevole.

Sadie avvicinò di più la lampada. «Smarties?»

Perplessa, raccolse il tubo e lo esaminò. I confetti di cioccolato erano i suoi preferiti.

Ma chi le aveva lasciato quel dolcetto?

Capitolo 20

Quando si svegliò il mattino dopo, aveva due cose in testa: trovare la bottiglietta di Tylenol e liberarsi dell'orribile sapore che le impastava la lingua.

«Bocca da fogna» bofonchiò, sforzandosi di alzarsi dal letto.

Ebbe un brivido. Si gettò la vestaglia sulla logora maglietta troppo larga con cui aveva dormito. Poi, entrò nel piccolo bagno. Si fermò di colpo quando vide il riflesso del suo viso sciupato nello specchio sopra il lavabo.

«Hai... un aspetto... *orribile*.»

Con lenti gesti si toccò i capelli opachi. Non era abituata a quei riccioli corti e non riusciva a capire se la facevano sembrare più giovane o più vecchia. Comunque fosse, aveva un aspetto orribile.

«Meno male che Philip non ti vede ora.»

Si avvicinò di più allo specchio, si scostò la frangia e seguì con il dito la cicatrice di rabbia che le solcava la parte alta della pallida fronte, per gentile concessione della Nebbia. Gli occhi, azzurri come quelli di Sam, la fissavano, sbiaditi e stanchi, e sotto le borse erano così gonfie che parevano cuscini di Barbie.

«Non sono solo i capelli a renderti orribile.»

Dato che non aveva ancora disfatto le valigie, afferrò il tubo di dentifricio lasciato dall'ultimo inquilino e spremette un po' di pasta sul dito. Poi, la spalmò sui denti e sulla lingua, sputando la quantità in eccesso. Allungandosi a prendere un asciugamano, imprecò tra i denti quando non lo trovò. Aveva scordato di mettere quelli puliti.

Si pulì la bocca sulla manica. «È ora che questo posto diventi una casa, anche se solo per poco. Mi servono alcune cose.»

La Sadie nello specchio la guardò storto. «Tipo un intervento di plastica estetica.»

Dopo una rapida lavata con spugna e acqua calda del bollitore, si infilò i jeans del giorno prima, una maglietta pulita e un maglione che la madre le aveva lavorato ai ferri. In soggiorno, aggiunse dei ramoscelli e della legna per ravvivare le braci nel camino. Poi, si preparò una caraffa di caffè e si dedicò alla scoraggiante impresa di disfare i bagagli, cercando volutamente di ignorare i confetti di cioccolato che erano rimasti sul piano della cucina.

Gliel'aveva lasciati Irma?

In camera, issò una valigia sul letto. Riempì tre cassetti del comò. Trascinò l'altra valigia in cucina. L'aprì ed estrasse l'occorrente per disegnare e il manoscritto di *Lello il pipistrello rimbambello*. Il contenitore in plastica che raccoglieva i ritagli trovò posto sul tavolino del soggiorno.

Combattendo contro un mal di testa feroce, si lasciò cadere in poltrona e prese la foto di Leah. La sua migliore amica, *l'anima gemella,* le sorrideva, gli occhi verde nocciola splendevano superbi. Sopra la testa, campeggiava uno striscione colorato di buon compleanno.

La foto era stata scattata tre anni prima, la sera che Sadie le aveva organizzato una festa a sorpresa. Leah non aveva sospettato nulla finché Sadie non le aveva chiesto di andare a cena da lei, con la scusa che non era riuscita a trovare una babysitter per Sam. Gli amici e i parenti di Leah si erano nascosti in cucina prima del suo arrivo, ma non appena Leah si fu seduta sul divano le fecero un'imboscata. Leah aveva un'espressione come se le avessero detto che aveva vinto alla lotteria. L'unico neo era stato l'arrivo imprevisto di Philip, rientrato a casa dopo che gli avevano annullato un incontro di lavoro, ma per fortuna si era ritirato nel suo studio. Nel frattempo, Leah si era sbronzata così tanto che si era dovuta sdraiare a letto al piano di sopra, mentre Sadie era rimasta a intrattenere gli ospiti. Poi, se n'era andata presto, dicendo che non si sentiva bene. Sadie aveva dovuto convincere Philip ad accompagnarla a casa.

Le sfuggì un sospiro dolceamaro. «Casa.»

Non aveva una casa, non più. La vita a Edmonton le parve così lontana, nello spazio e nel tempo.

Rimise la foto di Leah sul tavolino, poi si appoggiò all'indietro e chiuse gli occhi. «Ora che farai?»

La risposta arrivò con un bussare alla porta.

Irma era sul portico, un berretto di lana blu marina calcato in testa e tirato sulle orecchie. «Pensavo che forse ti andava di fare una passeggiata con una vecchia vedova.»

«Se ci tieni a fare una passeggiata con una scrittrice divorziata» rispose sarcastica Sadie, prendendo la giacca.

Irma si portò il sigaro alle labbra e soffiò una nuvola di fumo nell'aria frizzante. «Cosa scrivi, Sadie? Romance per puttanelle?»

«No, quello è il campo di una mia amica. In genere, scrivo gialli.»

«Ah» rispose Irma, annuendo. «Non c'è niente di meglio di un buon giallo.»

L'immagine degli Smarties le attraversò la mente.

«Ho trovato dei confetti di cioccolato in veranda» disse di impulso.

Irma ridacchiò. «Li avrà lasciati uno degli uomini. Ti sarai fatta un ammiratore.»

Attraversarono il bosco senza parlare. Sadie si sentì stranamente in pace e il mal di testa era sparito in un attimo. Rinvigorita dall'aria silvestre, prese coraggio e le fece una domanda.

«Hai detto che hai dei nipoti. Sono qui con te ora?»

Il sigaro le pendeva a un angolo della bocca. «Sono a Edmonton. Non li vedrò prima delle vacanze estive. Perché me lo chiedi?»

Sadie rimase a fissare la roccia ghiacciata sotto i piedi.

Doveva dire a Irma che cosa aveva visto la sera prima?

«E i lavoratori del petrolio?» chiese. «Ci sono dei bambini ora con loro?»

Irma lanciò il mozzicone del sigaro nel fiume. «No. Il bambino più vicino è in città.» La guardò con sospetto. «Perché tutto questo interesse per i bambini?»

«Ho creduto di vederne uno. Nel… oh, non importa» borbottò Sadie. «Forse, ho solo bevuto troppo ieri sera.» Ma non poteva fare a meno di pensare agli Smarties che aveva messo in frigo.

«L'alcool ti ucciderà» sentenziò Irma, accendendosi un altro sigaro.

Passeggiarono lungo il fiume, parlando del tempo e di cose di poco conto. Avvicinandosi all'ansa del fiume, Sadie notò delle lastre di pietra mezze sommerse dall'acqua, poste a distanza di circa mezzo metro l'una dall'altra. Sembravano allineate troppo alla perfezione per essere naturali.

«Pietre da guado?» chiese.

Irma guardò il passaggio di pietre. «Già. Le ha messe Sarge. Così i suoi bambini potevano venire da Brenda e me. È più rapido, piuttosto che fare il giro per la strada.»

Sadie si fermò sul bordo del fiume e si portò una mano alla fronte per proteggersi gli occhi dal sole accecante.

«L'acqua pare molto alta qui.»

«Il disgelo primaverile. Lo vedi quel masso?» Irma indicò oltre il fiume. «Se l'acqua arriva alla linea arancione, meglio fare i bagagli e andarsene a Cadomin. Prima che l'acqua spazzi via il ponte che unisce la città.»

Sadie guardò il fiume. «Ogni quanto c'è la piena?»

«Ogni tre o quattro anni, all'incirca.»

Sulla strada del ritorno, Sadie risentì nella mente le parole di Irma. Doveva essere vigile. Un'inondazione avrebbe rovinato i suoi piani.

«Grazie per la passeggiata» disse, quando furono di nuovo allo chalet Infinito.

Irma la guardò di sbieco. «Sei troppo giovane per rimanere rintanata dentro casa, cara. La vita è fatta per essere vissuta. Non dimenticarlo.» Con un gesto di saluto, si incamminò lungo il sentiero.

Per il resto del pomeriggio, Sadie lavorò sull'editing del manoscritto di *Lello il pipistrello rimbambello*. Finché non si scaricò il portatile. Infastidita, lo spinse via e decise di andare in città il giorno dopo per mettere in carica la batteria.

Per cena, si preparò un'abbondante insalata con cheddar canadese e pezzetti di pancetta. Seduta sul divano davanti al camino, pensò a Philip. Sarebbe inorridito se gli avesse fatto trovare un'insalata per cena. Era un uomo che pretendeva pasti tradizionali. Anche il cibo da asporto non andava bene. E non fosse mai che non si sedessero a tavola come tutte le persone *normali*.

Un sorriso malizioso le si disegnò sul viso. «Al diavolo la normalità.»

Dopo aver lavato i piatti, si allungò sul divano e si mise a fissare la fiamma nel camino. Era dura resistere all'impulso di gettarcisi in mezzo. In una mano, teneva il cellulare. Nell'altra, un bicchiere di rum e coca cola.

«Ce la puoi fare. Solo un bicchiere, stasera.»

Per prima cosa chiamò i genitori. Erano preoccupati per lei, ma li rassicurò dicendo che si stava prendendo una breve vacanza e che si stava riposando molto.

«Ti sento bene» le disse il padre.

Stranamente, si sentiva bene. La sua mente non era mai stata più limpida di così.

«Ti voglio bene, papà. E anche alla mamma.»

Dopo un breve scambio di parole con la madre, riagganciò e rimase a fissare il bicchiere che aveva in mano, facendone girare il liquido, lentamente.

«Ancora una telefonata» disse, ingurgitando l'ultimo sorso.

Ma non riuscì a comporre il numero.

Mezz'ora dopo, finì anche il terzo bicchiere, poi fece la telefonata.

Dopo aver spiegato all'uomo all'altro capo del telefono che era urgente, una questione familiare, rimase in attesa mentre una guardia andava a prendere Philip per scortarlo fino al telefono.

«Sadie? Mi stavo chiedendo che…»

«Volevo solo dirti che non potrai contattarmi per un po', Philip. Non c'è corrente, qui.»

«Che vuoi dire? Dove sei?»

Bevve un lungo, meditato sorso dal bicchiere.

Dov'era? In nessun posto.

«Sadie, stai bene?»

Fissò la foto di Sam. «Sì, sto bene.»

«Ho saputo che hai preso la mia macchina.» La voce era tesa, controllata.

«Come diavolo…? Hai parlato con Leah. Perché?»

«Non importa il perché. Ascolta, Sadie. Ho lasciato dei documenti importanti nel bagagliaio. Potresti metterli in una scatola e spedirmeli al più presto?»

«Certo» rispose, irritata. «La prossima volta che andrò in città.»

«Accidenti, quasi dimenticavo. C'è un problema con il motorino d'avviamento.»

«Il motorino d'avviamento?»

«Sì, la macchina. Se non parte, dovrai portarla da un meccanico.»

Seguì un lungo silenzio.

«Sadie, hai bisogno…?»

«No. Non ho bisogno di nulla. Devo andare.»

«Aspetta! Dimmi dove…»

«Ho il cellulare scarico» mentì. «Ciao, Philip.»

Gli riappese il cellulare in faccia, chiedendosi perché mai lo avesse chiamato. Forse così non avrebbe presentato denuncia per la sua scomparsa e né avrebbe mandato qualcuno a cercarla. Fu tentata di chiamare Leah, per dirle il fatto suo. Ma il coraggio non era certo una delle sue virtù.

Alla fine, trovò conforto in un ennesimo bicchiere di rum.

Liscio.

Un uccello strepitava fuori dalla finestra della camera da letto, senza alcun riguardo per chi la occupava. Il rauco cinguettio si insinuò nei sogni irrequieti di Sadie, che si rigirò sul ventre tirandosi la coperta sulla testa.

«Craaa!»

«Smettila!»

Non appena le parole le furono uscite dalla bocca, emise un gemito e accartocciò il viso. La testa le pulsava, come se le venisse schiacciata da una morsa. Lanciò via la coperta e quando aprì gli occhi doloranti, fu sollevata nel notare che la camera era immersa nell'oscurità, a parte un debole chiarore proveniente dall'orologio a pile poggiato sul comodino. Le tende pesanti alla finestra erano una manna. Ma non smorzavano lo starnazzare incessante del volatile.

Si sedette puntellandosi sui gomiti e controllò l'orologio.

«Le due del mattino? È uno scherzo.»

Un altro stridio la spinse ad alzarsi dal letto come una furia.

«Okay, ora basta!»

Accese la lampada, poi andò alla finestra, con l'intenzione di cacciare via il disturbatore. Con un dito, scostò le tende e fu sorpresa dal buio pesto della notte. Ciò che la inquietava di più erano i due occhi neri oltre il vetro.

Il corvo, *lo stesso* corvo della notte prima, la stava fissando.

«Vattene!» Batté le nocche sul vetro, ma l'uccello non si mosse. «Gesù! Qual è il tuo problema?»

Il corvo emise un altro suono rauco. Poi, colpì il vetro con il becco.

Tap! Tap!

Si trattenne dalla voglia di strangolarlo. Avrebbe voluto farlo davvero.

«Non mi provocare, bestiaccia nera e pennuta.»

Stava per allontanarsi dalla finestra quando qualcosa si mosse tra i cespugli accanto alle scale del retro.

«C'è qualcuno là fuori.»

In un attimo, fu di nuovo sobria. Andò in soggiorno, dove si infilò la giacca e gli stivali. Poi, si avvicinò in punta di piedi alla porta scorrevole.

«Vuoi spiarmi, eh. Non penso proprio.»

Aprì la porta ed uscì in veranda, armata di una torcia e di un attizzatoio per il fuoco. Rimase in attesa. Poi, provò a fare un passo avanti e il fascio di luce illuminò un oggetto accanto al suo piede.

Un piccolo astuccio bianco.

Lo raccolse e lo osservò. In un angolo, c'era una scritta a caratteri dorati: "Winsor & Newton". Acquerelli. Era un set di acquerelli.

Ripensò agli Smarties che aveva messo in ghiacciaia.

«Che diavolo succede?»

Qualcuno ridacchiò, da qualche parte lì vicino.

Sadie spense la torcia. Lo spicchio della luna, insieme al suo riflesso sul fiume, faceva abbastanza luce per permetterle di vedere dove metteva i piedi mentre scendeva i gradini. Superò la porta sul retro, senza staccarsi dallo chalet. Gli stivali scricchiolavano sull'erba, e Sadie trattenne il respiro, sperando che chiunque fosse lì fuori non la sentisse.

Nonostante l'aria pungente della notte, le sudavano le mani e le risultava sempre più difficile impugnare bene l'attizzatoio. Rischiò per due volte di farlo cadere.

Si fermò, restando in ascolto.

Udì un debole fruscio di foglie non molto lontano dal punto in cui si trovava. Poi, un lampo bianco argento sfrecciò tra gli alberi.

Il bambino fantasma della notte scorsa?

Avanzò imperterrita, piantando uno stivale davanti all'altro. Quando il terreno si fece scosceso, oscillò in avanti, rimanendo per un attimo con il piede sospeso a mezz'aria. Perse l'equilibrio, e si abbracciò a un albero, ruotandogli intorno per un mezzo giro, come una danzatrice impegnata in un ballo tradizionale.

Riprese fiato, e scrutò nel buio.

Dove diavolo sei?

Fu allora che vide il bambino, se mai fosse stato un bambino, mezzo nascosto dietro un albero. Sadie si accucciò e attese che la sagoma bianca si allontanasse prima di correre verso il bosco. Ce la fece senza farsi male e si appoggiò a un albero.

«È una follia» si rimproverò. «Che cosa stai facendo?»

Si coprì la bocca, in parte per smorzare la voce, ma anche per nascondere il vapore del respiro. Il cuore le batteva così forte nel petto che pensò si potesse sentire.

La sagome bianca era proprio davanti a lei.

Guidata dalla luce della luna, Sadie si inoltrò nel bosco.

Ancora pochi metri.

Lanciò una rapida occhiata dietro di sé per accertarsi che la luce dello chalet fosse ancora visibile. Pareva lontanissima. Eppure, continuava ad avanzare, il suono argentino del fiume che gocciolava tra le rocce copriva i suoi passi. Con l'attizzatoio sollevato in alto sulla testa, fece un altro passo e un ramoscello scricchiolò sotto gli stivali.

Più avanti, qualcuno mormorò qualcosa di incomprensibile.

Sadie riaccese la torcia.

Un viso etereo con grandi occhi da cerbiatta la osservava.

«Che cosa fai tu qui?» chiese Sadie, confusa.

Capitolo 21

Davanti a lei, c'era una bambina, di otto o forse nove anni, avvolta in un asciugamano bianco che le copriva anche la testa. Sotto, portava una camicia da notte di cotone bianco con il segno giallo della pace sul davanti.

Pozze liquide di azzurro balenarono una volta, due volte, da sotto le ciglia folte e scure. «Mi dispiace» disse la bambina con voce tremula.

«Per cosa…?»

Qualcosa di pesante colpì Sadie nella schiena. L'attizzatoio e la torcia volarono in aria, e mentre precipitava a terra, allungò d'istinto le braccia in avanti per cercare di attutire la caduta. Sbatté contro il terreno ghiacciato, prima con le ginocchia, poi slittò sul ventre, le mani le scivolavano e bruciavano. Emise un gemito di dolore, poi chiuse gli occhi, il cuore le batteva all'impazzata.

Sarebbe così facile restare qui distesa… a morire qui.

I passi scalpicciarono nel bosco, allontanandosi da lei. Sollevò la testa, ma vide solo ombre fuggenti. Con le punte delle dita sfiorò del metallo freddo. Recuperò l'attizzatoio, poi arrancò per mettersi in piedi e si mise a cercare la torcia.

Non la trovava.

«Aspetta! Chi sei?» Sadie alzò la testa, restò in ascolto, ma il bosco rimase in silenzio. «Non voglio farti del male. Voglio solo…»

Che cosa *voleva*?

Si volse verso lo chalet, sperando che fosse la direzione giusta. Nell'oscurità avvolgente, non riusciva a capirlo. Mentre si muoveva con cautela tra alberi e cespugli, di tanto in tanto si fermava ad ascoltare il fiume. Quando fu fuori dal bosco, si ritrovò sulla spiaggia, lo chalet era a pochi metri di distanza. Continuò a camminare, lanciando occhiate ansiose dietro di sé.

Era stata attaccata. Ma da chi?

Aveva sentito un corpo imponente dietro di sé, ma non aveva visto, né sentito nulla. A parte quella bambina.

«Non ci sono bambini, qui» mormorò. «Sì, giusto, Irma.»

Qualcuno nelle vicinanze doveva avere una figlia, per forza.

Lo chalet Infinito la accolse, imperturbabile nella sua esistenza solitaria. Maledicendosi per aver perso la torcia, brancolò nel buio e infine riuscì ad accendere una lampada a olio. Con determinazione, si diresse alla porta sul retro e mise il catenaccio. Guardandolo, non si sentì al sicuro. Affatto. Così, spinse la poltrona davanti alla porta.

«Vediamo se riesci a passare *così*!»

Per un'ulteriore precauzione, incastrò il manico di una scopa contro il telaio della porta scorrevole. Nessuno sarebbe riuscito ad aprirla senza prima togliere la scopa. Si prese un altro rum e coca cola e afferrò il piumone in camera da letto. Poi, si rannicchiò sul divano, con l'attizzatoio a portata di mano.

In caso di bisogno.

Il mattino si insinuò all'interno dello chalet, e un suono minaccioso rimbombò nell'aria, poi si attenuò fino a ridursi a un ronzio quasi impercettibile.

Con la mente annebbiata, Sadie si mise seduta. Lanciò lontano la coperta e fece un profondo respiro mentre una fitta di dolore le trafiggeva ginocchia e mani. Si guardò i palmi: graffi freschi e sangue raggrumato. Passò lo sguardo dai vestiti, gli stessi che aveva indossato il giorno prima, all'orologio a pendolo, e infine alle braci ardenti del camino.

Aggrottò la fronte, pensierosa. «Okay… perché sono qui?»

L'orologio suonò una seconda volta. Si interruppe a metà, come se qualcuno gli avesse afferrato le interiora con una stretta potente.

Sadie controllò l'ora sul suo orologio. «Sono le dieci e tutto quello che sei riuscito a fare sono solo due gong?» Vide la poltrona addossata alla porta. «Che diavolo ho fatto ieri notte?»

Si strofinò la fronte, cercando di ricordare.

La bambina! Aveva visto una bambina nel bosco.

«O l'hai vista tu?»

Il dubbio la assalì, soprattutto quando notò la bottiglia di rum aperta sul piano della cucina. Barcollò fino al bagno, lanciò un'occhiata alla sua immagine spettinata nello specchio e fece una smorfia. Prese la spazzola, con l'intenzione di sciogliersi i nodi nei capelli, poi si accigliò e sbatté la spazzola sul ripiano.

Perché preoccuparsene? Nessuno poteva vederla.

Forse, solo la bambina…

«Hai le visioni. Ecco cos'è. Era tanto che non bevevi, e ti sono venute le allucinazioni.» Sbuffò. «E parli da sola.»

Sicura che avesse risolto i fatti della sera prima, decise di farsi una bagno sontuoso. Dovette scaldare l'acqua sul fornello Coleman e sul camino, tre pentole alla volta. Le ci vollero quindici pentole di acqua calda e alcune di acqua fredda per riempire la vasca a metà. Che diavolo, non era che avesse altro di meglio da fare.

Sadie rimase immersa a lungo, cercando di cancellare l'ansia della settimana passata. Si insaponò i capelli, e poi li risciacquò nell'acqua della vasca. Chiuse gli occhi e scivolò sott'acqua fino a immergersi del tutto. Trattenne il respiro più a lungo che poté, e quando riemerse per respirare, si sentì delusa. Non era proprio il caso di provare ad annegarsi.

Dopo essersi asciugata i capelli con l'asciugamano, si infilò la giacca e andò alla porta scorrevole. Il manico di scopa infilato nel telaio la fece riflettere. Lo tirò via, aggrottando la fronte, perplessa. Che cosa stava cercando di tenere fuori?

Spazzando i pensieri sotto un immaginario tappeto, prese il portatile e la borsa, poi si incamminò sul sentiero. Una volta raggiunto lo chalet di Irma, udì la donna che cantava all'interno. Non era un suono armonioso.

Esitò. Devo chiederle se vuole venire con me in città?

Non appena il pensiero la sfiorò, Sadie lo soppresse. Lasciarsi coinvolgere troppo in un'amicizia ora non era giusto. Non per Irma.

Ritrovò la Mercedes esattamente nel punto in cui l'aveva lasciata. Si mise alla guida e il motore vibrò quando lo accese. Il suono le fu di conforto, fece retromarcia per uscire dallo spiazzo e si avviò a bassa velocità sulla strada. Quando alzò gli occhi allo specchietto retrovisore, Irma era accanto al congelatore, e la osservava.

«Già di ritorno, Sadie O'Connell?» Ed le fece un occhietto malizioso e mise giù il bicchiere che stava asciugando. «Non ha resistito troppo tempo lontano da me, vero?»

Sadie lanciò un'occhiata dietro di sé. Il tavolo d'angolo era vuoto. Niente disturbatori, oggi.

«Vero. E oltretutto, il portatile mi si è scaricato e devo ricaricare anche il cellulare.»

«Il cellulare?»

Sadie glielo mostrò.

«Ah» rispose Ed, annuendo. «Mai avuto uno di quei cosi. Fa venire il cancro al cervello, dicono. Faccia attenzione, bella signora.» Con un cenno della testa, le indicò in fondo al bancone. «La presa è laggiù, sul montante.»

Lo ringraziò, estrasse il portatile dalla custodia e lo appoggiò sul bancone. Dopo aver messo in carica portatile e cellulare, si sedette su uno sgabello, con i gomiti appoggiati sul piano in legno lucido del bancone.

Ed fece scivolare verso di lei una tazza fumante. «Ha l'aria di averne bisogno. Non ha dormito molto ieri notte, vero?» Spostò lo sguardo sui capelli bagnati e in disordine e sul viso smunto di Sadie.

«Può dirlo forte.» Prese un sorso di caffè e lasciò andare un sospiro soddisfatto. «Ci voleva proprio, Ed. Grazie. Non ho ancora capito come farmi un caffè allo chalet. Le caffettiere a filtro si usavano un po' prima che nascessi.»

Ed si gettò un canovaccio sulla spalla. «Il trucco è metterci un mezzo cucchiaio di meno e aggiungerci un pizzico di cannella. E non far bollire troppo.»

«Che ne dice di portarmi una caraffa di caffè tutte le mattine?» gli suggerì scherzando.

Il sorriso che si diffuse sul viso dell'uomo avrebbe potuto illuminare una città intera. «È la proposta migliore di tutte quelle che ho ricevuto da... be', decenni.» Arrossì, come se si fosse accorto solo in quel momento di aver parlato ad alta voce.

Con la tazza tra le mani, chiese: «Come sta sua moglie, stamattina?»

«Ecco, ha rovinato tutto» brontolò. «Martha sta bene. Lavora alla biblioteca.»

Questo le diede un'idea. Doveva impegnare un'ora, il tempo che le batterie finissero di ricaricarsi.

«Come ci si arriva?»

«Superi il semaforo, giri in direzione sud, è a due isolati dopo la Esso, sulla destra.»

«Posso lasciare le mie cose qui a caricarsi?» chiese, indicando il portatile e il cellulare.

«Certo, sono aperto fino a mezzanotte. Non li toccherà nessuno.»

Una folata di aria fresca la fece rabbrividire. Qualcuno, alle sue spalle, era entrato nel pub. Quando si voltò, vide un uomo calvo dirigersi verso i bagni.

Sadie tornò a guardare Ed. «Grazie. Sarò di ritorno tra un'ora.»

«Se la prenda comoda.»

Dal jukebox, le note di *Pretty Woman* la seguirono fino all'uscita del pub. Ed cantava, con la stessa voce roca della sorella. E male come lei.

Sadie arrivò alla biblioteca. Nel parcheggio quasi deserto, si fermò nei pressi dell'ingresso, accanto a una Cadillac bordeaux ammaccata con una targa personalizzata, BUKS4U, che poteva significare *bucks for you* o *books for you.*

Alzò gli occhi al cielo. «Scommetto dieci dollari che è l'auto di Martha.»

La biblioteca pubblica di Hinton custodiva una modesta raccolta di libri e le pareti erano un collage di manifesti colorati, dipinti senza dubbio dai bambini della città. In fondo a destra, c'era un confortevole angolino, con morbidi cuscini pastello e scaffali di libri a portata di bambino. Dal soffitto, pendeva un realistico pipistrello giocattolo. Una brezza, forse proveniente da una finestra aperta, lo fece ondeggiare nel momento in cui entrò Sadie. Lo fissò, e le labbra le tremarono.

«Posso esserle di aiuto?»

Sadie si voltò. Una donna sulla sessantina, vestita con eleganza, le andò incontro, con una pila di libri per l'infanzia tra le braccia. Era di corporatura gradevolmente morbida, il che le dava l'aspetto protettivo di una nonna, con capelli ricci e grigi che le incorniciavano il viso paffuto, gli occhi color nocciola e un sorriso radioso. Attaccati a una catenella d'argento intorno al collo, un paio di occhiali le poggiavano sul petto. Il nome riportato sul cartellino appuntato sul risvolto della giacca era *"Martha V".*

«Sono in città per un giorno» spiegò Sadie. «E ho pensato di venire a visitare la biblioteca, Martha.»

«Bene, mi dica se ha bisogno di qualcosa, signorina… ehm…»

«Sadie O'Connell. Sono…»

La donna per poco non lasciò cadere i libri. «Non Sadie O'Connell, l'autrice!»

Sadie fece una smorfia. «Veramente… sì, l'autrice.»

Martha rimase a bocca aperta. «Santo cielo! Non l'ho nemmeno riconosciuta. Il suo aspetto non…» La donna si trattenne, fece un grande sorriso, poi le indicò un tavolo nell'angolo. «Posso offrirle un caffè o qualcos'altro?»

«Grazie, ho già preso il caffè. Sono stata al pub di suo marito.»

Martha mise giù i libri e prese una sedia. «La prego si accomodi, signorina O'Connell. Si sente bene? Sembra un po' giù di corda.»

Un po' giù di corda era un eufemismo, e Sadie sapeva bene che la donna cercava solo di essere cortese.

«Non ho dormito bene.»

«Che brutta cosa.» Martha, con fare compassato, ripiegò in grembo le mani grassottelle. «Che cosa la porta qui?»

Un appuntamento con la morte, avrebbe voluto rispondere Sadie.

«Resto per un po' a Cadomin.»

Un breve sorriso illuminò il viso della donna. «Sa, non capitano molti autori del suo calibro, qui dalle nostre parti. Non vorrebbe che le organizzassi un incontro con il pubblico?»

Un incontro con il pubblico era l'ultima cosa che Sadie avrebbe voluto. Avrebbe voluto dire socializzare con la gente, tanti sorrisi, e non avere più tempo per finire il libro di Sam.

«Mi dispiace, sono solo di passaggio. Ho… una scadenza da rispettare.»

Il sorriso di Martha svanì. «Forse, più avanti. In estate, forse. Aspetti… quanto pensa di trattenersi?»

«Non molto. Un altro mese, forse.»

«Be', se dovesse cambiare idea…»

Non cambierò idea. «Glielo farò sapere.»

«Allora, che cosa può fare per lei la biblioteca pubblica di Hinton?»

Sadie alzò le spalle. «Sto cercando di impegnare un po' di tempo mentre aspetto che il mio portatile e il mio cellulare finiscano di caricarsi. Sono da Ed.»

Martha si alzò con grazia. «Bene, che ne dice di fare un giro, allora? Qui abbiamo alcuni cimeli storici che potrebbero interessarle.» Si mise gli occhiali sul naso avvicinandosi a una parete di fotografie. «Questo è il nostro muro della storia. Hinton è diventata un vero centro abitato quando è arrivata la ferrovia, la Grand Trunk Pacific Railroad, più di cento anni fa. Poi, nel 1931, fu inaugurata la miniera di Hinton. Dieci anni dopo, Hinton si era trasformata in una città fantasma. Finché, nel 1955, non fu costruita la prima cartiera.» Si fermò, per riprendere fiato. «La sto annoiando?»

«Affatto.»

Ed era la verità. La storia l'aveva sempre affascinata, e spesso trovava il modo di inserirla nei suoi romanzi.

Martha si batté un dito sulla bocca. «Soggiorna a Cadomin, ha detto?»

«Agli chalet Armonia.»

«Che meraviglia. Ed è sempre preoccupato per la sorella, che è sola in quel posto. Be', se non si contano gli uomini che sono negli altri chalet. Irma sarà contenta di avere una donna con lei.»

Lo sguardo di Sadie fu attirato dalla foto di una grotta. «È nei dintorni?»

«La grotta di Cadomin, uno dei luoghi più visitati di queste parti. Non è troppo lontana. Basta che segua i cartelli quando tornerà agli chalet. La strada per arrivarci è indicata bene.»

Sadie sospirò. «A mio figlio sarebbe piaciuta tanto.»

«Purtroppo, è chiusa. Fino a maggio non è possibile visitarla, altrimenti si disturbano i pipistrelli e questo potrebbe ucciderli.»

«Ucciderli?»

«Se si svegliano troppo presto in primavera, rischiano di morire di fame.»

Sadie si spostò alla successiva serie di fotografie. Molte erano foto in bianco e nero restaurate, con gli angoli arricciati: illustravano come era progredito lo sviluppo della città. In alcune, si vedevano i contadini impegnati nel duro lavoro dei campi, a mietere l'orzo e a raccogliere il fieno.

«L'agricoltura è sempre stata molto importante in questa zona» continuò Martha. «Lo è ancora. Molte famiglie di Hinton sono contadini da generazioni.»

Proseguendo, la parete era abbellita da una fila di ritratti femminili.

Sadie li indicò con un cenno della testa. «Chi sono?»

«Tutte le nostre bibliotecarie.»

«Come mai lei non c'è?»

«Sono solo una volontaria» rispose Martha, con aria delusa.

Sadie le diede un colpetto affettuoso sul braccio. «Lei è molto di più di questo, ne sono sicura.»

Esaminò i ritratti, ammirando le tecniche degli artisti. Era interessante vedere la progressione degli stili della moda e delle espressioni facciali. Nei primi ritratti, le donne guardavano avanti, senza sorridere. A metà, cambiavano.

Ma fu il ritratto alla fine che la costrinse a fermarsi.

La donna era vagamente familiare. Era seduta su una poltrona in tessuto scozzese verde, i capelli biondo chiaro tirati all'indietro, in un morbido chignon. Sul viso aveva un mezzo sorriso, che non arrivava però agli occhi, azzurri e assenti.

Martha si schiarì la gola. «Conosce Carissa?»

«Ha un aspetto… familiare. Credo di averla vista di recente.»

«Questo non è possibile.» La replica di Martha fu immediata, quasi mozzafiato.

«No, sono sicura di averla incontrata. Da qualche parte.»

«È morta.»

«Morta?» Nello sguardo di Martha, Sadie colse l'espressione addolorata. *Morta, stupida che non sei altro. Come Sam.*

«Sì. Quattro anni fa.»

«Senta, non ha per caso qualcuno dei miei libri qui?» chiese Sadie, cambiando abilmente argomento.

«Ceto che li abbiamo» rispose con orgoglio Martha. «Li abbiamo tutti. È stata Carissa che li ha scoperti, quando venne in città l'anno prima di morire.» Si avvicinò a una libreria ondeggiando e sfilò un libro dallo scaffale. «Ecco qui. *Diamanti di morte*. È uno dei miei preferiti.»

Sadie scavò nella borsa e tirò fuori una penna. «Posso firmarne qualcuno?»

«Davvero? Oh, Dio mio! Sarebbe meraviglioso.»

Sul frontespizio di *Diamanti di morte*, Sadie scrisse una dedica alla biblioteca e appose l'autografo. Poi, firmò altre tre volumi e li porse a Martha.

«Gli altri sono stati presi in prestito. Naturalmente, questi dovremo tenerli sotto controllo, non vorrei che qualcuno li prendesse in prestito *per sempre*» si lasciò sfuggire una risatina, divertita, che le fece tremare il doppio mento. «Forse, un giorno potrò farle firmare uno dei miei.»

«Tornerò tra due giorni. Il mio portatile non dura di più. Cercherò di venire a trovarla.»

«Sono qui ogni giorno fino alle due.»

Sadie lanciò un'occhiata all'orologio. L'ora di ricarica del portatile era quasi terminata. Era l'una, ora di pranzo. Aveva fame. Era ora di tornare a casa e di tirare fuori dalla ghiacciaia il sandwich di wurstel e formaggio.

«Bene, è meglio se torno al pub, ora.» Uscendo, si ricordò di una cosa. «Martha, che macchina ha?»

«Una Cadillac rossa. Perché?»

«Solo una curiosità.»

Sadie sorrise. Dieci dollari! Si sarebbe comprata qualcosa a portar via.

Al pub di Ed, prese portatile e cellulare e ordinò *fish and chips*. Si comprò una piccola torcia gialla, l'unica rimasta, e batterie di scorta al ferramenta del paese, e fece ritorno allo chalet. Superando il cartello per la grotta di Cadomin, sentì l'impulso di tornare indietro, ma si rammentò di quello che le aveva detto Martha: la grotta, fino a maggio, restava chiusa.

Ripensò alla bibliotecaria bionda della foto.

Fu solo in veranda, mentre consumava il pranzo, che si ricordò dove l'aveva vista per la prima volta. La donna indossava una giacca color foglia di tè.

E teneva Sam per mano.

Capitolo 22

In preda a uno stordimento confusionale, non riusciva a capacitarsi di come avesse potuto vedere una donna morta.

E Sam.

«Allora, che cosa... vedi i fantasmi, adesso? Vedo e sento persone morte. Perfetto. Che cosa direbbe Philip di questo?» Al nome del marito, le venne in mente qualcosa. «Porca miseria!» Aveva dimenticato di spedirgli i suoi documenti.

Decisa a infilare tutto in una scatola e a portarla in città il giorno dopo, corse alla Mercedes e l'aprì. Afferrò il contenitore di plastica, se lo puntellò sul fianco e richiuse il bagagliaio. Poi, tornò allo chalet, camminando con cautela, non riuscendo a vedersi i piedi.

Quando infine raggiunse lo chalet, era imperlata di sudore e le dolevano i muscoli della braccia. Spinse la porta del retro con il fianco, ma lo fece con troppa forza, tanto che la porta sbatté contro la parete interna, rimbalzando all'indietro e facendole perdere l'equilibrio. Il contenitore le sfuggì dalle mani e si rovesciò a terra, disseminando ovunque carte, raccoglitori e cartelle.

«Merda!»

Sorpresa dalla sua reazione insolita, si coprì la bocca e rise. Leah aveva ragione: dire le parolacce aveva un effetto liberatorio.

«Merda, merda, merda!»

Sorridendo, ammucchiò carte e cartelle da una parte e mentre rimetteva tutto nel contenitore, una semplice busta bianca attirò la sua attenzione. L'indirizzo, scritto in stampatello, era dello studio di Philip.

Oltre al fatto che non era indicato il mittente, la busta aveva qualcosa di strano, che le sfuggiva.

L'aprì.

Un paragrafo era stato battuto a macchina. La lettera risaliva a due anni prima.

Philip, iniziava. Lasciami stare! Ti ho detto che quella sera è stato un errore. Non accadrà mai più. Mai! Non potrò mai perdonarmelo se Sadie dovesse scoprirlo.

Era firmato *L*.

«LaToya» disse, irritata. «Lo sapevo. Un'altra tacca nella lista di Philip.»

Non c'era tempo per lasciarsi andare alla gelosia e ai rimpianti, per cui rimise la lettera nella busta e la gettò nel contenitore, che appoggiò su una sedia della cucina, dimenticandosene ben presto.

Trascorse il pomeriggio fuori sulla veranda, a dipingere e a scaldarsi al sole. I disegni erano diventati acquerelli, e il tempo volò, intenta com'era nel suo lavoro.

«Presto sarai finito, Lello.»

Sempre più spesso, si ritrovò a parlare con il piccolo roditore sulla carta. Erano quasi le quattro quando finì di colorare l'ingresso di una grotta inquietante e avrebbe continuato a dipingere se non si fosse alzata una brezza insistente che le fece alzare gli occhi. Il cielo color zaffiro stava per essere inghiottito da minacciose nubi nere come il carbone.

«Accidenti. È ora di rientrare.»

Riportò tutto dentro e, non appena si chiuse la porta alle spalle, il vento si intensificò, ululando incollerito come un bimbetto capriccioso in preda a un vero e proprio scoppio d'ira. Subito, dal cielo si rovesciò una pioggia torrenziale, che batteva con violenza sul tetto. Tra la pioggia, il vento, il fuoco scoppiettante e il saltuario battere delle ore dell'orologio a pendolo, Sadie ebbe la sensazione di essere seduta in prima fila ad assistere a una sinfonia sul punto di culminare in un crescendo assordante.

Non avendo molto altro da fare, si rannicchiò sul divano con una tazza di cioccolato caldo e un album di foto. Era il momento perfetto per fare qualcosa che per settimane aveva rimandato, un viaggio malinconico ma necessario lungo i sentieri dei ricordi.

Prese un profondo respiro e aprì l'album.

Un lieve sorriso le increspò le labbra. «Eri così minuto, Sam. Così perfetto.»

La foto era stata scattata in ospedale il giorno in cui era nato. Aveva gli occhi aperti e la pelle era di un salutare colorito roseo. Ricordò la sofferenza che aveva provato per nove mesi chiedendosi se sarebbe riuscita a dare alla luce un bambino sano o se avrebbe avuto ancora una volta un aborto spontaneo. Dopo la nascita di Sam, continuava a chiedere alle infermiere: «Siete sicure che sia sano?» E ogni volta, la rassicuravano.

«Si porterà presto le fidanzate a casa» aveva detto il dottore con una risatina.

Sadie gli aveva creduto.

Nella foto successiva, Sam si teneva sulle piccole ginocchia paffute, un filo di saliva gli scendeva dalla bocca sorridente e sdentata. Stava strisciando verso la mamma. In un'altra foto, Philip dormiva accanto a Sam dopo una notte di coliche, che entrambi avevano passato quasi del tutto insonne.

Sadie girò pagina e rise. Aveva scattato la foto qualche mese dopo il terzo anno di vita di Sam. Era seduto sul pavimento del bagno, una scatola di tamponi aperta, il contenuto sparso davanti a lui. Quando lo scoprì, aveva diabolicamente scartato tutti i tamponi e si era messo a lanciarli come freccette facendo il tiro a segno sulla porta.

La pagina successiva conteneva le sue foto preferite. Avevano portato Sam al Galaxyland Amusement Park, al centro commerciale di Edmonton ovest. Erano tutti e tre felici nella foto, soprattutto Philip che aveva un sorriso da un orecchio all'altro. Aveva l'aria rilassata e fanciullesca, in piedi sulla giostra dietro allo stallone nero cavalcato da Sam. Sadie era accanto, dopo aver chiesto a una ragazza di scattare la foto. Uno dei rari momenti in cui erano stati una *vera* famiglia.

Sam li aveva fatti avvicinare. Tanto tempo fa.

Sospirò. «Che cosa ci è successo?»

L'ultima pagina dell'album conteneva foto scattate qualche mese prima. Nel giorno di San Valentino, alla sfilata in città. La gente era allineata su entrambi i lati della strada. La classe di Sam ci era andata in gita, e Sadie si era offerta di raggiungerli per dare una mano. Non appena Sam l'aveva individuata tra la folla, le aveva fatto una gran sorriso e le aveva mandato un bacio. Quello era l'attimo in cui aveva scattato la foto.

Sadie gli rimandò un bacio. «Sarai sempre il mio innamorato, Sam.»

Il sorrise le si spense sulle labbra. Strinse le occhi per vedere meglio la foto. Tra la folla, c'era un uomo. Sarebbe stato difficile non notarlo. Era vestito da pagliaccio. Non era proprio come Clancy, ma c'era qualcosa in lui che l'allarmò. Forse perché, mentre tutti guardavano la sfilata, lui pareva stesse guardando Sam.

Dato che la foto era troppo piccola per vederne i dettagli, corse al portatile e aprì il file in cui conservava tutte le foto di famiglia. Mordicchiandosi il labbro inferiore, scorse l'elenco finché non la trovò. La ingrandì fino a riempire lo schermo.

Soffocò un gemito.

Nonostante il viso fosse nascosto tra le ombre, l'uomo stava inequivocabilmente guardando in direzione di Sam. Serio. Intenso. Familiare.

E teneva in mano sei palloncini rossi.

«Ti ho trovato, *bastardo*.»

Seduta al tavolo della cucina con la lampada a olio e il camino a farle luce, Sadie si sforzò di consumare la cena, ma assaggiò appena l'insalata che aveva preparato. La mangiucchiò, non riuscendo a togliersi la Nebbia dalla testa. Aveva osservato Sam per settimane, forse mesi, pianificandone il rapimento, e lei non si era accorta di nulla.

Doveva portare la foto a Jay, e c'era un solo modo per farlo senza dover ritornare a Edmonton.

Rovistando nella borsa, trovò il biglietto da visita di Jay. Sotto il numero di telefono dell'ufficio, c'era un indirizzo e-mail.

«Domani» mormorò.

Lanciò uno sguardo al contenitore che era sulla sedia di fronte a lei. La lettera di LaToya era in cima alla pila di carte, e la sfidava. Fece per prenderla, poi esitò, resistendo alla tentazione di rileggerla.

La borsa cominciò a squillare.

Sovrappensiero, prese il cellulare e rispose. «Sì?»

«Sadie, stai bene?» la voce di Leah era incerta, distante.

«Sto bene.»

«Ero... preoccupata per te, amica mia. Te ne sei andata così all'improvviso.»

Sadie non sapeva che dire, e non se la sentiva di dare spiegazioni. Nemmeno a Leah. A nessuno, del resto.

«Be'...» rispose Leah. «Come sta procedendo il tuo libro?»

«L'ho quasi finito. Forse, un'altra settimana.»

«Vuoi che venga a tenerti compagnia, lì dove sei?»

Stava cercando di avere qualche indizio, di carpirle qualche informazione, ma l'ultima cosa che Sadie voleva era una compagnia. Era già abbastanza infastidita per aver stretto amicizia con i residenti del posto. Irma, Ed, Martha... erano tutte brave persone.

Troppo brave per conoscere quello che ho in mente di fare.

«Sadie?»

«Non ho bisogno di compagnia. Ho delle cose da fare.»

«Perché mi respingi?» La voce di Leah tremò. «Sono la tua amica, o almeno credo di esserlo. Ma da quando Sam...»

«Senti, non posso parlartene adesso. Mi dispiace che le cose siano così.» *Ma lo sono.*

Leah insistette ancora. «Le amiche dovrebbero sostenersi nei momenti brutti. Tu sai che io ci sono. Sempre, giorno e notte. Se hai bisogno di parlare, non hai che da chiamarmi.» Nella sua voce risuonò una nota di rassegnata disperazione.

«Devo andare ora, Leah. Non preoccuparti per me. Starò bene.»

Sadie chiuse la comunicazione e spense il cellulare. Per risparmiare la batteria, si disse. In realtà, non voleva più essere interrotta.

Disturbata dalla telefonata di Leah, si mise a lavare i piatti e a pulire la cucina. Quando ebbe finito, prese la bottiglia di rum, con l'intenzione di diluirlo. Ne era rimasto meno di un dito.

«Non vale la pena sprecarlo.»

Svuotò la bottiglia in un sorso e si pulì la bocca con il dorso della mano. Poi, infilò la bottiglia vuota nella credenza, lontano dalla vista.

Il Cabernet di Philip la sfidava, chiamandola.

«Non se ne parla. Ti tengo per ultimo.»

Decisa a passare la notte senza il conforto di un sonno indotto dall'alcool, si accasciò sul divano, si mise a fissare il fuoco e cercò di vedere il lato positivo.

«Almeno non vedrai bambine fantasma se resti sobria.»

Un'ora dopo, era oppressa dalla noia. Non avendo niente di meglio da fare, si sedette al tavolo della cucina e cedette al seducente richiamo della lettera di LaToya. La rilesse, chiedendosi perché le suonava così male. Poi, si mise a scartabellare tra le cartelle e sistemò i fogli in pile ordinate, guardandoli appena. Non erano altro che documenti legali, nulla di interessante.

Finché non trovò una lettera che Philip aveva scritto due anni prima, senza mai spedirla.

Cara L.,

Non posso fare a meno di pensarti. So che lo volevi quanto me, quindi smettila con le tue minacce di dirlo a Sadie. Le dirò che mi hai incoraggiato, che mi hai sedotto. Dopotutto, sei stata tu la prima a baciarmi. Sadie non ti guarderà più nello stesso modo. Soprattutto se le dirò di Sam. Aspetto il festeggiamento del tuo prossimo compleanno, sono sicuro che troverò un modo per accompagnarti di nuovo a casa.

Philip.

Sadie rilesse l'ultima riga. «Che significa?»

La verità la colpì all'improvviso, dura e spietata.

Frugò tra le carte finché non trovò la prima lettera, quella che credeva che LaToya avesse spedito al marito Philip. Poi, afferrò la borsa e rovistò alla ricerca di un biglietto di condoglianze che aveva ricevuto per il funerale di Sam. Mise il biglietto e la lettera uno accanto all'altra, spalancando gli occhi, inorridita alla rivelazione.

Emise un gemito di sofferenza. «Cosa?»

Eccola. La prova di cui aveva bisogno. Il nome di Philip, in stampatello. Proprio la stessa calligrafia del biglietto. Era quello, l'assillo che la tormentava in fondo alla mente, una percezione subliminale che la sfidava a riconoscere la scrittura di Leah.

Un grido lacerante le proruppe dalla gola. «No! Loro, no!»

Pensieri indecenti le affollarono la mente, tormentandola, contendendosi la sua attenzione. Philip aveva accompagnato Leah a casa e avevano fatto sesso. Suo marito e la sua migliore amica. Il tradimento la lacerò come una lama, dapprima facendo resistenza, poi spaccandole il cuore.

Philip e Leah.

Saltò su dalla sedia e si mise a camminare avanti e indietro per lo chalet. A pugni stretti, colpì il piano della cucina. «Che tu sia maledetto, Philip, figlio di puttana!» Strinse i denti. «Che sia maledetta anche tu, Leah. Tu, che dovevi essere la mia migliore amica.»

Lasciando la lampada a olio a bruciare sul tavolo, si diresse come una furia in bagno. Il flacone del sonnifero era sul mobile. Prese due pillole e le ingoiò senz'acqua. Poi, andò in camera da letto. Al buio, si distese e si rannicchiò in posizione fetale.

Dopo un po', la camera si riempì dei suoi singhiozzi disperati.

Capitolo 23

Sadie si svegliò che era quasi ora di pranzo. Dopo una tazza di caffè istantaneo, afferrò borsa e portatile e si avviò per il sentiero. Arrivò alla Mercedes, salì e girò la chiave. La macchina scoppiettò, e poi tacque.

«Non ora, cazzo!»

Fece altri due tentativi e infine il motore partì.

Il viaggio per arrivare a Hinton fu tranquillo, e Sadie tenne lontano dalla mente il pensiero di Leah e Philip concentrandosi sulla fotografia del pagliaccio e di Sam.

«Nulla ti riporterà da me, Sam» disse al sedile posteriore vuoto. «E probabilmente, non troveranno mai la Nebbia. Ma non posso fare finta di niente. Devo dirlo a qualcuno. Per il resto, io ho le mani legate.»

«Già ora di ricarica?» chiese Ed quando Sadie entrò nel pub.

«Veramente, volevo chiederle una cosa.»

Ed sorrise. «Avanti, cara.»

«Per caso, a Hinton c'è una connessione wireless a Internet?»

La guardò sorpreso. «Certo, da Cuppa Joe. È il bar accanto al negozio di alcoolici. C'è un grosso cartello proprio davanti. Non può non vederlo.»

«Grazie.»

Ignorando le occhiate preoccupate che le lanciava, Sadie si congedò e si mise in viaggio. Proprio come le aveva detto Ed, un cartello che pubblicizzava la connessione wireless gratuita a Internet insieme alla specialità del giorno era sistemato a terra davanti a Cuppa Joe, un baretto con quattro tavolini. Il ragazzo dietro il bancone la guardò distrattamente quando Sadie gli chiese della connessione.

«Deve prima ordinare un caffè» disse. «Alla vaniglia va bene?»

«Quello che avete» rispose, porgendogli un biglietto da cinque dollari.

Un minuto dopo, era seduta con il portatile aperto sul tavolino. La fotografia di Sam e del pagliaccio era già in viaggio verso il computer di Jay, grazie alla magia di Internet. Il bicchiere di polistirolo pieno di caffè rimase sul tavolo, intatto, quando se ne fu andata.

Prima di tornare a casa, fece una deviazione per andare al negozio di alcoolici e comprò un'altra bottiglia di rum, la più grande che poté trovare, e un cartone di lattine di cola cola. La cassiera con una maglietta dell'università di Alberta la guardò con sospetto e fu sorpresa quando Sadie tirò fuori la VISA.

«Devo vedere un documento di identità» disse la ragazza, masticando con la bocca piena di gomma americana rosa. «Ultimamente, ci sono capitate un sacco di carte di credito false.»

Sadie fece scivolare la patente di guida sul bancone.

La ragazza con la gomma fece una smorfia. «Non le assomiglia. Ha i capelli molto più corti adesso e...»

«E oggi non è certo il mio giorno migliore per i capelli. Lo so.»

Tra l'altro, non si era nemmeno preoccupata di pettinarsi, quella mattina. Né di lavarsi i denti. Non si era nemmeno lavata, né tantomeno truccata. Negli ultimi mesi, aveva perso almeno sette chili, forse anche nove, e i vestiti le cadevano da tutte le parti.

La ragazza con la gomma si mosse alla velocità di uno zombie poco ispirato che non aveva nessun posto dove andare e nulla di meglio da fare se non respirare. Anche quello sembrava costarle fatica.

Alla fine, le restituì le carte. Una alla volta.

«Vuole una busta di carta per quello?» chiese la ragazza, indicando il rum.

«No.»

Sadie prese rum e coca cola e andò verso l'uscita. Era quasi fuori dalla porta quando uno scoppio, come un colpo d'arma da fuoco, esplose alle sue spalle. Sobbalzò spaventata, e per poco non fece cadere la bottiglia. Quando si voltò, vide la ragazza che si staccava frammenti appiccicosi di gomma dalla bocca.

«Scusi» rispose con un risolino. «Cavoli. Sembra che le hanno sparato o chissà che cosa.»

Sadie aprì la bocca per replicare, poi la richiuse.

In macchina, abbassò l'aletta parasole e si guardò nello specchietto. «Okay, ecco la sentenza, signori della corte. Sadie O'Connell, autrice più venduta nella classifica del New York Times, ha un aspetto orribile. No, anzi, ha un aspetto di *merda*.»

Questa cosa delle parolacce era come una boccata d'aria pura.

Di ritorno allo chalet, chiamò Jay.

«Ho ricevuto la foto.» La voce sembrava arrivare da molto lontano.

«È lui, Jay. La Nebbia.»

«Stiamo controllando, Sadie. Nell'area ci sono alcune telecamere di sorveglianza. La nostra speranza è che almeno una abbia ripreso la targa o la marca della macchina. Insomma, qualcosa. Potremmo ancora prenderlo.»

«Magari» disse, con voce triste. «Meglio tardi che mai, alla fine.»

«Sadie, stiamo facendo il possibile…»

«Lo so.» Fece vagare lo sguardo spento per lo chalet fermandolo sulla foto di Sam sulla parete. «Ma è troppo tardi. Qualunque cosa facciate, non mi ridarà Sam. Vero, Jay?»

Lo sentì sospirare.

«La chiamerò non appena sapremo qualcosa.»

Jay chiamò il giorno dopo, sul tardi, con cattive notizie.

«Non c'è nulla nella telecamera. Batteremo a tappeto le strade, per vedere se qualcuno ricorda di averlo visto. Ci potrebbero volere dei giorni.»

«Faccia quello che deve, Jay.»

Sadie allontanò ogni pensiero della Nebbia. Trovarlo, per lei, aveva poco senso. Non voleva pensare alla lunga causa in tribunale, alla frenesia mediatica che avrebbe scatenato, e non riusciva a capire per quale motivo avrebbe dovuto restare seduta davanti all'uomo che le aveva ucciso il figlio. O testimoniare davanti a una corte di averlo visto portare via Sam.

E di non aver fatto nulla per fermarlo.

A volte, il pensiero andava a Matthew Bornyk. Quando accadeva, lo allontanava. Se la Nebbia aveva massacrato e ucciso così brutalmente Sam, allora anche Cortnie era morta. Matthew era fortunato, si disse. Non aveva dovuto vedere la sua bambina morire sotto i suoi occhi.

Per i due giorni che seguirono, si dedicò a completare le illustrazioni per *Lello il pipistrello rimbambello*. Ogni volta che posava lo sguardo sul titolo, scoppiava in una sonora risata. Più che altro, era un gracchiare rauco.

«Sì, ti stai proprio rimbambendo» si disse.

La notte, ignorò le grida incessanti del corvo e scivolò in un sopore indotto dal rum prima ancora di mettersi a letto. Al mattino, aprì la porta scorrevole della veranda chiedendosi quale altro strano dono l'attendesse. Dopo i confetti di cioccolato e gli acquerelli, trovò un pezzetto di liquerizia. Il giorno dopo, nulla. Quel mattino, trovò la figurina di un animale preistorico, un velociraptor. La mise accanto all'occorrente per dipingere.

Per tutta la giornata, fu tormentata dalle immagini di Leah e Philip.

Con calma determinazione, rilesse la lettera di Leah. Percepì un senso di profondo rimorso in ogni parola. Ma quello non cancellava il tradimento della sua migliore amica.

Non sa che i segreti distruggono tutto?

«Per tre anni ti sei finta mia amica, mentre ti tenevi dentro questo orribile segreto. Tu e Philip. Avresti potuto dirmelo, Leah. Forse, avrei compreso. Forse, avrei potuto perdonarti. Ma nascondermelo... non lo capisco.»

Pensò al giorno in cui Leah era entrata nello studio di Philip, cercando un libro che aveva perso.

Un altro tassello andò al suo posto.

«Ah, scommetto che stavi cercando *questa*.»

Piegò la lettera e la mise sul tavolino. Avvilita, prese la foto di Leah. «Come hai potuto andare a letto con mio marito? Come *hai potuto*?» Fu presa dalla rabbia e senza esitare lanciò la foto di Leah nel secchio dell'immondizia.

Ebbe l'impressione che le pareti si richiudessero su di lei.

«Devo uscire di qui.»

Scappò a Hinton per ricaricare portatile e cellulare.

Si sedette al pub di Ed, sorseggiando un cuba libre e scarabocchiando su un tovagliolo mentre pensava alle ultime illustrazioni per il libro di Sam. Era praticamente finito. Con un sospiro di stanchezza, si appoggiò allo schienale e chiuse gli occhi. Il suono dolce della voce di Sara Westbrook si diffuse nel locale. Innocente, puro... e pieno di speranza.

Ma non c'è speranza per me.

«Ne vuole un altro?» chiese Ed a bassa voce.

Riaprì gli occhi, scosse la testa. «Ha davvero una variegata selezione di brani sul jukebox.»

Ed sorrise. «Mi piace sostenere i talenti canadesi.»

Alzandosi per andarsene, accartocciò il tovagliolo, ma qualcosa che aveva disegnato sovrappensiero le fece tremare la mano. Il tovagliolo era coperto dai simboli dell'infinito e al centro c'era una parola.

SAM.

«Il mio ometto» sussurrò.

«Tutto bene, Sadie?» le chiese Ed da dietro il bancone.

«No, ma lo sarà.»

Le rivolse uno sguardo triste. «Il cocktail è offerto dalla casa.»

Con un rapido cenno della testa, ripose portatile e cellulare. Per curiosità, e non perché volesse chiamare qualcuno, controllò i messaggi. Due dei genitori, uno di Leah e quattro di Philip.

«Si starà chiedendo dove sono i *suoi documenti*.»

Fece sparire il cellulare nella tasca dei jeans.

Infuriata per non aver visto quello che accadeva sotto il suo naso, tornò di corsa allo chalet. Il tempo di arrivare e si era convinta che la storia tra Leah e Philip fosse andata avanti per anni, e che il suo matrimonio e l'amicizia con Leah fossero sempre stati fasulli.

Appoggiò la custodia con il portatile accanto alla porta ed entrò in cucina come una furia. Tirò fuori con rabbia una delle bottiglie di Cabernet dalla credenza e se ne versò un bicchiere. Al diavolo Philip. Avrebbe festeggiato la sua libertà da lui bevendo il prezioso vino di quel bastardo che era.

Sadie sorrise, sarcastica. «Alla verità e alla libertà.»

Smise di contare dopo il quarto bicchiere. A che serviva? Sapeva di esserlo.

Debole.

Accolse con gioia l'intontimento che l'alcool, diffondendosi nel sangue, le procurava. Le fece quasi dimenticare il marito infedele e l'amica sleale. Riuscì quasi a non farle più vedere le immagini di loro due impegnati in un sesso sfrenato. Le fece quasi dimenticare Sam.

Quasi.

Quella notte, avrebbe voluto essere già morta.

Fu assalita da immagini terrificanti. Il dito sanguinante. Il mignolo del piede di Sam. La raccapricciante carneficina nel vivaio. I visi le fluttuavano davanti, confondendosi con frammenti di furiose conversazioni che si insinuavano nella sua mente intontita. Philip, che l'accusava della morte di Sam. Leah, che la criticava per la sua decisione di tacere di aver visto la Nebbia. I genitori, che si vergognavano per il suo vizio del bere. Tutti puntavano il dito contro di lei, accusandola.

«È tutta colpa tua» gridavano.

Poi, *lo* vide.

La Nebbia.

Era appostato in un angolo buio della camera da letto, gli occhi scintillanti al debole chiarore della lampada a olio che tremolava accanto al letto. Quando uscì dall'ombra, il viso era dipinto come quello di Clancy.

Sadie piagnucolò e indietreggiò verso la testiera.

«Shh» sussurrò lui, come se stesse consolando un bambino.

«Stammi lontano!»

Non le diede retta e si avvicinò silenzioso al letto. Con una mano alzata, brandiva uno scintillante coltello da macellaio e, nell'altra, rigirava sul palmo due piccole biglie bianche e azzurre.

Non erano biglie. Erano occhi... gli occhi di Sam.

Sadie li guardò, inorridita. «Sam?»

«Tuo figlio è morto.» La Nebbia le si avvicinò con la bocca, il fiato putrescente puzzava come uno scarico di fogna. «Ora, ti farò a pezzettini, tanti pezzettini sanguinanti.»

Nel momento in cui il coltello stava per abbattersi su di lei, Sadie strinse gli occhi e urlò. «No!»

Una brezza la sfiorò. Nient'altro. Niente dolore bruciante, niente agonia di morte. Solo silenzio.

Quando aprì gli occhi, se n'era andato. La confusione la invase. Dov'era? Nascosto nell'oscurità?

Allungò una mano verso la lampada a olio.

Era fredda.

La Nebbia non era stato nient'altro che un orribile incubo.

«Ma sembrava così reale.»

Soffocò un singhiozzo in gola e cominciò a tremare in modo incontrollabile. Poi, si accigliò. *Perché fa così freddo qui dentro?*

Con un verso rabbioso, si mise seduta, puntando gli occhi sull'unica cosa fuori posto.

La finestra aperta.

Ripensò alla notte in cui Sam era stato rapito, la notte in cui c'erano stati molti segni premonitori, se solo li avesse notati. Anche la finestra della camera di Sam era stata aperta, proprio come la sua adesso.

Ma la Nebbia non è qui. Chi è che mi sta facendo degli scherzi?

Si sentì come se fosse coinvolta in un folle gioco tra gatto e topo, e non si fece illusioni, era lei il topo. Ed era stufa di giocare.

«Che cosa vuoi da me?» gemette.

Irrigidì ogni centimetro del corpo. Serrò i pugni, come se volesse colpire qualcosa. Qualcuno. Philip. Leah.

Lui.

«Basta!» urlò. «Cazzo, basta!»

Con un profondo respiro, saltò fuori dal letto. Poi, andò a chiudere la finestra, sbattendola. Fuori, la luna splendeva tra gli alberi, una falce che irradiava un chiarore diffuso. Una nebbia luccicante fluttuava appena sopra il terreno. La osservò, chiedendosi se fosse stata quella visione a scatenarle l'incubo.

Appoggiò la fronte contro il vetro gelido.

Fuori, non si muoveva una foglia.

Ma qualcuno ha aperto la finestra.

«Bene, non c'è modo ora di tornare a dormire.»

Cercò a tentoni la vestaglia. Accecata dal buio, attraversò la camera e si diresse verso il camino, dove a tratti ardeva sommessamente la brace. Allungò la mano nel cesto alla sua sinistra, e afferrò dei rametti. Li gettò nel camino e le scintille ne lambirono la parte a contatto con la brace. Ci mise sopra due ciocchi di legno, ma questi si limitarono a fumare e a crepitare, prendendosi gioco di lei. Sapendo che prima o poi avrebbero preso, strizzò gli occhi in direzione delle due finestre, delle porte scorrevoli e della porta sul retro.

«Prima che sia finita, questo chalet sarà blindato come Fort Knox» mormorò. «Ma ora, mi serve una torcia.»

Passò le dita sul tavolino, cercando la torcia che aveva comprato in città. Non c'era.

«Sono sicura di averla lasciata lì.» *Deve essere caduta.*

Passò le mani sul pavimento.

Nulla.

«Che fine le hai fatto fare?»

Una luce abbagliante la accecò.

Con un grido, saltò all'indietro, il cuore a mille.

«Cerchi quefta?»

Capitolo 24

Un bambino di circa sei anni, con la testa rasata, era seduto sul divano, a gambe incrociate. Avvolto in una coperta, la guardava con una curiosa espressione negli occhi profondi.

Teneva qualcosa in mano. «La vuoi?»

Era la torcia azzurra. Quella che le aveva dato Irma. Quella che aveva perso nel bosco.

Scosse la testa, confusa.

Si stavano ripetendo. Le allucinazioni. Il bambino era il frutto della sua immaginazione malata. O un'illusione, per gentile concessione del maledetto vino di Philip. Non ne aveva bevuto molto, però. O sì?

«Come ti chiami?» chiese il bambino allegramente, con un leggero sigmatismo nella pronuncia, come se fosse perfettamente normale per lui starsene seduto lì nel suo chalet, nel bel mezzo della notte.

Deglutì a fatica. Le allucinazioni non avrebbero dovuto parlare, né avrebbero dovuto sentirsi.

Il bambino sbuffò. «*Fsignora*, non parli?» Agitò la torcia in mano e il fascio di luce rimbalzò sui muri.

«Non ci sono bambini qui.»

Il bambino sorrise. «*Fsì*, invece. Io.»

Sadie si avvicinò piano. Allungò una mano, per toccare il bambino fantasma, sicura che, non appena gli avesse sfiorato la guancia, *puf*, sarebbe svanito.

Ma non svanì. Sotto la mano, sentì la pelle morbida.

Ritirò di colpo la mano. «Chi sei tu? E che cosa fai qui?»

Il bambino non rispose. Invece, si tolse la coperta: indossava un pigiama di flanella, a strisce blu e grigie.

Aggrottò la fronte. «Dovresti essere a casa, a dormire. È tardi.»

«Mi ha fatto venire mia *fsorella*» rispose.

Rimase a fissare il bambino, con la testa che le girava. Che razza di sorella avrebbe mai fatto vagare il fratellino per il bosco di notte?

«Mi ha mandato a darti una cosa» continuò, con una leggera blesità. «Voleva venire lei, ma il Padre l'ha chiusa nella cella perché l'altra notte è uscita.»

Saltò in piedi, infilò una mano sotto la maglia ed estrasse una cosa quadrata e piatta.

«Tua sorella ti ha mandato fuori a notte fonda per dare a una completa sconosciuta un *album da colorare*?» Lo guardò a bocca aperta. «I tuo genitori sanno che sei qui?»

«Il Padre dorme. Non dobbiamo uscire senza di lui.»

«Allora, saranno molto preoccupati se scoprono che sei uscito. Ti porto a casa.» Si mosse verso di lui.

«Ma io non voglio andarmene.»

La paura nei suoi occhi le fermò il respiro. Le ricordò la reazione di Sam quando Philip si arrabbiava con lui.

Il bambino iniziò a singhiozzare. «Non farmi andare via. *Peffavore!*»

Allarmata, lo prese tra le braccia e lo strinse forte. Sentì il corpicino caldo accoccolarsi contro di lei, come se fosse il suo posto.

Come Sam.

Distolse subito quei pensieri.

Questo bambino è vivo e al sicuro. E non è Sam.

Quando i singhiozzi del bambino si calmarono, si accomodò sul divano.

«Va bene. Possiamo stare qui. Per un po'. Va bene?»

Il bambino tirò su con il naso. «Bene.»

Gli accarezzò la testa rasata. «Mi chiamo Sadie.»

«A-Adam.»

«Dove abiti, Adam?»

Il bambino lanciò un'occhiata verso la porta scorrevole.

«Ah, dall'altra parte del fiume» interpretò Sadie.

Lui annuì, guardandola con gli occhi umidi. Quasi come se stesse per dire qualcosa, aprì la bocca, come un cucciolo in attesa di essere sfamato. Di colpo, cambiò idea e la richiuse.

«Ti va una cioccolata calda?» gli chiese, mettendolo sul divano.

«Hai dei marfshmallowfs?»

Sadie sorrise. «Quelli giganti.»

Dopo aver acceso la lampada, Sadie si mise a preparare la cioccolata sul fornello Coleman. Con la coda dell'occhio, osservava il bambino seduto nell'oscurità. Adam era piccolo e magro, e di un pallore mortale. Non c'era da meravigliarsi che avesse pensato a un fantasma.

«È pronto?» chiese, saltando sul divano.

«Quasi.»

Qualche minuto dopo, erano seduti l'una accanto all'altro a sorseggiare cioccolata calda e a guardare il fuoco. Nessuno dei due disse una parola.

Sadie sapeva che avrebbe dovuto riportarlo a casa, alla fine.

Ma non ancora.

«È *così* buono» disse, mettendosi in bocca un marshmallow inzuppato. «Ashley sarà gelosa. Ehi, vuoi sentire la poesia che mi ha insegnato?»

«Certo.»

Adam sorrise. «Un bel mattino, nel mezzo della notte, due bambini morti si alzarono per darsi tante botte. Schiena contro schiena si affrontarono, sguainarono le spade e si spararono. Un poliziotto sordo udì quella cagnara e sparò a quei bambini usciti dalla bara. Se a questa storia tu non credi, perché a mio zio non lo chiedi, che per quanto orbo e brutto, anche lui ha visto tutto.»

«Be', è… interessante. Ma forse, la prossima volta, Ashley potrebbe insegnarti qualcosa di meglio.»

Nonostante la poca luce, si vedeva che era un bel bambino. Là fuori, da qualche parte, c'era una madre fortunata.

«Tua madre non si preoccupa?» gli chiese d'impulso.

Un'ombra attraversò lo sguardo di Adam. «È morta.»

«Mi dispiace, tesoro.»

Per nulla turbato, le porse la tazza. «Posso averne ancora?»

Quando Sadie tornò con la tazza piena, Adam si era addormentato sul divano. Incuriosita, lo osservò, notando il baffo di cioccolata sul sorriso tranquillo e l'alzarsi e l'abbassarsi del petto.

Era innegabile. Nel suo chalet, c'era un bambino vero.

«Grandioso» mormorò. «E ora cosa faccio?»

L'orologio a pendolo batté le quattro del mattino.

Lanciò un'occhiata ad Adam. Forse, sarebbe stato meglio lasciarlo dormire e riportarlo a casa tra qualche ora. Forse, sarebbe riuscita a riportarlo a casa prima che il padre si svegliasse. Ma di sicuro avrebbe voluto scambiare qualche parola con la sorella, che sospettava fosse la ragazza che aveva visto nel bosco.

Seduta accanto ad Adam, ripensò a qualcosa che aveva detto, qualcosa a cui non aveva fatto caso, perché era stata distratta dall'album da colorare.

"Il Padre l'ha rinchiusa nella cella."

Di sicuro, non si riferiva alla cantina.

Non poteva biasimare un padre che non voleva che i suoi figli parlassero con degli sconosciuti e che uscissero di notte. Ma perché l'avevano cercata? Perché le avevano fatto dei doni? E chi l'aveva spinta nel bosco, il padre?

Posò lo sguardo sul bambino addormentato.

Che cosa accadrà quando il papà scoprirà che è uscito di nascosto?

Gli rimboccò la coperta intorno alle spalle. Quando il bambino, muovendosi nel sonno, appoggiò la testa sulle sue ginocchia, Sadie trattenne il respiro, turbata dal contatto così intimo. Un desiderio in fondo al cuore le inumidì gli occhi. Li chiuse, sentendo la manina calda di Adam scivolarle nella sua, prima che anche lei si addormentasse.

Quando si risvegliò qualche ora dopo, il bambino era sparito, insieme alla coperta grigia. Avrebbe pensato che fosse stato tutto un sogno, se non fosse stato per la torcia azzurra sul tavolino e le cinque cose allineate sul piano della cucina. Gli Smarties, gli acquerelli, la liquerizia, il velociraptor… un album da colorare.

«Tu e tua sorella siete molto strani, Adam.»

Senza esitare, aprì il tubetto di Smarties e si versò una bella manciata di confetti di cioccolato sul palmo.

«Cioccolata calda e Smarties per colazione. Santo cielo, Sadie, finirai per ingrassare.»

Divorò i confetti.

Dopo che si fu vestita, si diresse verso la porta.

«È ora di fare quattro chiacchiere con la padrona di casa.»

L'interno dello chalet di Irma era arredato con un miscuglio di stile country e western. Vecchi ferri di cavallo erano inchiodati sulle pareti di tronchi grezzi e le fotografie dei campioni di rodeo incorniciavano la porta di ingresso, a ricordo della carriera del marito come cavalcatore di tori.

Irma batté un dito su una foto. «Questo qui è il vecchio Diablo.»

Sadie scrutò il toro spelacchiato. Il luccichio rabbioso negli occhi dell'animale era feroce e temibile. Per quale motivo si dovrebbe entrare in un'arena con un animale del genere?

«A Clifford piaceva il brivido di batterli» mormorò Irma, come se stesse leggendo i propri pensieri. «Puntava i talloni e si manteneva in groppa per tutta la cavalcata. Fino a quell'ultima volta. Diablo l'ha fatto volare in aria come uno sputo.» Guardò nostalgica la foto.

«Volevo parlarti di una cosa» disse Sadie.

«Di cosa?»

«Dei bambini che abitano oltre il fiume.»

Irma si avvicinò al tavolo della cucina, versò del tè e mise una tazza di porcellana davanti a Sadie.

«Siediti» disse. «Sono un po' preoccupata per te.»

«Perché?»

«Ho visto gli alcolici che hai comprato. E conosco i segni.»

«Segni?»

Irma strinse le labbra. «Di chi è alcolizzato. So che cosa fa al corpo e alla mente. Ha distrutto il mio Clifford. È per questo che Diablo lo ha disarcionato. Quella bestia annusava l'odore dell'alcool a un miglio di distanza. E la vista di Clifford si era abbassata così tanto che non è riuscito a mettersi in salvo. Diablo l'ha calpestato a morte.»

«Senti, mi dispiace, ma non sono venuta qui per parlare di tuo marito. O del mio alcolismo occasionale. Sono venuta per i bambini che vivono oltre il fiume.»

«Quali bambini? Te l'ho detto che non ci sono bambini qui.»

«Certo che ci sono» replicò Sadie.

Irma le lanciò uno sguardo triste e scosse la testa. «Sadie, dal primo momento che ti ho vista, ho capito che c'era qualcosa che ti tormentava.»

«Li ho visti.»

«Okay… forza, dimmi i nomi.»

«Ashley e Adam.»

La tazza in mano a Irma tremò. «È uno scherzo?»

«Certo che no. Li ho *visti*, ho parlato con loro. Ho incontrato Ashley nel bosco, l'altra notte. E ieri notte, Adam è venuto da me.»

Gli occhi di Irma si inumidirono. «Questo non è vero, cara.»

«Perché ti è così difficile credermi?»

Irma appoggiò con un gesto brusco la tazza sul piattino e il tè si rovesciò. «Sadie, non puoi assolutamente aver visto Adam e Ashley.»

Sadie sospirò esasperata. «Perché no?»

«Perché, cara… sono morti, tutti e due.»

Capitolo 25

La rivelazione di Irma la fece tremare tutta, non riusciva a credere a quello che le aveva detto.

«Ma li ho visti, Irma. Ho parlato con loro.»

«Non può essere» insistette la donna. «Adam e Ashley sono morti nell'incendio con Carrie.»

Sadie rimase senza fiato. «I figli di Sarge?»

«Sono morti cinque anni fa.»

Sadie si accasciò in avanti, tenendosi la testa tra le mani. Una delle due aveva perso del tutto la testa. Sapeva che non era Irma.

«*Vedo* le persone morte» gemette. «Che mi sta succedendo?»

«Forse ha a che fare con il motivo per cui tu sei qui, Sadie. Da sola. Sam, forse?»

Sadie sollevò la testa, gli occhi gonfi di lacrime.

«Mio figlio. È stato rapito, ucciso. Ma lo vedo ancora. Lo sogno ogni volta.» Una smorfia di dolore le deformò il viso. «E ora vedo altri bambini morti.»

«Pare che tu non hai ancora lasciato andare tuo figlio.»

Sadie deglutì. «Come posso? Era il mio bambino.»

«Sì, lo era. E lo sarà sempre. Ma non c'è più, Sadie.»

Seguì un silenzio soffocante.

«Sono così stanca, Irma» bisbigliò Sadie.

Irma le batté sulla mano. «Lo so, cara. Ma la vita continua. Deve. E tu devi continuare a vivere per tuo figlio, interamente, con tutti gli alti e bassi, qualunque cosa ti presenti la vita. Non c'è pace se ci si arrende.»

Un guizzo nervoso le contrasse un angolo della bocca. Irma sapeva della pistola?

«Io... io devo andare» disse, alzandosi rapidamente in piedi. «Mi dispiace, Irma.»

«Per cosa, cara?»

«Per aver portato tutto questo disturbo in casa tua.»

«Ora, non preoccuparti per questo. Nemmeno la mia vita è stata rose e fiori. Noi donne dobbiamo essere unite.»

Sadie abbozzò un sorriso tremulo. «Tua figlia è davvero fortunata.»

«Non fammi parlare di Brenda» brontolò Irma. «Hai bisogno di qualcosa, cara?»

«Di dormire qualche ora di filato.»

Irma la accompagnò fuori e accese un sigaro. «Sai» disse «anche dopo la peggiore tempesta, il sole torna sempre a splendere.»

«Per me il sole ha smesso di splendere dal giorno in cui Sam è morto.»

Irma borbottò, poi rientrò in casa.

Il ritorno allo chalet Infinito sembrò più lungo dell'andata e Sadie rifletté sulle parole di Irma. Si sbagliava. Il sole non sarebbe più tornato a splendere, per lei. Mai più. Non c'era nulla per cui valesse la pena vivere. Sam era morto, Philip era in prigione, e Leah... be', non era più nulla per lei.

Calcolò che le mancavano ancora due o tre giorni per finire il libro di Sam. Fece un accurato programma del tempo che le restava, elencando le cose di cui avrebbe dovuto occuparsi. Per non lasciare nulla in sospeso.

Vrirr...

Una vibrazione nella tasca.

Prese il cellulare e si incupì quando vide lo schermo.

Philip.

Merda. Rispose alla chiamata. «Cosa vuoi?»

«Stai bene?» Il tono era preoccupato.

«Sì. Perché mi chiami, Philip?»

«Leah è preoccupata per te. Pensavo che andassi a stare da lei.» Silenzio. «Dove diavolo sei?»

«Non sono affari tuoi» rispose, sentendosi ribollire al nome di Leah. «Tu hai perso il diritto di farmi domande da quando hai iniziato a farti delle storie con altre donne.» *Con la mia migliore amica.* «È solo per questo che mi hai chiamato?»

«No... io, be', speravo che venissi a trovarmi.»

«Perché dovrei farlo, Philip?»

Sadie lo sentì sospirare.

«Ascolta» disse. «So di aver rovinato tutto. E so di non meritarmi il tuo perdono, ma devo parlarti.»

«Non voglio più parlare. Non abbiamo più nulla da discutere.»

«Sadie, so che ce l'hai tu» bisbigliò teso. «So che hai la pistola.»

Le si fermò il respiro. «Che cosa ti fa pensare che l'abbia io?»

«Perché non era più nel mio studio dopo che te ne sei andata.»

«Come hai…?» Si interruppe, furiosa. «Leah.»

La sua amica non stava cercando quelle maledette bottiglie di Screaming Eagle Cabernet. Né le lettere. Voleva la pistola.

«Le ho chiesto di cercarla» disse Philip. «Di farla sparire.»

«Incredibile. Chiedere alla mia *amica* di fare il tuo sporco lavoro. Perché dovrebbe fare qualcosa per te?»

Non rispose.

«Forse, dovrei chiederlo a *lei*» disse acida.

«Dov'è la pistola?»

«L'ho gettata» rispose tra i denti. «Insieme alle vostre lettere.»

All'altro capo del telefono, ci fu un silenzio di piombo.

«Che hai da dire su questo, Philip?»

«Sadie… io… noi…»

«Risparmiamelo, Philip! Non voglio stare a sentire come mio marito si scopava la mia migliore amica alle mie spalle.»

«È accaduto una sola volta» disse, come se *quello* potesse migliorare la cosa. «Tre anni fa.»

«Già. La sera della festa per il suo compleanno.»

«Era sbronza» insistette. «E mi stava addosso.»

«Ah, certo. Così, è stata tutta colpa di Leah, eh?»

«No, è stata colpa mia. Era ubriaca e ne ho approfittato. Sarei dovuto andarmene.»

«Ma non l'hai fatto, Philip. Sei stato con la mia migliore amica. E nessuno di voi due ha avuto il coraggio di dirmelo.»

Tutto si stava chiarendo. La spudorata animosità tra di loro, i feroci battibecchi, l'incapacità di stare un secondo di più nella stessa stanza.

«Ecco perché hai insistito tanto che smettessi di frequentarla» disse, disgustata. «Avevi paura che mi confessasse i vostri reciproci peccati.»

«Non te l'avrebbe mai detto. Non voleva ferirti. Sì, si sente in colpa. Anch'io. Così abbiamo deciso di metterci una pietra sopra.»

«Be', è evidente che *tu* non l'hai fatto. Dalla sua lettera si capisce che hai continuato a importunarla. Che cosa stavi facendo, Philip? La ricattavi per convincerla a fare sesso con te perché io mi negavo?»

Ancora silenzio.

Che cosa avrebbe potuto dire? Lo aveva scoperto, lui e anche Leah, come se li avesse beccati in flagrante. Le si spezzò il cuore. Philip con

Bridget, LaToya o un'altra collaboratrice era una cosa. Ma Leah? Era la più crudele delle infedeltà.

Ripensò a Leah, alla loro ultima conversazione, così forzata. Aveva capito che c'era qualcosa che non andava. Ora sapeva cos'era. Leah temeva che tra tutto il caos per la scomparsa di Sam, la sua morte e la vendita della casa, la verità sarebbe venuta a galla.

Philip si schiarì la gola. «Non abbiamo mai più fatto sesso dopo quella volta. Lo giuro sulla tomba di nostro figlio.»

«Non osare tirare dentro Sam in questa cosa!» gridò. «Come...?»

«Ci ha visti, Sadie.»

Per poco non le cadde il telefono dalla mano. «Cosa diavolo stai dicendo?»

«Sam è entrato e ci ha visti.»

«Come ha potuto vedervi se eravate a...?»

Fu come se tutta l'aria della stanza fosse stata risucchiata via.

«Credevo che fosse successo quando l'hai accompagnata a casa» disse, confusa. «Ma non è così. Vero, Philip?»

«No.»

Si coprì la bocca, inorridita, nauseata. «Siete spariti dalla festa per quasi mezz'ora. Leah mi disse che si era andata a sdraiare.»

«Sì, ma...»

«E ti mi dicesti che eri nel tuo studio.»

«Ero salito a prendere gli occhiali» borbottò.

«Così hai fatto sesso con la mia migliore amica. Nel nostro letto.»

Un momento di silenzio. Poi, Philip aggiunse: «Solo una volta, Sadie.»

«Una è più che sufficiente» replicò. «Noi abbiamo chiuso, Philip. Non chiamarmi più.»

«Sadie, aspetta! Che ne è...»

Chiuse lentamente il cellulare e lo infilò nella custodia del portatile. Fece un lento e profondo respiro, poi svuotò i polmoni. «Nulla in sospeso.»

Decisa a finire il libro di Sam, si scrollò di dosso il malumore e si mise a lavorare sulle illustrazioni. In poco tempo, aveva finito un disegno di Lello che volava all'indietro contro un albero. Poi, ne iniziò un altro in cui si alzava in volo festosamente verso la grotta. Prima di sera, era finito.

Alzò gli occhi sulla foto di Sam. «Presto.»

Esausta, afferrò la bottiglia di vino. Non avrebbe corso rischi, stavolta. Non avrebbe visto bambini morti. Non quella notte.

Mai più.

Più tardi, si mise a letto e cadde in un sonno profondo, senza sogni.

Finché un grido non la svegliò, facendola balzare in piedi.

Capitolo 26

Nel buio, I battiti di Sadie aumentarono.

«Che diavolo è stato?» biascicò, ancora intontita.

Dopo un lungo silenzio, si lasciò andare a una risatina sarcastica. Era il temporale che infuriava fuori che l'aveva svegliata. O almeno cercò di convincersene. La pioggia batteva senza sosta sopra la sua testa, mentre il vento frustava il rifugio e sbatteva contro le finestre. La tenda attirò la sua attenzione. Ondeggiava come se qualcuno ci stesse soffiando da dietro.

«Da' un'occhiata fuori, fifona che non sei altro.»

Attraversò la stanza in due rapide ma incerte falcate, e tirò la tenda.

Due piccoli occhi neri la guardavano spalancati.

«Santo cielo! Non dormi mai?»

Per tutta risposta, il corvo si alzò in volo e svanì nella notte.

Stava per girarsi quando due apparizioni emersero dal temporale. Girarono dietro lo chalet, finché non sparirono alla vista.

Si pizzicò. Sentì dolore.

«Okay, non stai sognando. Ma di sicuro hai le visioni. Nessuno starebbe fuori con questo…»

Toc, toc!

«Chi è?» ridacchiò come un'ubriaca. *Sono pazza.*

Con la lampada in mano, aprì di uno spiraglio la porta sul retro.

Due bambini tremanti la fissavano, stringendosi tra loro sotto una coperta fradicia.

«Possiamo entrare?» chiesero all'unisono.

Apparentemente, anche i morti avevano bisogno di ripararsi dalla pioggia.

Sadie aprì un po' di più la porta, aspettandosi di vederli svanire. Non lo fecero. Sadie fece loro un cenno con la testa e i due entrarono. Mentre aiutava il più piccolo a togliersi la coperta dalle spalle, riconobbe subito la testa rasata.

«Adam.»

Le fece un breve sorriso.

La bambina doveva essere sua sorella. Ashley. La ragazzina del bosco.

Poi, si ricordò che cosa le aveva detto Irma. Adam e Ashley erano morti.

Chi sono allora?

Li osservò mentre si mettevano comodi sul divano. Formavano una strana coppia. I capelli biondi e bagnati di Ashley erano tagliati terribilmente corti, troppo corti per una bambina, ed erano incolti come se non fossero stati pettinati da molto, tanto meno lavati. Indossava una camicia da notte di cotone rosa, questa volta. Adam non aveva più il pigiama a strisce azzurre, ma ne portava uno grigio a tinta unita; ai piedi, calzava degli stivali uguali a quelli della sorella. Pareva più magro e più pallido dell'altra notte. Poi, il fatto di camminare nel bosco sotto un temporale non era affatto salutare.

La loro presenza lì non aveva senso.

A meno che non abbia le allucinazioni.

«Ho freddo» piagnucolò Adam.

Corse in bagno, tornando un minuto dopo con un paio di asciugamani grandi, continuando a dirsi che i bambini non erano reali. Quando sarebbe tornata in soggiorno, sarebbero svaniti.

Ma erano ancora lì.

Sadie porse un asciugamano ad Adam. «Mi raccomando, asciugati bene, altrimenti ti prenderai un raffreddore.» Porse l'altro asciugamano alla bambina. «Ashley, giusto? La sorella di Adam?»

«Sì» rispose con un tono sommesso.

«Io sono Sadie.»

«Lo sappiamo» disse Adam. Sorrise e Sadie vide che gli mancava un dente davanti.

«Spero che sia venuta la fatina dei denti, ieri notte.»

Il sorriso gli si spense sulle labbra. «La fatina dei denti non *esiste*.»

«Certo che...»

«Il Padre non vuole che parliamo di cose che non esistono» intervenne Ashley. «Siamo troppo grandi per queste cose.»

«Sembri grande, da come parli» replicò Sadie con una risatina.

«Non avere troppa fretta di crescere.»

«Ho quasi nove anni» disse la bambina, raddrizzandosi.

«Io sei» si intromise Adam.

Ashley le restituì l'asciugamano bagnato. «Grazie.»

«Non vuoi che ti pettini i capelli?» si offrì Sadie. «Sono un disastro.»

«Non importa. Sono sempre un disastro.»

«Ti prometto che sarò delicata.»

La bambina la seguì in bagno e quando fece per pettinarla, Sadie si immaginò che avrebbe attraversato onde inconsistenti, e invece la mano toccò i capelli bagnati.

Come poteva essere che fossero reali questi bambini?

Sono sbronza, ecco come.

Separò con cura le ciocche dei capelli trascurati di Ashley, mentre Adam, appollaiato sulla tavoletta del water, le osservava.

«Posso avere una cioccolata calda?» chiese.

«Certo. Con altri marshmallows.»

Fece una faccia disgustata. «Bleah! Mi fanno schifo i marshmallows.»

«Be', li hai mangiati la volta scorsa» rispose Sadie, sorpresa.

«No, non è vero.»

«Adam non sa cosa gli piace» intervenne Ashley. Sorrise allo specchio. «Ehi, i miei capelli hanno un... bell'aspetto.»

Ed era vero. Il debole chiarore della lampada accentuava le tonalità dorate dei capelli naturalmente biondi, che erano quasi asciutti, dato che erano molto corti.

«Dovresti farli crescere un po'» le suggerì Sadie.

Il sorriso di Ashley svanì. «Non posso. Il Padre...»

«...non ce lo permette» finì la frase Adam.

Seguì un silenzio imbarazzato.

«Andate a sedervi accanto al fuoco» li invitò Sadie. «Vado a preparare la cioccolata calda.»

Uscì in veranda per prendere il cartone di latte dalla ghiacciaia. Un vento artico le scompigliò i capelli, ma la tettoia la protese dalla pioviggine. In cucina, illuminata dalla lampada, prese un cucchiaio e con mano tremante mise la polvere di cacao in un pentolino, riempì quest'ultimo di latte e lo mise sul fornello. Le ci vollero tre tentativi per accendere il fuoco, ma alla fine ci riuscì.

Spostò lo sguardo sui bambini. La sorella maggiore Ashley aveva afferrato la coperta di Sadie, quella che aveva lasciato sulla poltrona. Sedevano l'una accanto all'altro, con la coperta addosso, impazienti che tornasse. Di tanto in tanto, avvicinavano le teste e si bisbigliavano qualcosa a vicenda, con un'espressione seria.

Sadie si strofinò gli occhi.

Quando li riaprì, i bambini erano sempre lì.

Quando la cioccolata calda fu pronta, diede loro una tazza ciascuno e offrì ad Ashley una ciotola di marshmallows. La bambina ne prese due e li fece cadere nella tazza. Dopo il primo sorso, il sorriso che le fece per ringraziarla era estatico.

«Questa *è* la più buona cioccolata calda che abbia mai assaggiato» disse Ashley, raggiante. «Adam aveva ragione.»

«Sì, Adam aveva ragione» mormorò il fratello, tra un sorso e l'altro.

Sadie aggrottò la fronte. Era raro che i bambini si riferissero a loro stessi in terza persona. Era decisamente insolito.

Ashley e Adam.

Perché avrebbero dovuto mentire sui loro nomi?

Il vino che aveva fatto fuori qualche ora prima le annebbiava ancora la mente. Inspirò a fondo. «Sentite, questo scherzo è andato anche troppo per le lunghe. So che i vostri veri nomi non sono Ashley e Adam.»

Ashley balzò in piedi, con un'espressione spaventata sul viso.

«È una bugia! Il mio nome è *Ashley*.»

«Ashley e Adam sono morti» disse Sadie con dolcezza. «Chi siete veramente?»

Adam, con le labbra tremanti, afferrò Ashley per il braccio. «Dobbiamo andare.» La tirò verso la porta sul retro, la spalancò e uscì.

Sulla soglia, Ashley si voltò di scatto. «Ci ha detto che eri venuta per lui. Per noi. Pensavano che fossi tu. Non capisco come ci siamo potuti sbagliare così tanto.»

Sadie arrancò barcollando verso di loro. «Un momento! Chi…»

Troppo tardi.

I bambini stavano già correndo sul prato. Al limite del bosco, Adam si fermò di colpo e si voltò. «*Saa-diiiii!*» La sua voce era un grido disperato e chiaro, senza blesità.

In realtà, a ripensarci, non aveva mai parlato con il difetto di pronuncia che aveva notato l'altra notte. Neanche una volta.

«Che diavolo che succedendo?» mormorò.

Scese i gradini, con l'intenzione di richiamarli, ma poi accadde la cosa più strana. Davanti ai suoi occhi, Adam e Ashley si duplicarono, dando vita a quattro piccole sagome. Poi, sei. Come cellule umane, si moltiplicarono e si separarono.

Sadie sbatté le palpebre, ma le figure rimasero lì, nascoste tra le ombre, indistinguibili. Sei bambini fantasma.

«Gesù…»

Le voci cominciarono a recitare. « Un bel mattino, nel mezzo della notte, due bambini morti si alzarono e fecero a botte…»

«Smettetela!» gridò.

Le voci si spensero all'istante.

La osservavano da lontano, e quegli sguardi le fecero accapponare la pelle.

«Lasciatemi stare!» urlò.

All'inizio, non si mossero. Poi, uno dopo l'altro, si ritirarono, svanendo nel vuoto incolore della notte.

Sadie tornò al rifugio, sbatté la porta e si appoggiò alla parete. Il respiro si fece corto e rapido, serrò i pugni, infilandosi le unghie nei palmi.

Che cosa volevano da lei quelle illusioni, quei bambini?

Cedendo alla tentazione, afferrò la penultima bottiglia di Cabernet e tornò a letto. Prima che il vino fosse finito, si era convinta che la visita di Ashley e Adam era stata solo un'altra allucinazione indotta dall'alcool. Ecco perché ne aveva visti sei. Li aveva evocati con il suo senso di perdita e di colpevolezza.

«Li hai visti perché volevi vederli, perché non sei altro che un'alcolizzata, Sadie. Un'ubriaca, un'inetta. Non c'è altra spiegazione.»

Ce n'era un'altra, però.

Capitolo 27

I sei oggetti sul piano della cucina furono le prime cose che vide quando, il giorno dopo, riuscì ad andare oltre il bagno. Rimase immobile, a mezzo metro dal lavello, e lanciò un'occhiata al tubetto dei confetti di cioccolato, all'astuccio di acquerelli, alla liquerizia, alla figurina di velociraptor, all'album da colorare e alla nuova aggiunta: un soldatino di plastica, un indiano. Qualcosa nella precisione con cui erano allineati la turbò.

Erano solo delle semplici apparizioni?

Allungò la mano titubante e si versò degli Smarties sul palmo caldo della mano. Cominciarono a sciogliersi.

«Bene, almeno voi siete reali.»

Li mangiò, ben contenta di mascherare il sapore acido del vomito.

Prima della sosta in bagno dove aveva dato di stomaco finché non ebbe solo conati, si era svegliata con il pensiero di quegli strani bambini. C'era solo una spiegazione che avesse un senso. Dato che Irma aveva giurato che non c'erano bambini nel circondario e che Ashley e Adam erano morti, era stata lei, perennemente stordita dall'alcool, a evocarne le apparizioni.

Si adombrò.

Questo voleva dire che *lei* era responsabile degli oggetti sul piano della cucina.

Li gettò nel secchio dell'immondizia, poi preparò il caffè. Ripensando al consiglio di Ed, rincarò la dose aggiungendo una mezza cucchiaiata in più di caffè tostato scuro. Rinunciando a combattere con il fornello inaffidabile, sistemò la griglia sul fuoco del camino e ci mise sopra la caffettiera.

Poi, preparò l'occorrente per disegnare.

Quando il sole tramontò per fare spazio alla luna, Sadie si era già scolata tutto il rum, bevendo dalla bottiglia, benedicendo la leggerezza che le dava. Per tutto il giorno era stata presa da una smania frenetica ed elettrizzante di fare. Alla luce di due lampade a olio e del camino fiammeggiante, aveva lavorato con fervore, disegnando le ultime illustrazioni per il libro di Sam e contrastando la sensazione di panico che le rumoreggiava alla bocca dello stomaco.

Ora, cercava di ignorare le voci disperate nella sua testa.

Ma non ci riusciva.

"Avevamo bisogno di te."

«L'unica persona che ha mai avuto bisogno di me è morta» mormorò tra le lacrime.

Lanciò un'occhiata al calendario accanto al lavello.

Erano già passate due settimane di maggio.

Strinse gli occhi verso l'orologio. *21:50.*

«Tra qualche ora sarà la festa della mamma» biascicò. «Bene, se c'è stato mai un segno, eccolo.» Cerchiò la data con un pennarello nero. «Il giorno G. Il giorno per morire.»

Scoppiò a ridere ubriaca, poi barcollò fino alla camera da letto, evitando di proposito di guardare la foto di Sam. Appoggiò la torcia accesa sul comodino e diresse il fascio di luce ai piedi del letto.

«Oh, it's dying time again, I'm gonna leave you» cantava stonata, mentre cadeva in ginocchio. «I can see that faraway look… in your eyes.»

Armeggiò sotto il letto e tirò a sé la scatola della pistola. Quando la estrasse del tutto, la prese e la infilò sotto il braccio. Poi, si alzò. Troppo veloce. L'improvvisa perdita di equilibrio le diede un capogiro e ricadde contro il comodino. La scatola cadde a terra, il coperchio si tolse e la pistola scivolò sotto il letto.

«Merda!»

Di nuovo in ginocchio, sollevò il bordo del copriletto e scrutò nell'oscurità sotto il letto. La pistola si era incastrata dietro una delle gambe della testiera. Piegò la testa di lato e allungò il braccio, ma non riusciva a prenderla. Si contorse allungandosi un po' di più, oscurando con il corpo tutta la luce. Il pavimento era freddo e ruvido, e si ritrovò in mano una manciata di batuffoli di polvere. Ma nessuna pistola.

Un fascio di luce partì dall'altra parte del letto, come se qualcuno fosse entrato nella stanza dietro di lei e avesse spostato la torcia. Poi, poco per volta, il copriletto cominciò a sollevarsi.

Quello che vide le fece fermare il cuore.

Un viso familiare e due seri occhi color zaffiro.

Gli occhi di Sam!

«Sam?»

Il copriletto ricadde al suo posto.

Annaspando per uscire da sotto il letto, si mise in piedi barcollando e guardò spaventata la torcia. Era dove l'aveva lasciata, e puntava esattamente nella direzione verso cui l'aveva posizionata.

«Che sta succedendo qui?» mormorò.

Si sostenne con una mano alla cassettiera, lo sguardo fisso all'altro capo del letto.

«Sam, vieni fuori.»

Non si mosse nulla.

Si impose di fare il giro del letto. Lo spazio dall'altra parte era libero, nessun segno che ci fosse stato qualcuno, a parte una leggera strisciata di polvere rimossa. Che spariva sotto il letto.

Si accucciò e sbirciò sotto.

C'era solo una cosa.

La pistola.

Luccicava alla poca luce, minacciosa nella sua promessa di morte.

Rimase in attesa, aspettandosi che gli occhi di Sam la sbirciassero dall'altro capo del letto. Non successe nulla. Allora, con cautela si allungò per prendere l'arma, rassicurata dal contatto con il metallo freddo. Stava per rialzarsi quando un movimento d'aria le provocò una stretta al cuore. Trattenendo il respiro, si raddrizzò lentamente, la pistola in pugno.

Qualcuno o qualcosa aveva spostato la torcia. Ora puntava verso la porta aperta della camera.

Strinse la fronte e trascinò i piedi fino a raggiungerla, ma non notò nulla di insolito. Poi, all'ultimo, la chiuse.

«Oh, Gesù!»

Dietro la porta, qualcuno aveva inciso un simbolo di infinito.

Si accasciò contro la cassettiera. «Basta!»

Un singhiozzo le proruppe dalla gola, poi un altro. Voleva sbattere la testa contro il muro.

Fissò la foto di Sam e una furia irrefrenabile le montò dal profondo dell'anima. «Perché mi stai perseguitando?» Si strofinò il viso, spargendosi le lacrime calde sulle guance. «Perché, Sam?»

Nessuna risposta. In fondo, non se l'aspettava.

Barcollò fino al soggiorno, sparando la luce della torcia in tutte le direzioni. Quando il fascio sfiorò il piano della cucina, la mano le tremò.

Tutto quello che aveva gettato nel secchio era di nuovo lì, allineato sul piano.

In uno stordimento totale, si fece più vicina.

Sull'astuccio qualcuno aveva tracciato un simbolo di infinito. La liquerizia era attorcigliata nella stessa forma.

In quel momento, sentì la mente andarle in mille pezzi.

La stanza echeggiò del suo grido di dolore, rauco e selvaggio.

«Basta! Non ce la faccio più. Dio!» Scosse la testa, piangendo e ridendo in preda all'isteria. «Un momento, cosa sto dicendo? Non esiste nessun Dio. Perché se è vero che esiste, mi ha portato via l'unica creatura che abbia mai amato.» I singhiozzi le scossero il corpo e si abbandonò senza freni all'infelicità. «No... sono stata *io* a lasciare che un mostro si prendesse il mio bambino. Ho lasciato che torturasse Sam, che lo *uccidesse*. È tutta colpa *mia*. Lo confesso. Ma non resisto più! Mi senti? È finita!»

Non sapeva se stesse parlando a Sam, ai bambini fantasma o a Dio. Non importava, comunque. Nessuno poteva sentirla. Era sola, morta dentro.

«Fallo!» urlò tra i denti. «Uccidimi ora o lasciami morire. A me... non... importa!»

Un'ora dopo, Sadie era seduta al tavolo della cucina.

Era pronta. Pronta a morire.

Aveva ingurgitato due manciate di un mix di pillole e quasi tutto il Cabernet. Nella mente le si accavallavano i pensieri più disparati, mentre la pistola caricata con un solo proiettile attendeva sul tavolo.

Sulla mensola del camino, una busta indirizzata a Leah la sfidava, il racconto della follia che l'aveva presa come un cappio intorno al collo, svuotandole tutta l'aria dai polmoni. Accanto alla cartella contenente il libro completato di Sam c'era una lettera per Philip. Era una specie di testamento, anche se non era sicura che un giudice non avrebbe contestato la sua capacità di intendere e di volere. Aveva lasciato *Lello il pipistrello* a Philip, che ne facesse quello che voleva, che lo pubblicasse o lo bruciasse. A lei non importava.

«Ti amavo, Philip» disse freddamente. «Ma avevi ragione. Amavo di più Sam. Era la parte di me che tu non hai mai compreso. La parte *migliore* di me. Mi teneva insieme. Sobria. Sana di mente.»

L'orologio a pendolo batté un altro gong confuso.

Quasi ora.

Spostò lo sguardo vitreo al giornale, sul tavolo. Si sentì morire alla vista dell'uomo in prima pagina. Quella faccia aveva infestato i suoi incubi e devastato la mente al limite della follia. Quel demone era strisciato in casa sua, aveva rapito suo figlio, lo aveva massacrato e bruciato vivo.

«Mostro!»

Stracciò la prima pagina e fece in mille pezzi il viso della Nebbia, sbriciolando il giornale fino a farsi venire le mani nere. Nella furia, con un colpo di braccio fece volare in aria i pezzetti di carta dal tavolo. Mentre la tempesta di fiocchi di carta grigi e morti scendeva a terra, sfogò tutta la sua rabbia.

«Spero che tu marcisca all'inferno!»

Le lacrime le scorrevano sul viso mentre passava lo sguardo sullo chalet e i pochi mobili che conteneva. Invece, vedeva solo il letto vuoto di Sam, la finestra spalancata in camera sua e il funzionario di polizia che teneva in mano la scarpa del clown. Chiuse gli occhi e quando li riaprì, vide Sam in macchina, legato e imbavagliato. L'esplosione si ripeté come un film dell'orrore caricato male nel proiettore, a scatti e salti, fino a bloccarsi sul fotogramma di un cappello di baseball bruciacchiato.

Sadie prese la pistola. Era come se la tenesse in mano un'altra persona.

«Mi dispiace, avrei potuto salvarti, Sam» disse, senza smettere di piangere.

Dalla finestra della cucina, li vide. Sei piccole sagome.

«Un bel mattino, nel mezzo della notte…»

Fuori, una mano pallida si allungò verso la finestra.

«Non siete reali» gridò, appoggiando lei stessa la mano sul vetro ghiacciato. «Non esistete.»

Lanciò un'occhiata in basso, verso la pistola che aveva in mano e l'accarezzò.

«*No!*» gridò il bambino fantasma.

Un ultimo gong echeggiò nella stanza. Era scoccata la mezzanotte.

«Buona festa della mamma.»

Fece un respiro per calmarsi, appoggiò la canna alla tempia e sganciò la sicura, tremando all'impercettibile clic.

«La mamma sta arrivando, Sam.»

Senza volerlo, posò lo sguardo sui doni allineati sul piano della cucina.

Perché ritornano sempre nello stesso ordine?

Nella frazione di secondo prima di tirare il grilletto, la risposta le apparve chiara, cristallina.

Capitolo 28

Il suicidio di Sadie non era andato secondo i piani.

Si sarebbe aspettata di udire un boato assordante, forse una fitta di calore, e poi di sprofondare in un abisso nero. Ci fu solo silenzio. Nessuna esplosione tonante, nessun dolore, nessuno schizzo di sangue. Solo un leggero clic.

Tirò il grilletto di nuovo, questa volta con più forza.

Nulla.

Scacciò una lacrima residua. «Non sei buona a nulla, Sadie. Nemmeno a ucciderti con una cazzo di pistola carica.»

Se la situazione non fosse stata tanto tragica, sarebbe scoppiata a ridere.

Con la mano tremante, lasciò cadere la pistola sul tavolo, sperando che sparasse il colpo e finendo il lavoro che non era riuscita a fare. La fissò, chiedendosi perché a un tratto si sentisse sobria. L'overdose di farmaci e alcool avrebbe dovuto almeno metterla a dormire.

Forse, ho perso conoscenza. O sono in coma.

Ma sapeva che non era così.

«Forse, *sono* morta» sussurrò con voce stridula, speranzosa.

Il suono della sua voce la rassicurò che non era nemmeno così.

Sentendosi osservata, si voltò verso la finestra. Fuori, il canto dei bambini era cessato. Sullo sfondo della nebbia, restavano immobili, e la guardavano, in attesa.

Gettò un'occhiata al piano della cucina, al messaggio, perché non era che quello. Un messaggio. Ora lo vedeva con chiarezza.

Smarties, acquerelli, liquerizia, velociraptor, album, indiano.

«S... A... L... V... A.» Aggrottò la fronte. «Sono salva perché la pistola non ha sparato? No...» Guardò l'indiano. «I... finisce così?» Tornò sull'album. «Album... da colorare! AC.»

SALVACI.

Quasi in trance per la rivelazione, andò alla porta sul retro. Quando l'aprì, tre bambini quasi identici e tre bambine quasi identiche entrano in silenzio. Non parlavano, ma si muovevano come se fossero una sola creatura, quasi scivolando verso il calore del fuoco. Osservò ognuno di loro, notando i capelli scuri rasati corti dei bambini e quelli biondi rovinati delle bambine. I bambini indossavano un pigiama di diverso colore, grigio, giallo e blu, le bambine camicie da notte nei colori malva, turchese e rosa.

«Chi *siete*?» chiese con voce rauca.

La bambina con la camicia da notte malva fece un passo avanti. «Io sono Ashley.»

«No, non è vero.» Sadie indicò la bambina in rosa. «È lei Ashley.»

La bambina in turchese sorrise. «Siamo tutte Ashley.»

«E noi siamo tutti Adam» disse il bambino in grigio.

«Adam e Ashley sono morti» disse Sadie, mesta.

«Lo sappiamo, *FS*adie» rispose Adam in grigio.

Il bambino a cui piacciono i marshmallows!

Emise un gemito, confusa. «Perché i vostri genitori vi hanno dato i nomi di bambini morti? E perché tutti gli stessi nomi?»

«Il Padre ci ha dato i nomi» rispose Ashley in rosa, compassata.

«Non capis...»

«Vieni con noi!» la supplicò Adam in blu. «Ma devi fare in fretta.»

Senza esitare, afferrò una torcia e li seguì fuori nella tormenta. Il vento infuriava e le nubi riversavano sopra le loro teste una pioggia torrenziale, ma in qualche modo la chioma dei sempreverdi li riparava. La torcia, l'unico fascio di luce, illuminava il terreno davanti a loro, mentre seguivano il sentiero attraverso il bosco in direzione della sponda del fiume.

Sadie notò il guado di pietre. Prima di sapere cosa avessero intenzione di fare, due delle bambine iniziarono a sfilare sulla superficie scivolosa, allargando le braccia per mantenersi in equilibrio. Due dei bambini le seguirono.

«Aspettate!» gridò Sadie.

«Che c'è?» chiese Adam in blu, prendendole la mano.

«È troppo pericoloso. Qualcuno di voi potrebbe cadere.»

«Non cadremo.»

«Dovremmo passare da questa parte» suggerì. «Il fiume sta per straripare.»

Diresse la torcia sul masso lontano, sull'altra sponda. Il livello dell'acqua aveva quasi raggiunto la linea arancione.

«Fidati di me» le disse, tirandola per la mano.

Fece un profondo respiro e lo seguì sulla prima pietra. Era asciutta e ruvida, ed era facile camminarci sopra. La lastra successiva era umida e coperta da un sottile strato di alghe. La superò, sperando di non far cadere la torcia o di non precipitare nelle acque turbolente del fiume. Qualche minuto dopo, era dall'altra parte, e correva lungo la riva a perdifiato, cercando di stare dietro ai bambini. Era quasi sobria, quasi lucida, per la prima volta da settimane.

Forse mesi.

«Da questa parte» la chiamò Adam in grigio, agitando la mano.

Emise un gemito. «Non potete andare un po' più piano?»

Ashley in rosa ebbe pietà di lei e l'aspettò. «Non abbiamo molto tempo. Avanti.»

Sadie le rivolse un breve sorriso. «Non sono più giovane come te. E poi sono un po' giù di forma.»

«No, non è vero» rispose la bambina. «Sono i farmaci e l'alcool.»

Sadie rimase sorpresa. *Come faceva a saperlo?*

«Lo so e basta» rispose Ashley in rosa.

«Così, ora leggi anche nella mente?» chiese Sadie, in tono vagamente divertito. «A che sto pensando adesso?»

Ashley in rosa si allontanò di qualche passo, poi si fermò, esitante. «Stai pensando che avresti dovuto comprare altri proiettili.»

La bambina sparì nella boscaglia, e Sadie le scarpinò dietro, riflettendo sulle parole che le aveva detto. Aveva ragione sui proiettili.

Ben presto, il rumoreggiare del fiume si attenuò. Quando gli alberi si diradarono, un campo ghiacciato si aprì davanti a loro. A qualche metro di distanza, sulla sinistra, c'era un capanno da lavoro arrugginito, con le pareti in metallo e un tetto in lamiera ondulata. Quando la pioggia ci cadeva sopra, dall'interno proveniva uno strano mormorio.

Sadie fece per andarci, ma qualcosa attirò la sua attenzione.

Dall'altra lato del campo, lo scheletro annerito di quello che doveva essere stata una casa a due piani creava un netto contrasto con il ghiaccio opalescente che la circondava. Quello che restava assomigliava a una finta facciata in una città fantasma, con gli infissi vuoti delle finestre strinati da un precedente incendio, salito fino al tetto. Da una porta sfondata, si poteva vedere una scala danneggiata che conduceva a un secondo piano che non c'era più. Il muro posteriore aveva ceduto ed era crollato quasi del tutto.

Sadie rabbrividì. «La casa di Sarge.»

Ashley in malva annuì. «Sì.»

«Così, Sarge è il vostro vicino?»

«Non proprio» rispose dolcemente Ashley in rosa. «Vieni con me.»

Sadie la seguì tra i cespugli, lontano dal campo. Gli altri erano dietro di loro. Dopo aver superato il tronco di un albero sradicato e un ripido pendio, Ashley si fermò in una zona boscosa. I bambini si radunarono intorno a lei, guardandola impazienti, mentre lei armeggiava con un ceppo di albero. Sarebbe stata una situazione comica, se non fosse stato che si trovavano nel mezzo della notte, sotto una pioggia gelida che penetrava nelle ossa.

Sadie rimase a fissarla, senza capire. «Che cosa stai...?»

Ashley in rosa grugnì, strattonando il ceppo. «Aiutami!»

La disperazione nella voce della bambina la fece reagire in fretta. Passò la torcia all'Adam più vicino e si unì ad Ashley.

«Tiralo verso l'alto!» ordinò la bambina.

Sadie tirò il ceppo con tutta la sua forza. Con sua grande sorpresa, questo si rovesciò, portandosi dietro una zolla perfettamente rettangolare, insieme a una porta metallica con tanto di cardini.

Sussultò, sbalordita. «Un bunker sotterraneo.»

Riprese la torcia, si fece avanti e orientò il fascio di luce nel buco. Una scala di legno portava nelle profondità ammuffite e finiva su un piano sudicio parecchi metri più sotto.

Dio solo sa dove conduce.

«È la nostra porta sul retro» spiegò Ashley in turchese.

Sadie rimase a bocca aperta. «Non stai dicendo sul serio. Non penserai che possa credere che abitiate lì sotto. È ridicolo.»

«Ma è vero» insisté Adam in giallo.

Frastornata e allibita, guardò i bambini.

Era tutto senza senso. Tutto, se non il fatto di aver superato l'ansa del fiume e di trovarsi lì in piedi, nel mezzo della notte, a fissare un pozzo che scendeva sottoterra.

Non posso andare laggiù.

«Devi seguirci» la supplicò Ashley in rosa. «Se lo farai, capirai tutto.»

Sadie emise un lamento, esausta. «Perché non mi dite di che si tratta?»

«Ci abbiamo provato» rispose Adam in blu. «Ma abbiamo fatto una promessa e dobbiamo mantenerla.»

«Che cosa cambia se scendo laggiù?» gli chiese.

Le tirò la mano. «Possiamo fartelo *vedere*.»

«Fidati di noi» disse Ashley in rosa, prima di sparire nel pozzo.

Sadie esitò sul ciglio, trovandosi di fronte all'immagine improvvisa della bara di Sam calata nella terra. Facendosi coraggio, orientò la torcia verso la fossa e avanzò con prudenza, attenta alla consistenza del terreno sotto i suoi piedi. Con lo stivale, colpì una zolla di terra umida e la vide cadere nel vuoto. Non la sentì atterrare.

Colpendo più volte il gradino superiore con il piede, ci si appoggiò piano, timorosa che potesse crollare sotto il suo peso e farla precipitare. Quando vide che il gradino teneva, disse una preghiera in silenzio e iniziò a scendere.

Adam in blu la seguiva. «Non soffri di claustrofobia, vero?»

«Prima d'ora, no.» Si sforzò di ridere, ma le uscì solo un gemito.

Rassegnati, principessa. Se possono farlo loro, puoi farlo anche tu.

Per non perdere l'equilibro, si sostenne alla ringhiera, ancorata alle lisce pareti in legno. A mano a mano che il passaggio si stringeva intorno a lei, cercò di non pensare a quanto in profondità stessero scendendo, concentrandosi invece sul profumo pungente di terra umida e compensato che aleggiava nell'aria, intrappolato dall'immobilità e dall'oscurità. Intorno al decimo gradino, perse il conto e stava già cominciando a rilassarsi, quando un improvviso attacco di vertigini le fece mancare un gradino.

Adam in blu l'afferrò per il braccio. «Attenta.»

Si guardò alle spalle, oltre la fila di bambini, e vide il fioco chiarore della luna. Per un attimo, fu presa dal panico.

Oh Dio, in che guaio mi sto cacciando?

«Non ce la faccio.»

«Va tutto bene» disse Adam in blu. «Purché il Padre non ti trovi qui, sei al sicuro.»

«Ottimo» mormorò. «Questo mi fa sentire molto meglio.»

«Mancano ancora pochi gradini» la rassicurò.

Quando infine toccò la terra solida, lasciò andare un respiro di sollievo. I bambini la circondarono, mentre lanciava un'ultima occhiata in cima alla scala.

«Be', non è stato poi così terribile» disse. «E ora?»

«Quella» disse Adam in blu, indicandola.

Una porta metallica sbarrava la strada.

«È chiusa» disse, indicando il sistema di lettura per carte magnetiche sopra la maniglia.

«No, non lo è» rispose Ashley in rosa. «Il Padre non ne ha motivo.»

«Be', non ci vuole nulla, allora.»

Sadie aprì la porta e la luce improvvisa l'accecò.

Capitolo 29

«Oh… mio… Dio.»

Comunque, erano state mani umane, non divine, a costruire il bunker sotterraneo. Qualcuno aveva speso tanto tempo, energia e denaro per dotarlo di tutte le comodità, tra cui elettricità e acqua corrente, e aveva anche provveduto a immettervi l'aria. Il motivo per cui qualcuno volesse vivere sottoterra, lontano dalla luce del sole e dall'aria fresca, andava oltre la capacità di comprensione di Sadie.

Con il cuore a pezzi, fece un passo avanti, si appoggiò al pannello divisorio e osservò l'insolito interno. Tutte le pareti del bunker erano rivestite di pannelli in legno, e la scarsa illuminazione conferiva al locale un'atmosfera calda e accogliente in contrasto con i pochi mobili e la mancanza di altri colori a parte le tonalità del grigio e del marrone. All'altro capo della stanza, luccicava un'altra porta metallica. Accanto, in una zona cucina aperta c'erano un tavolo da gioco e tre sedie imbottite. Al centro della stanza, una poltrona reclinabile in pelle color cammello con pezzi di nastro adesivo intorno ai braccioli era di fronte a un televisore e a un microonde, che erano su una panca da picnic, l'uno accanto all'altro.

Aggrottò la fronte, perplessa. «Che guardiamo? La TV o il microonde?»

Inoltrandosi all'interno, notò una scrivania, una sedia, un computer e altri dispositivi elettronici dietro il pannello divisorio. Una porta aperta conduceva a un bagnetto con un box doccia.

«Tutte le comodità di una casa» disse, incredula.

Ma qualcosa mancava.

Non c'era un solo giocattolo, un solo libro illustrato, niente che indicasse l'esistenza dei bambini.

Si avvicinò guardinga alla porta in fondo alla stanza. Si fermò e annusò, storcendo il naso all'odore acro del fumo.

«Quella è la nostra porta di ingresso» disse Ashley in rosa.

Sadie individuò un'altra porta, stretta e dissimulata nel muro accanto alla cucina. Di lato, c'era un tastierino alfabetico.

Un sistema di sicurezza esagerato per una casa.

«Che c'è lì dentro?» chiese.

«La *cella*» rispose Adam in blu. «Dove dormiamo. Tu...»

«Quella è la stanza da letto del Padre» lo interruppe Ashley in rosa, indicando un'altra porta seminascosta tra due scaffali.

Sadie fece un giro lento, abbracciando in un colpo d'occhio tutte le eccentricità del bunker. Era molto più complesso e spazioso di quanto avesse pensato all'inizio.

«Non capisco» disse. «Perché vivete quaggiù?»

Ashley in malva si fece avanti. «È la nostra casa.»

«Ma non potete vivere qui. Non è salutare. Dovete andarvene.»

«Non possiamo» rispose Adam in giallo. «Lui non ci lascerà.»

«Chi, il vostro papà?»

Adam in giallo la trascinò verso la scrivania. Indicò un disegno attaccato alla parete accanto al computer. Quando Sadie ci incollò gli occhi sopra, tutto il suo mondo si inclinò e cominciò a ruotare senza controllo.

Il suo disegno.

La Nebbia.

Quando la mente annebbiata le si schiarì, come il sole che fa evaporare la foschia del mattino, una rivelazione raccapricciante la colpì.

Aveva trovato la Nebbia. *E* i bambini che aveva rapito.

Appoggiò la torcia sulla scrivania e guardò i ritagli di giornale che circondavano il suo disegno. Dalle foto sbiadite, i bambini la fissavano, ognuno cerchiato con un pennarello rosso. I loro nomi erano tutti là, nei titoli di prima pagina, accanto ai volti angosciati dei loro genitori.

«Oh, Gesù» gemette. «Dobbiamo uscire di qui.»

Voltandosi, il suo sguardo fu catturato da un altro viso familiare. Sam. Anche la sua foto, accanto a un articolo che parlava della sua morte, era stato cerchiata.

«Il mio bel bambino.»

Per Sam, era troppo tardi. Ma non per gli altri.

Guardò Ashley in rosa. «Tu ti chiami Marina Fisher.»

Si voltò verso le Ashley in turchese e malva. «E voi siete Brittany

Atherton e Kimber Levine.»

Le bambine la fissavano con sguardo assente.

«Holland Dawes, Jordan Jaremko e Scotty McIntyre» continuò Sadie, indicando i bambini in blu, giallo e grigio. Scosse la testa, sbalordita. «Perché non me l'avete detto?»

Ashley in rosa, *Marina,* fece un passo avanti. «Non potevamo. Il Padre ci ha fatto giurare. Ha detto che ci avrebbe ucciso se avessimo detto i nostri veri nomi a voce alta.»

«O se avessimo cercato di scappare» aggiunse Holland. «Ha detto che ci avrebbe inseguito e ci avrebbe fatto a pezzi come l'altro bambino.»

Accigliandosi, Kimber incrociò le braccia davanti al petto. «Il Padre non ci farebbe del male. Ci ama.»

All'inizio, quel commento di difesa le parve strano, soprattutto da parte di una bambina che era tenuta in ostaggio da tre anni. Poi, Sadie ricordò che non era insolito che un ostaggio si sentisse legato al suo rapitore. Esisteva un nome per quello. Sindrome di Stoccolma. Come Patty Hearst ed Elizabeth Smart.

Altri tasselli del puzzle andarono al loro posto e Sadie avrebbe voluto prendersi a calci per non avere capito tutto prima. I veri Adam e Ashley erano morti in un incendio, e il fuoco aveva sfigurato il loro padre in modo grottesco. Non erano cicatrici di vaiolo.

«Quest'uomo» disse, battendo con un dito sul disegno «vi ha portato via dalle vostre case. Dai vostri genitori.» Riportò lo sguardo sui ritagli di giornale.

Kimber, otto anni, e Jordan, sei anni, erano stati i primi due bambini a essere rapiti dalla Nebbia, nell'aprile del 2003. Brittany e Scotty erano stato rapiti lo stesso mese, un anno più tardi. L'anno scorso, Marina e Holland. E quest'anno, Sam e…

«Un momento!» disse, afferrando Marina per il braccio. «Dov'è Cortnie?»

«Non lo sappiamo» rispose la bambina. «È sgattaiolata fuori.»

«Quando?»

«Due notti fa. Ha portato Adam con sé.»

Sadie scosse la testa. «Cosa?»

«L'altro Adam» disse Brittany. «Lo ha preso e sono scappati.»

Sadie era in totale confusione. «Quale altro Adam?»

Holland batté un dito su una foto sul muro. «Lui.»

Sadie perse i sensi.

Le ombre intorno a lei si mossero, si fecero più distinte. Emise un lamento. Quando la vista le si schiarì, sei volti la stavano fissando.

«Che è stato?» chiese, ancora intontita.

«Sei svenuta» spiegò Kimber. «Quando hai visto la foto.»

Sadie afferrò la mano di Holland. «Che cosa hai detto? Prima che svenissi.» Si avvicinò alla foto di Sam. «Hai detto che era…»

«Che Cortnie l'ha portato via» intervenne Marina.

«Il bambino in questa foto» disse Sadie, lentamente.

«Sì, *quel* bambino. Quello che non parla.»

Il cuore di Sadie saltò un battito. «Ed è stato pochi giorni fa?»

«Sì.»

Sam è morto, le ripeteva la mente. Aveva visto l'auto esplodere.

Ma non hai mai pensato che fosse morto davvero.

«Dov'è Sarge ora, Marina?»

«Li sta cercando.»

Sadie lasciò la mano di Holland. «Dobbiamo tornare allo chalet e chiamare la polizia.»

E devo trovare Sam.

«Prima che lo faccia *lui*» sussurrò Jordan.

All'improvviso, passi pesanti echeggiarono lungo la scala dietro la porta in fondo. A ogni passo, il suono si faceva più minaccioso.

«Sta arrivando!» sussurrò Holland.

«Andiamo allora» li incitò. «Alla scala.»

«Ti seguiamo» disse Marina.

Sadie fece due gradini alla volta, indifferente alla pioviggine che scendeva dalla botola aperta.

«Attenti!» li ammonì. «I gradini sono scivolosi.»

A metà strada, si accorse di non avere più la torcia. Stava quasi per tornare indietro, ma la preoccupazione per la sicurezza dei bambini la convinse a continuare, verso la luce fioca.

«Ci siamo quasi.»

Si arrampicò sull'erba scivolosa, e uscì all'aperto. Tese le braccia per prendere il primo bambino. «Sbrigatevi!»

Il pozzo era immobile, silenzioso.

«Marina! Holland! Dove siete bambini?»

Nessuna risposta.

Iniziò a tremare.

La Nebbia, *Sarge,* li aveva presi mentre cercavano di scappare? Lei li aveva lasciati indietro con un assassino…

Le si strinse lo stomaco. «Pensa, Sadie!»

Se li aveva presi, non poteva in alcun modo obbligarlo a lasciarli andare. Doveva lasciarli lì, andare allo chalet e chiamare la polizia.

«Chi c'è lassù?»

Al suono della voce tonante di un uomo, Sadie si mise a correre. Si precipitò nel bosco, seguendo la direzione a intuito, cercando di ricordare il sentiero che aveva preso con i bambini. Ma tutto si confondeva, nell'oscurità.

«Devi arrivare al fiume» disse, ansimando.

Sfrecciò intorno agli alberi e ai cespugli, fermandosi per cercare di sentire il suono dell'acqua gorgogliante. Ma non sentiva altro che il suo respiro affannato e il battito sordo del suo cuore.

«Aiutami» mormorò. «Devo salvarli.»

Una lama di luce la guidò fuori dagli alberi. Quando fu all'esterno del bosco, raggiunse la riva del fiume scivolando sulla roccia bagnata dalla pioggia. Tirò un sospiro di sollievo, poi si lanciò un'occhiata nervosa alle spalle, quasi sicura di vedere Sarge saltare fuori dagli alberi. Guardando il fiume, ritrovò il passaggio di pietre alla sua destra, a qualche metro di distanza. Ma c'era un problema più grande. Il fiume Kimree si stava gonfiando rapidamente. Molte delle lastre erano sommerse e l'acqua che scorreva veloce tra l'una e l'altra le faceva muovere.

«Oh Dio» piagnucolò.

Sapendo di non avere scelta, salì sulla superficie viscida della prima lastra di pietra. Con un piede, sondò l'acqua per trovare la pietra successiva e lanciò un urlo quando lo stivale le si riempì d'acqua ghiacciata. Trovò la pietra e fece un passo avanti. Nel cercare la terza lastra, ondeggiò pericolosamente. «Calma, Sadie.» Saltò sulla pietra successiva, a braccia aperte, per tenersi in equilibrio.

Altre quattro... da qualche parte.

Scrutò la superficie dell'acqua. «Dove siete?»

Con lo stivale, colpì qualcosa di solido e si mosse con cautela; l'acqua ora le era già arrivata ai polpacci.

«Altre due.»

Ma non ce la fece. Calcolò male la distanza e il piede le scivolò tra due lastre. Cadde e affondò nell'acqua gelida. Trascinata dalla corrente, agitava le braccia per tenere la testa fuori dall'acqua. Il fiume la tirava in tutte le direzioni e la sbatteva di qua e di là, come fosse un pezzo di legno secco.

Poi, la testa fu sommersa dall'acqua.

In preda al panico, ingoiò una boccata di sabbia. Annaspò, tossendo e sputando, finché alla fine non tornò in superficie e si riempì polmoni d'aria. Aveva i capelli incollati al viso e con una manata li allontanò. Poi, iniziò piano piano ad avvicinarsi alla riva in diagonale, facendosi trasportare dalla corrente a valle.

Più avanti, qualcosa luccicava alla luce della luna.

Il tetto dello chalet Infinito.

Capitolo 30

Trascinandola oltre la curva, il fiume la sospinse verso la riva. Sadie cercò di agguantare i ciuffi secchi che sporgevano dalla sponda. Annaspando e imprecando, ci riprovò più volte. Alla fine, riuscì ad aggrapparsi a una robusta radice e si issò dolorante sulla terra asciutta.

Rimase distesa sull'erba, ansimante. Quando il respiro si fece più lento, provò a rialzarsi: un dolore lancinante le trafisse la caviglia sinistra. La esaminò alla poca luce. Era livida e gonfia, forse rotta e di sicuro slogata. Stringendo i denti, si allontanò dalla riva e osservò l'acqua turbolenta.

In alcuni punti, il fiume era già straripato.

«Il passaggio!»

Ricordando l'avvertimento di Irma, capì che doveva affrettarsi. All'improvviso, ebbe l'orribile visione di Sarge che radunava i bambini sul pickup e li portava via. E Sam e Cortnie?

Fece un profondo respiro per darsi coraggio, poi corse verso lo chalet, incurante della fitta di dolore pulsante che le si irradiava dalla caviglia. Si precipitò dentro, sbatté la porta e accese la lampada con le mani che le tremavano.

«Okay, chiama la polizia.»

La borsa era sul tavolino. Ci rovistò dentro, ma il cellulare non c'era. Aprì i cassetti della cucina e li frugò. «Okay, dove puoi aver messo il cellulare?»

La paura si impossessò della sua mente, ma la scacciò. «Concentrati!»

Quando l'aveva usato l'ultima volta? Qualche giorno fa, una settimana? Non riusciva a ricordare.

Presa dal panico, inciampò nella custodia del portatile.

«Sì! Ti ho trovato.»

Gettò la custodia sul tavolo della cucina e aprì la lampo. Una sensazione di sollievo la invase. Il cellulare era proprio lì dove l'aveva messo, nella tasca interna. Lo aprì e si lasciò sfuggire un gemito. Senza batteria, senza segnale... nulla.

«Avanti!» urlò, premendo selvaggiamente il tasto di accensione. Si accese, poi si spense. «L'hai lasciato acceso, idiota che non sei altro!»

Lo lasciò cadere sul tavolo, sapendo che avrebbe dovuto andare in città per avvertire la polizia. Si mise in moto, e si cambiò giacca. Almeno, quella pesante invernale era calda e asciutta. Si mise la borsa a spalla, poi frugò nelle tasche ed estrasse delle chiavi.

«Grazie a Dio, qualcosa va nel verso giusto.»

Abbassando la testa contro il vento ululante e un altro rovescio di pioggia, uscì dallo chalet, con la piccola torcia in una mano, le chiavi della macchina nell'altra. Con passo instabile, percorse il sentiero e nel giro di pochi minuti fu allo chalet di Irma. Stava quasi per bussare alla porta, quando si ricordò che Ed aveva accompagnato la sorella a Edmonton.

La Mercedes di Philip era parcheggiata al lato della strada, come abbandonata. Grosse gocce la colpivano, rotolando sul cofano. Aprì lo sportello, lanciò la torcia e la borsa sul sedile del passeggero e salì. Mormorando una rapida preghiera, infilò la chiave e girò. L'auto le rispose con un debole suono stridulo. Poi, come il cellulare, anche lei si ammutolì.

«Per la miseria!» gridò. «Datemi un po' di respiro, cazzo!»

Furiosa, riprovò.

Questa volta, il motore non fece alcun suono.

Per un momento, rimase lì seduta. Poi, si accasciò sul volante e lasciò andare le lacrime, senza più freni. Lo scoppio di un tuono la fece sussultare. Si raddrizzò di colpo, terrorizzata, e strinse il volante fino a sbiancarsi le nocche. I finestrini stavano cominciando ad annebbiarsi e pulì quelli laterali con la manica. Quando un fulmine tagliò il cielo, vide una massa nera alla sua sinistra. Un altro lampo illuminò l'area circostante, lasciandole intravedere una berlina di un colore indistinguibile. Era parcheggiata accanto all'altro chalet, quello lungo la strada.

Aprì lo sportello, prese tutte le sue cose e uscì dall'auto. Cercando di proteggersi dal temporale, corse verso lo chalet. Fece un salto per lo spavento quando si accese un rettangolo di luce.

Una grossa ombra si muoveva sulla soglia. «C'è qualcuno là fuori?»

«Ehi!» Sadie agitò la torcia in aria. «Sono qui!»

Quando raggiunse il rifugio, era senza fiato. Cercò di fermare le lacrime. «Mi aiuti... per favore... dobbiamo aiutarli.»

Alzò lo sguardo all'insegna sopra la porta. *Speranza.*

Sadie fu invitata a entrare da un uomo corpulento, con una folta barba rossa, che indossava una maglietta logora e macchiata e jeans sbiaditi trattenuti in vita da una cintura in pelle seminascosta dalla piega dell'addome cascante. Aveva forse una decina di anni più di lei, e occhi gentili, verde pallido.

«Qual è il problema, ragazza?» le chiese con un forte accento scozzese. «Pare che hai visto un fantasma.»

«Ho bisogno del suo telefono» rispose, ansimante.

Si sforzò di non guardare le teste di cervo e alce che campeggiavano sulle pareti del rifugio o le lattine di birra vuote sparse sul pavimento.

«Questo sarà un problema, allora. Non ce l'ho.»

«Ma devo chiamare la polizia!»

L'uomo aggrottò la fronte. «E perché dovresti farlo?»

Fece un profondo respiro. «Sarge ha rapito dei bambini. Li tiene in un bunker sotterraneo.»

«Sarge ha un bunker? Sottoterra, dici?»

Sadie emise un gemito, esasperata. «Lui è la Nebbia!»

«Sì, c'è un po' di nebbia, là fuori» rispose l'uomo, distrattamente. «Perché non ti riposi un po', ragazza? La caviglia si sta gonfiando. Dovresti tenerla in alto, mettila sull'altra sedia. Torno subito.»

Sparì all'esterno, tornando un minuto dopo con una busta di ghiaccio. L'accompagnò a sedersi. «Metti il ghiaccio sulla caviglia.»

Si sedette e lo osservò mentre andava verso la cucina.

«Dobbiamo fare qualcosa...» Il respiro le si strozzò in gola.

Occhi sporgenti la fissavano. Otto pesci a diversi stadi di pulitura erano a pancia all'aria sul piano della cucina. Alcuni erano ancora vivi, e boccheggiavano, in cerca di aria. Alla fine, smisero di provarci.

L'uomo prese un coltello da pesca, la cui lama curva riluceva pericolosamente. Quando si accorse che lo stava osservando, sorrise. «Quando ho finito qui, ti porterò un sidro di mele caldo. Se non preferisci una birra.»

Sadie era affascinata dal coltello. «Non voglio niente.»

«Il sidro ti scalderà. A proposito, mi chiamo Fergus.»

«Sadie.»

«Sì, so tutto di te.» Fergus tagliò il ventre di un pescetto e grattò le interiora svuotandole su un vassoietto metallico annerito appoggiato sul lavello. «Irma mi ha detto che hai avuto guai con un uomo e che ti stavi nascondendo qui.»

«Non mi sto nascondendo.»

«Come lo chiami questo, allora?»

Aprì la bocca, cercando le parole. Ma come il pesce mezzo morto, rinunciò subito.

«Dobbiamo aiutare i bambini» disse, dopo un minuto.

«I piccoli di Sarge sono morti. Non so perché la pensi in un altro modo.»

«Non intendo loro. Sto parlando di mio figlio e degli altri che ha preso. Sono venuti a chiedermi aiuto. Devo fare qualcosa.»

«Meglio aspettare che faccia mattino, ragazza. Finché questo groppo non sarà passato.»

«Non posso aspettare. Mio figlio è là fuori, da qualche parte. Abbiamo bisogno della polizia, *ora*.»

Una raffica di vento scosse la porta. Sadie sobbalzò.

Fergus aggrottò la fronte. «Vuoi portare la Mercedes fino in città con questo tempo?»

«Ha la batteria a terra. Devi prestarmi la tua macchina.»

L'uomo sciacquò il coltello e si asciugò le mani su un canovaccio. «Forse è l'alcool che parla.»

«Non *sono* sbronza. Sono perfettamente sobria.»

Piegò la testa. «Sì, non hai aria di essere ubriaca.»

«Per favore. Aiutami, Fergus.»

«Ti dico io cosa farò... andrò con la mia macchina in città e chiamerò io la polizia per te.»

Le fece un sorriso riconoscente.

Fergus agguantò la giacca appesa dietro la porta. «Tu ti riposi e tieni il ghiaccio sulla caviglia.»

Prima che potesse dire nulla, l'uomo era già fuori della porta.

Il motore di un'auto si accese rombando e i fari illuminarono la finestra e il retro della casa. Poi, tutto tornò silenzioso.

Si alzò di scatto dalla sedia. «Non esiste al mondo che io rimanga seduta qui con le mani in mano.»

Soprattutto, se aveva un'arma. *La pistola.* Prima di lasciare lo chalet, l'aveva rimessa nella scatola e l'aveva nascosta sotto il letto.

Andò alla porta, ma si fermò quando gli occhi le si posarono sul coltello da pesca. Lo infilò nella tasca della giacca.

«La prudenza non è mai troppa.»

Capitolo 31

Lo chalet Infinito rischiava di essere spazzato via. Almeno, la veranda. Il livello del fiume era salito di oltre un metro sui supporti. Altri quindici centimetri e l'acqua avrebbe invaso la sponda, trasformando il prato in un pantano.

Una volta dentro, Sadie chiuse a chiave la porta sul retro, mise la borsa e la torcia sul tavolo, puntando quest'ultima verso il centro della stanza. Lo chalet era gelido e buio, illuminato a tratti dai lampi dei fulmini. Il fuoco nel camino si era ormai ridotto in cenere, ma non c'era tempo di riaccenderlo, nonostante fosse bagnata fino al midollo.

Stava per entrare in camera da letto quando un suono la fece guardare all'indietro. Un'ombra alta passò davanti alla finestra della cucina, coperta dalla tenda. Un'ombra con un cappello da cowboy.

Sarge.

Estrasse il coltello dalla tasca, si accostò al muro e trattenne il respiro.

La maniglia della porta cigolò. Un'imprecazione soffocata, poi qualcosa di duro sbatté contro la porta.

Spalancò gli occhi, pieni di paura. *Ti prego, non farlo entrare.*

Poi, i passi si allontanarono.

Sadie emise un lento respiro, finché non udì Sarge girare intorno allo chalet. Terrorizzata, lanciò un'occhiata alla porta scorrevole dall'altra parte della stanza. La porta che *non* aveva chiuso a chiave. Non c'era tempo ora di farlo, senza che la sentisse. Doveva nascondersi. Ma dove?

Lanciò uno sguardo disperato al tappeto al centro del pavimento.

La cantina!

Spense la torcia, sperando che non avesse visto la luce. Attraversando la stanza, si abbassò e alzò un angolo del tappeto, che era stato fissato con nastro biadesivo per non farlo muovere. Con mano tremante, tirò l'anello metallico ed emise un leggero singulto di gratitudine quando la botola si aprì. Scese alcuni gradini, afferrò la botola e la richiuse sulla sua testa.

Si ritrovò in un abisso oscuro.

Oh, Dio…

La cantina era peggio del bunker. Intanto, era buio pesto e c'era odore di muffa, e si sentiva soffocare anche se non riusciva a vederne le dimensioni. Aveva la sensazione di essere appena stata sepolta viva, il che non poteva essere poi tanto diverso dal ritrovarsi intrappolata in una cantina gelida, con un rapitore sanguinario che la stava cercando, a pochi metri sopra la sua testa.

Udì il rumore di passi trascinati.

Più vicini…

Sentì il battito del cuore accelerare e il coltello tremarle in mano.

Appena sopra di lei, qualcosa si muoveva battendo sul pavimento. Seguì un grugnito rabbioso. Poi, ci fu un colpo sordo accanto alla botola.

Terrorizzata, si coprì la bocca con la mano.

Silenzio.

Lui era in ascolto.

Il cuore le rimbombava nelle orecchie. Avrebbe potuto sentirlo?

I passi si allontanarono lentamente e una porta sbatté.

Tremava come una foglia. *È ancora lì?*

L'attesa fu snervante, il silenzio infinito, finché il gong dell'orologio a pendolo non lo interruppe. Per sicurezza, attese ancora qualche minuto. Quando il respiro si fece più calmo, salì i gradini della cantina in punta di piedi e appoggiò l'orecchio alla botola.

Non sentì nulla. Nessun rumore.

Devo chiedere aiuto.

Aprendo appena la botola, sbirciò fuori. Non riusciva a vedere nulla né nessuno. Lo chalet era troppo buio, e lei aveva lasciato la torcia sul tavolo.

A un tratto, un lampo saettò nel cielo, illuminando la stanza. Non c'era nessuno nascosto nell'ombra. Comunque, riusciva a vedere solo i tre lati del rifugio. E se era in piedi dietro la botola?

Se n'è andato. Non posso stare quaggiù per sempre. I bambini hanno bisogno di me.

Abbassò la botola e strisciò fuori, agitando il coltello in aria.

Quando fu sicura che nessuno l'avrebbe attaccata, andò rapidamente alla porta scorrevole, la chiuse a chiave e tirò la tenda pesante. Aveva le mani intorpidite dal freddo. Sapeva che doveva recuperare un po' di calore per non rischiare un'ipotermia. Se così fosse stato, non sarebbe stata di aiuto a nessuno.

«Dei vestiti asciutti, per prima cosa» disse, infilandosi il coltello di nuovo in tasca. «Poi, la pistola.»

Dopo aver acceso una lampada e aver abbassato il lume al minimo, la portò in camera da letto dove si tolse la giacca lanciandola sullo schienale della sedia. Si liberò dei vestiti bagnati, ammonticchiandoli sul pavimento, e si asciugò strofinandosi con vigore con un asciugamano che aveva lasciato in precedenza sul letto. Dopo aver indossato jeans e maglione asciutti, si sedette su una sedia e si infilò i calzini, storcendo il naso alla vista della caviglia gonfia e livida.

«Pare che le sia capitato un piccolo incidente» sogghignò una voce.

Sadie alzò la testa di scatto e un'ombra strisciò fuori dall'oscurità. Con il cappello in mano, era appoggiato con spavalderia contro lo stipite della porta. La testa rasata luccicava alla luce della lampada e gli occhi, piccoli e brillanti, scrutavano attentamente la stanza. Poi, posò lo sguardo su di lei e la sua faccia sfigurata si contrasse in un ghigno minaccioso.

«Ci incontriamo di nuovo, Sadie O'Connell.»

Lo guardò a bocca aperta, poi deglutì a fatica. «La Nebbia.»

A prima vista, Sarge assomigliava solo vagamente al mostro sadico che l'aveva malmenata e che aveva rapito e brutalizzato Sam. In un certo senso, aveva l'aria di un uomo normale, qualcuno che avrebbe potuto benissimo vedere al Calgary Stampede, il rodeo annuale, o al bar di zona senza che le rimanesse impresso. Finché non lo guardò negli occhi. Era lo sguardo di un folle.

«Co-come hai fatto a entrare?» chiese con voce tremula.

Alzò una chiave. «Irma ne tiene una di riserva sotto il tappetino. Non molto originale, vero?»

Ebbe un tuffo al cuore quando l'uomo fece un passo avanti.

«Che cosa vuoi?» chiese.

«Ti restituisco una cosa che ti appartiene.» Lasciò cadere la torcia, quella azzurra che aveva lasciato nel bunker, sulla cassettiera. «Sopra c'è la scritta *Chalet Infinito*, così l'ho interpretato come un invito. Su casa es mi casa. Ricordi?» Aggrottò la fronte. «Anche se mi sorprende che sia tu, e non qualche vecchio operaio impiccione.»

Indietreggiò sulla sedia. «La polizia sta arrivando.»

«L'hai chiamata, eh?»

Annuì.

«Cosa piuttosto difficile da fare, visto che non funziona.» Le tirò il cellulare ai piedi.

«Funzionava quando ho chiamato» mentì.

Sadie si mosse appena. Qualcosa si spostò sotto la sua coscia. Guardò in basso e vide un luccichio metallico. Il coltello. Era seduta sulla lama.

«Non c'è campo qui, quando c'è il temporale» disse Sarge.

«Forse» rispose, mentre con la mano cercava di raggiungere il coltello. «Ma qualcuno è andato a chiamare la polizia. Saranno qui da un momento all'altro.»

«Vuoi dire il vecchio Fergus? È bloccato sulla strada a qualche miglio da qui. Pare proprio che siano soli, io e te.» Fece per muoversi.

«Non avvicinarti!» gridò, scattando in piedi.

Sarge ridacchiò. «Mi frusterai con quell'asciugamano?»

«No, ma ho questo.» Con audacia, brandì il coltello da pesca.

«A saperlo usare... *puttana*.»

Accadde così rapidamente che Sadie non ebbe nemmeno il tempo di reagire. Un istante, lo puntava al bastardo, l'istante dopo, era già stata disarmata.

Le passò un braccio intorno alla gola. «Fa' solo un suono» le sibilò all'orecchio «e ti spezzo il collo.»

La luce si riflesse su qualcosa di molto sottile e affilato.

«Una cosina per calmarti un po'» mormorò.

Le infilò un ago ipodermico nel braccio, attraverso il maglione. Sadie cercò di ribellarsi, cercò di urlare, ma le uscì solo un debole singhiozzo. La vista le si annebbiò, e la stanza si deformò in ombre confuse. Nel giro di pochi secondi, le gambe le cedettero. Se non l'avesse sostenuta, sarebbe caduta a terra.

Il fiato caldo le solleticava l'orecchio. «Come cazzo mi hai trovato?»

Emise un gemito. «I bambini...»

Con un piagnucolio lamentoso, smise di lottare.

Capitolo 32

Fu svegliata da un grido assordante.

Emise un lamento.

Il grido si ripeté, questa volta più forte.

Cercò di coprirsi le orecchie, ma non riusciva a muovere le mani. Si impose di aprire gli occhi e sbatté le palpebre, chiedendosi perché aveva la vista così annebbiata. Si era sbronzata? Era svenuta?

E perché aveva così freddo?

Il soffitto sopra il letto ondeggiò, sfuocandosi. Era mattino. Non sapeva altro. Le prime luci dell'alba si insinuarono tra le tende scostate e l'aria nella stanza era gelida, come se fosse entrata in una cella frigorifera.

Devo mettere un ciocco nel fuoco.

Disorientata, voltò la testa.

Sam la fissava, dalla foto accanto al letto.

Poi, ricordò.

I bambini. Devo aiutarli. E Sam! È vivo!

Provò a dire il nome del suo bambino, ma il suono le uscì smorzato. Un secondo dopo, capì il perché.

Aveva un calzino infilato in bocca.

Una paura devastante la scosse fino in fondo all'anima, mentre ispirando dal naso si sforzava di ritrovare la lucidità. Cercò di mettersi seduta, ma provò un dolore acuto alle caviglie e ai polsi. Si guardò il corpo, inerte. Il terrore per quello che vide la sconquassò di tremori. Era distesa sulle coperte e legata ai quattro angoli del letto.

In reggiseno e mutandine.

Gridò, ma il bavaglio attenuava la voce. Gridò ancora. E ancora, finché non sentì bruciare la gola e le grida si trasformarono in gemiti di puro terrore.

Qualcosa svolazzava fuori dalla finestra.

Il corvo scrutò attraverso il vetro, osservandola.

Sadie lo fissò con occhi pieni di terrore. I corvi erano messaggeri di morte. L'uccello era lì per un solo motivo. Per rivendicare la sua anima. Ora lo sapeva.

Non morirò! Non qui. Non così.

Un picco di adrenalina le scorse nelle vene. Dietro il bavaglio, emise un urlo di rabbia e strattonò le corde ruvide che le legavano i polsi. Torcendo le mani, cercò di farle uscire a forza dai legacci. Torse e tirò, ma le corde affondavano sempre più nella carne, fino a ridurle i polsi in fiamme e a farle dolere le braccia per la posizione innaturale.

Un rivolo di sangue le scese lungo un braccio. Per un istante lo osservò, irretita dal rosso brillante sulla pelle pallida. Poi, sollevò la testa e piantò gli occhi da invasata sulla porta aperta. *Se n'è andato? Tornerà?*

La sua seminudità la fece sentire sporca.

Lui ha…? No, non pensarlo!

L'aria invernale la fece tremare senza che riuscisse a controllarsi.

Una porta sbatté. I passi si avvicinarono e una sagoma apparve sulla soglia.

«Bene, ti sei svegliata. Ed hai anche l'aspetto un po'… vivace.»

Sarge entrò nella stanza e mise una tanica di benzina sulla cassettiera.

Il cuore di Sadie entrò in fibrillazione. *No, ti prego…*

Con un brivido, serrò gli occhi, desiderando disperatamente di poter chiudere la gambe. Sentì che lui la stava guardando, perlustrando ogni centimetro del suo corpo.

Uno stridio sul pavimento.

Riaprì gli occhi, allarmata.

Sarge aveva trascinato una sedia accanto al letto. Con una mano, la rigirò. Poi, si mise a cavalcioni e incrociò le braccia sullo schienale, come se avesse tutto il tempo del mondo.

Quando fece per allungare una mano verso di lei, un'ondata di disgusto la invase provocandole un conato di vomito. Lanciò un grido soffocato e allontanò di scatto la testa. Servì solo a farla sentire ancora peggio. Qualunque cosa le avesse iniettato, era ancora in circolo.

«Un pelle così perfetta» sussurrò. «Come quella di tuo figlio.»

Rabbrividì quando le dita callose risalirono dal braccio al collo, accarezzandolo, disegnandole lenti cerchi sulla pelle. Per un istante, pensò che l'avrebbe strangolata. Poi, con la mano di carta vetrata le sfiorò il seno destro, e infine glielo agguantò rozzamente.

«Sai, non deve essere così» disse. «Se sarai buona con me, io potrei esserlo con te. Forse, potrei dirti dov'è tuo figlio.»

Sadie agitò disperata la testa in tutte le direzioni, continuando a mugugnare.

Levami il bavaglio, bastardo.

Sarge strinse gli occhi, insospettito. «Ti toglierò il calzino dalla bocca, ma se gridi, nessuno ti sentirà e te le ficcherò di nuovo in gola. Capito?» Ritrasse la mano dal suo seno e le tolse il calzino.

Deglutendo ripetutamente, si schiarì la gola secca. Aveva fibre di cotone incollate sulla lingua, all'interno delle guance e sul palato.

«Ho visto Sam morire» disse, con voce rauca. «Tu l'hai ucciso.»

«Hai *creduto* di vederlo.»

Sadie ripensò al bambino nell'auto. Era stato legato in un modo tale che si riusciva a vedere davvero poco del viso. E dato che la Nebbia le aveva detto che era Sam, lei aveva…

Immaginato.

«Quel bambino l'ho preso l'anno scorso» confessò Sarge. «Ma il suo tempo era scaduto. Così l'ho vestito con la roba di tuo figlio, l'ho legato in macchina e ti ho chiamato.»

«Lo hai ucciso davanti a me.»

Fece uno sbuffo. «Naa, era già morto. L'ho messo a dormire una settimana prima di prendere tuo figlio.»

Quella confessione la inorridì. «Perché l'hai fatto?»

«Non mi serviva più.»

«Perché mi hai fatto credere che fosse Sam?»

«Non sei molto sveglia, eh?» disse, scuotendo la testa. «Per prendere due piccioni. Hai dato la mia immagine ai poliziotti e io dovevo farti vedere che non scherzavo, così non avresti detto nient'altro. Volevo tenermi lontano dalla polizia. Poi, ho pensato che se la sarebbero presa con più calma sapendo che l'avevo ucciso.»

Nel soggiorno, l'orologio a pendolo emise un gong sinistro. Il tempo passava, e Sadie sapeva che doveva continuare a far parlare Sarge. Aveva una sola possibilità di sopravvivere. Ed era nelle mani di uno scozzese con la barba rossa.

Ti prego, Dio… fa' che Fergus torni con i poliziotti!

«E il sangue? La polizia ha detto che era…»

«Di tuo figlio» disse, scrollando le spalle. «Ero medico nell'esercito. Finché non mi hanno congedato. Raccogliere un po' di sangue e lasciarlo su qualche cespuglio non è stato un problema.» Si strofinò il mento. «Per tagliargli il dito del piede e della mano invece ci è voluto un po' più di lavoro. Tuo figlio è combattivo.»

Sadie sentì il sangue gelarsi nelle vene. «Che mostro sei tu?»

«Questo è il prezzo della guerra. Non avresti dovuto rompermi le palle. Ti avevo avvertito.»

«Dov'è mio figlio?»

«Non così presto!» ringhiò. «Voglio qualcosa, prima.»

«Cosa?»

Si passò la lingua sulle labbra screpolate. «Qualcosa che mi manca da cinque anni.»

Quando lo vide sorridere, un rigurgito acido le salì in gola.

Cambia argomento! Fallo pensare ad altro!

«So di Carissa» disse con voce stridula. «E dei tuoi bambini, Ashley e Adam.»

«Come diavolo lo sai?»

«So che sono morti in un incendio. Per questo hai il viso bruciato. Hai cercato di salvarli.»

«Già, a parte che non è andata così. Non proprio.»

Eruppe in un suono e tutto il corpo vibrò.

A Sadie ci volle un istante per capire che stava ridendo.

«Allora, dimmelo tu. Che è successo?»

Sarge strinse lo schienale della sedia. «Carrie stava per portarmeli via. Diceva che ero diverso da quando ero tornato dall'Iraq.» Aveva uno sguardo confuso. «Sai che mi ha detto? Che i miei figli avevano paura di me. Ho cercato di dirle che non era vero, che ero un buon padre. Certo, avevo degli incubi. Terribili incubi. Come la maggior parte di quelli che sono tornati a casa.»

«Forse aveva ragione» mormorò.

«Stronzate! Voleva che andassi da uno strizzacervelli, come se fossi pazzo o cosa. Voleva usarlo contro di me per tenermi lontano dai bambini. L'ho scoperta mentre stava per andarsene. Così ho dovuto fermarla.»

«Che cosa hai fatto?»

«Gli ho dato un manrovescio, a quella puttana. È svenuta, così le ho dato fuoco.»

Sadie spostò lo sguardo disgustato sulla tanica di benzina. «Non dovevi ucciderla. Avresti potuto risolvere in un altro modo.»

«Non le avrei permesso di portarmi via i bambini.»

«Forse, avresti potuto averli in affid…»

Sarge saltò in piedi. «Erano i *miei* figli! Miei!»

Il sudore le colò dal fronte. «Ma tu li hai… u-uccisi.»

«È stato un incidente» rispose, camminando avanti e indietro. «Dovevano restare nel bunker dove li avevo lasciati. Carrie era al piano del soggiorno quando ho appiccato il fuoco. Non sapevo che Ashley e Adam erano tornati in casa dalla cantina.» Si fermò accanto al letto, rivivendo un ricordo che Sadie non poteva vedere. «Erano alla finestra, mi guardavano, piangevano. Ho aperto subito la porta di ingresso, e quella casa maledetta si è accesa come una scatola di fiammiferi.»

«Allora, hai ragione. È stato un incidente.»

Sarge fissò il vuoto. «Voleva portarmeli via. Vogliono sempre lasciarmi. È per questo che devo ucciderli.»

«No, non devi» ribatté, tirando le corde.

Dopo un lungo silenzio, Sarge sospirò. «Forse hai ragione. Forse resteranno ora che ho gli trovato una mamma.» Notò l'espressione sconvolta di Sadie. «Hai detto che faresti di tutto per tuo figlio.»

«Vuoi che viva qui?»

«Saremo una grande famiglia felice.»

«I bambini non saranno felici. Perché non vuoi lasciarli andare?»

Le lanciò uno sguardo carico di odio. «Perché sono miei!»

Andò con passo pesante alla cassettiera, afferrò la tanica di benzina. «E non me li farò portare via né da te né da nessun altro, Carrie. Se io non posso averli, non li avrà nessuno. Mai!» Svitò il tappo e l'odore della benzina si diffuse nell'aria.

Sadie capì di non avere più tempo. L'avrebbe bruciata viva se non avesse acconsentito a fare da madre ai bambini che aveva rapito. Ma per farglielo fare, avrebbe dovuto liberarla, rifletté, il che voleva dire che forse avrebbe potuto fuggire. *Con* i bambini.

«Okay!» gridò. «Farò quello che vuoi.»

«E che cosa, per l'esattezza?»

«M-mi prenderò cura di loro. Sarò la loro… m-madre.»

Un'espressione soddisfatta gli attraversò il viso. «Sarai più di questo.»

Sarge riavvitò la tanica di benzina e la rimise sulla cassettiera. Senza una parola, si tolse la pesante giacca invernale e calciò via gli stivali. Poi, si tolse i vestiti e si avvicinò al letto.

«Sigilliamo il patto, allora.»

Capitolo 33

Sarge era in piedi davanti a lei, il corpo ricoperto di folti peli neri, interrotti da vecchie cicatrici di guerra e tatuaggi sbiaditi. Tra le gambe, gli penzolava un pallido pene semieretto.

Il terrore le mozzò il fiato quando vide l'erezione crescere. Voleva guardare da un'altra parte. Ma non poteva.

«No! Ho detto che sarei restata, che mi sarei presa cura di loro...»

«Di me *e* di loro.» Le afferrò il mento. «Ti prenderai cura di tutti noi.»

«Ti prego» sussurrò.

Si accarezzò il membro eretto con impazienza, chiudendo per un istante gli occhi. «Ti piacerà, vedrai. Pregherai di averne ancora quando avrò finito. Poi ti dirò dov'è. Tuo figlio.»

«Dimmi prima dov'è Sam.»

«Non se prima non mi dai quello che voglio.»

Fu sopraffatta dall'orrore quando lo vide allungare la mano libera e toccarle i seni sotto il reggiseno. Sadie tremava come una foglia, rendendosi conto che non aveva scelta. Stava per violentarla. E doveva lasciarlo fare. Era il solo modo di prendere la pistola.

È solo sesso. Non vuol dire nulla.

Scostò il reggiseno, prendendole il capezzolo in bocca.

Sadie avrebbe voluto rannicchiarsi e morire. Avrebbe voluto vomitare, urlare tutta la sua rabbia. Desiderava picchiarlo con le sue mani, strappargli gli occhi, prenderlo a calci nelle palle, qualsiasi cosa pur di tenerlo lontano da sé.

Invece, si impose di restare immobile, passiva.

Tap, tap.

Sadie guardò il corvo. Era ancora alla finestra.

«Cosa diavolo vuoi?» gridò.

«Voglio scoparti» rispose Sarge, mordendole il seno.

Lanciò un urlo di dolore.

Con un grugnito, si distese su di lei. I peli ruvidi sul petto le graffiavano la pelle delicata e il suo peso la schiacciava.

Non sta accadendo, si disse. È un incubo. Hai bevuto troppo, sei svenuta.

Sarge abbassò il viso sul suo, così vicino che Sadie sentì il tanfo del suo fiato rancido. Ogni parte di lui emanava cattivo odore come una malattia, come un male putrido. La palpeggiò tra le gambe e lei piagnucolò e strinse d'istinto le cosce, per la disperazione di non farglielo fare.

Conquistati la sua fiducia, Sadie. Fatti slegare. Prendi la pistola.

«Se mi sleghi…»

Si ritrovò un pugno a un millimetro dal viso. «Chiudi quella bocca! So come fare.»

Sbigottita, si accasciò. Non era un incubo da sbronza.

Sarge riprese ad armeggiare.

Inspirò dolorosamente. «Posso aiutarti.»

Strinse gli occhi come due fessure, sospettoso, ma non disse nulla.

«Devo alzare le gambe» disse, mordendosi il labbro fino a sentire il sapore del sangue. «Ti renderò la cosa più piacevole.»

«Perché dovresti farlo?»

«Così non farai male a Sam. O agli altri.»

«Solo per loro?»

«No! Anche per te.» Si sforzò di sorridere. «E per me. Non faccio buon sesso da… molto tempo.»

Rifletté sulla cosa. «Se provi a fare qualcosa, ti farò soffrire. E poi lo ucciderò.» Diede un colpetto alla foto di Sam sul comodino e la fece cadere. «Mi hai capito?»

«Sì» disse. «Ma c'è un problema.»

La guardò con sospetto. «Cosa?»

«Il letto è troppo morbido. Ho bisogno di qualcosa di… duro.»

Un luccichio osceno gli illuminò lo sguardo. «Sul pavimento, allora.»

Si alzò da lei e sciolse i legacci. Quando fu libera, si sgranchì con prudenza e si coprì il seno, poi vide il suo sguardo rabbioso.

«Fa freddo qui» mormorò.

«Ti scalderò io.»

Si morse le labbra. Mettendosi seduta, si stiracchiò. «Non sento più le mani e i piedi. Dammi un minuto per farmi riattivare la circolazione e scaldarmi.»

Con una risata di scherno, spinse il bacino verso di lei. «Potresti riscaldarmi *questo*.»

Se avesse esitato ancora, Sarge le avrebbe fatto fare qualcosa di rivoltante. Non che l'alternativa fosse più piacevole, ma almeno aveva una possibilità di prendere la pistola.

Era la sua unica possibilità.

Puoi farlo, Sadie. Per Sam. Per gli altri.

«Metto il copriletto sul pavimento» borbottò, consapevole che la stava osservando con uno sguardo ardente in ogni parte del corpo.

Si leccò le labbra, poi annuì. «Sbrigati.»

Prese il copriletto e lo mise a terra.

«Lo distendo bene» disse, sperando di arrivare alla pistola in tempo.

Si inginocchiò sulla coperta.

Fu un errore.

Sarge si gettò sul pavimento dietro di lei e la spinse in avanti fino a buttarla a faccia in giù sulla coperta. Sadie sbatté le palpebre, stordita e senza respiro.

Poi, la vide.

La scatola della pistola.

Era infilata sotto il letto, a pochi centimetri dalla mano sinistra.

«Ora questo sì che è uno spettacolo» disse Sarge. «Farai la buona mammina.»

Quando le palpeggiò i glutei sollevati, si morse forte la lingua per non urlare. Si allungò, stringendo le dita, e fece scivolare la mano sotto il letto.

«Non muoverti se non te lo dico io!» ringhiò, afferrandola per la nuca. «Ora, fai la brava cagnolina.»

«Aspetta!» gridò. «Fammi voltare.»

La mano sbatté contro la scatola. Strinse le dita sul coperchio e lo aprì. Quando toccò il metallo freddo, si sentì sollevata. Strinse la pistola in mano, poi la portò con cautela sotto il petto.

«Dammi quello che voglio!» le intimò Sarge.

Toccò la pistola. «Tu mi devi qualcosa, prima.»

«Cosa?»

«Dimmi dove sono Sam e Cortnie.»

«Non lo so.»

«Sì che lo sai. E me lo dirai.»

Sghignazzò. «Perché dovrei fare una cosa così stupida?»

Con uno scatto fulmineo, Sadie rotolò via e balzò in piedi.

Sarge si mise seduto, con lo sguardo fiammeggiante di rabbia. «Cosa cazzo pensi di fare?» L'avrebbe probabilmente attaccata, se non avesse notato il luccichio metallico che aveva in mano. «Oh, cazzo» disse, sbuffando. «La mamma ha una pistola.»

Gli puntò l'arma al petto. «E la mamma è pronta a usarla, schifoso bastardo.»

Si alzò lentamente, il pene tra le gambe ora miniscolo.

«Non muoverti!» gridò.

La rete di cicatrici sul viso di Sarge si contorse. «Se mi spari, non saprai mai dove sono.»

Aveva ragione. E lo sapevano entrambi.

«Metti giù la pistola e ti porterò da loro.»

«Se lo faccio, ucciderai me… e loro.»

Fece un passo avanti. «Hai ragione.»

Puntò la pistola. La pistola con un proiettile. La pistola che non avrebbe sparato. «Dove sono, Sarge?»

«Non lo farai» la derise. «Non *puoi* farlo.»

Mentre avanzava verso di lei, Sadie pregò Dio, Buddha, l'universo, ogni potere superiore che avesse torto. Pregò che stavolta quando avesse tirato il grilletto la pistola avrebbe sparato.

E lo fece.

Capitolo 34

Il colpo riecheggiò nel piccolo rifugio, e Sadie incespicò all'indietro per il brusco rinculo dell'arma nell'istante in cui un oggetto argenteo le sfrecciò accanto al braccio. Il coltello da pesca tintinnò a terra alle sue spalle. Lo calciò oltre la porta, poi tornò a guardare il suo persecutore.

Sarge si accasciò contro il muro, tenendosi lo stomaco con entrambe le mani mentre un fiotto rosso gli sgorgava tra le dita.

«Non muoverti!» gli intimò.

La guardò sorpreso, quasi addolorato. «Mi hai sparato.»

Con un movimento fulmineo, afferrò la vestaglia dall'armadio e se la infilò per coprirsi. Un bocciolo di sangue macchiò la manica. Si voltò verso l'uomo appoggiato al muro e alzò di nuovo la pistola, anche se non c'erano più proiettili. «Dimmi dove sono Sam e Cortnie.»

Sarge iniziò a tremare e Sadie si chiese se non fosse in stato di shock. Poi però, sentì la sua risata beffarda.

«Mi hai detto che sapevi dov'erano» urlò.

«Era una bugia.» Scivolò sul pavimento, lasciando una striscia di sangue sul muro. «Sono scappati. Tutta colpa di Ashley.»

«Cortnie!» sbottò. «Hanno dei nomi. I *loro* nomi.»

«È troppo sveglia, finirà per mettersi nei guai. Dovremo punirla.»

«Certo» rispose con un falso sorriso. «Ma prima dovrò trovarli, riportarli qui. Dove sono, Sarge?»

Seduto a terra, sbatté le palpebre, con aria assente.

«Dimmelo» insisté.

«Non lo so.»

«Li troverò» disse. «E poi andremo tutti a casa. A Edmonton.»

«Ma loro vogliono restare con me» piagnucolò. «Con noi. Potremmo essere felici, Carrie. Potremmo essere di nuovo una famiglia. Come puoi portarmi via i miei bambini? Sono miei.»

Sadie lo guardò a bocca aperta. Sarge era uscito completamente di senno.

Scosse la testa. «Non saranno *mai* tuoi.»

Subito, Sarge tornò a lei. «Anche tu appartieni a me» disse con un sorrisetto. «Non mi dimenticherai mai. Penserai a me ogni volta che scoperai con qualcuno.»

«Sei un porco schifoso» disse, fremente di rabbia. «Non sprecherò nemmeno un secondo della mia vita a pensare a te. Spero che tu marcisca in prigione. Quando tutti i bambini saranno tornati dai loro genitori, di sicuro faranno in modo che sia così. Nessuno di loro vuole stare con te. Né Marina, né Holland. Nessuno di loro.»

«Di cosa cazzo stai parlando?»

«Li porterò tutti via di qui.»

Sarge scoppiò a ridere. Il suono gli gorgogliò dal petto, liquido e abrasivo. Una bolla di saliva gli uscì all'angolo della bocca, seguita da sangue rosso vivo. Non se ne accorse.

«Non li troverai mai» disse, rauco. «Non prima che siano saltati in aria in tanti pezzettini.» Sollevò una mano tremante e guardò l'orologio. «Tra un'ora.»

I battiti di Sadie accelerarono. «Una bomba?»

«E tu non ne conosci il codice» la derise. «Ah, che peccato.»

«Quale codice?»

La fissò, muto e sprezzante.

«Stai morendo» disse. «Fa' qualcosa di buono, per una volta. Dimmi il codice.»

«Va' all'inferno.»

«Ci sono stata. E ne sono tornata. Ora tocca a te. Il codice!»

Mimò il gesto di chiudersi le labbra con una cerniera.

«Aiutami a salvarli» lo supplicò.

«Ne ho salvate abbastanza, di vite. Nell'esercito. Guarda a cosa mi è servito.» Tossì ancora sangue. «Sono un medico, congedato con una misera pensione con cui anche un cane farebbe fatica a sopravvivere. Ho visto i miei compagni saltare in aria. Si aspettavano che li ricucissi, e nella migliore delle ipotesi, gli ho dovuto amputare gambe, braccia. Ma li ho salvati. E mi odiavano per questo.»

Sadie fu presa da un improvviso capogiro. Trattenne un gemito, poi si esaminò furtivamente il braccio ferito. Il coltello le era penetrato nella pelle, aprendole una ferita profonda forse un paio di centimetri. Doveva legarci intorno qualcosa, per fermare il sangue.

Ma non poteva lasciare Sarge. Prima doveva farsi dare il codice.

«Saresti un eroe» disse, aggrappandosi a tutto.

«Sono già un eroe. Ho combattuto lontano da casa per il mio paese. Nella guerra del Golfo. Iraq. Per cosa... per mantenere la pace? Che schifo di menzogna!» Un altro colpo di tosse. «Torno a casa e trovo mia moglie pronta a lasciarmi e a portarsi via i miei figli. Voleva lasciarmi senza niente. Solo bollette da pagare e questa faccia orribile.» Sputò un grumo scuro di sangue sul pavimento. «È così che si ripaga un eroe.»

«Avanti. Qual è il codice, Sarge?»

Rise beffardo. «Mi casa... es... su casa.»

Quelle parole familiari la nausearono.

«Dammi il codice!»

«Non puoi entrare in mi casa» la derise.

La testa gli cadde sul petto, esalando un lungo respiro dalla bocca.

«Sarge?» Si avvicinò circospetta e gli toccò il collo.

Il battito era debole.

Lo scosse. «Sarge!»

Quando rialzò lo sguardo, sulle grosse labbra apparve un sorriso malevolo. Ma non disse nulla. Rimase a fissarla, con la bocca stirata in un sorriso schifato.

«Qual è questo codice del cazzo?» urlò.

Gli diede uno schiaffo e la testa gli ciondolò inanimata da una parte. Era morto.

Un suono alle spalle la fece sobbalzare.

Il corvo aspettava sul davanzale della finestra, con il becco premuto contro il vetro. L'uccello era così immobile che, se non l'avesse saputo, avrebbe pensato che fosse solo una decorazione in plastica.

«Cosa cazzo vuoi?» gridò, stringendo i pugni.

Attraversò la stanza, ma lo sguardo dell'uccello rimase fisso.

Sul corpo di Sarge.

Esitò, infine capì la missione dell'uccello.

Il corvo piegò la testa. Poi, prese il volo, gracchiando forte. Aveva avuto quello per cui era venuto.

Afferrò un paio di jeans asciutti e puliti, un maglione e dei calzini e andò dritta in bagno. Prima di vestirsi, si strofinò via ogni traccia di Sarge. Nessuno doveva sapere le cose schifose che le aveva fatto. Le aveva rapito il figlio, poi l'aveva seguita, drogata e legata. Di sicuro, era abbastanza.

Sfilò la cintura dalla vestaglia, e con i denti se la strinse sul braccio a tenere ferme due salviette di spugna sulla ferita. Aveva perso molto sangue. Ora però aveva altro a cui pensare.

«Devi salvare i bambini» disse alla sua immagine riflessa.

Prima che il bunker esploda.

Quando uscì dal bagno, tenne di proposito lo sguardo lontano dalla camera da letto, dove giaceva il corpo di Sarge. Non voleva pensarci. Non ora. Le ci sarebbero voluti anni per accettare l'idea di aver ucciso un uomo. E anche di più per ammettere che lo aveva voluto.

Infilandosi la giacca, sussultò alla fitta di dolore che le trafisse il braccio. Avrebbe dovuto farsi una tracolla di fortuna, ma aveva bisogno di entrambe le mani per spostare il ceppo d'albero. Con il braccio sano, aprì la porta sul retro. La luce, improvvisa e intensa, l'accecò e uscì barcollando. Dritta contro un corpo solido e vivo.

Visualizzò il viso rugoso di Jay Lucas. «Sadie?»

«Jay! Cosa… come ha fatto a venire così presto?»

L'ispettore alzò gli occhi al cielo. «Con l'elicottero.»

«Ma ha paura di volare!»

«Non avevo scelta. Quest'uomo ha insistito.»

Sadie vide Fergus dietro Jay. Aprì la bocca per ringraziarlo, ma le ginocchia le cedettero. «Oh, merda.»

Gli occhi di Jay si riempirono di rughe. «È ferita?» chiese, preoccupato.

«È solo un graffio.» Lanciò a Fergus un'occhiata ironica. «Il tuo coltello da pesca si è vendicato di me per averlo rubato.»

«Mi faccia vedere» pretese Jay, avvicinandosi.

«No, non abbiamo tempo. Dobbiamo trovare il bunker. Sarge ha piazzato una bomba per farlo esplodere in meno di un'ora.»

Jay estrasse una radio dalla tasca e parlò con qualcuno. Poi, la guardò. «Può farci vedere dov'è l'entrata?»

«Sì. Credo di sì.»

«Dov'è Sarge?» chiese Fergus, guardando nervosamente in direzione del bosco.

Sadie fece un cenno con la testa verso lo chalet. «Là dentro. È morto.»

«Morto?» dissero i due uomini all'unisono.

«Mi ha drogata e legata» mormorò, guardando da un'altra parte. «Quando mi ha liberata, gli ho sparato.»

Jay sparì all'interno. Un momento dopo, tornò, con un'espressione cupa sul viso. «Da dove viene la pistola?»

Sadie aprì la bocca per rispondere, ma Fergus la batté sul tempo.

«Credo che sia di Sarge. Ne aveva una collezione. Alcune detenute legalmente, altre no.» Le rivolse un'occhiata severa come per dire: "Non discutere con me, ragazza."

«Qualcuno deve restare qui» disse Jay a Fergus. «Con il corpo. Può farlo?»

Lo scozzese annuì. «Sì, può contare su di me, ispettore Lucas.»

«E i bambini contano su di me» disse Sadie.

Jay guardò in direzione del bosco. «Non riesco a credere che siano vivi.»

Fergus sospirò. «E io non riesco a credere che li abbia presi Sarge. Non so a che cosa stesse pensando, quell'uomo.»

«A nulla» rispose Jay, burbero. Si volse verso Sadie. «Così sono tutti nel bunker?»

«A parte Sam e Cortnie. Sono scappati.» Gli occhi le si inumidirono. «Dobbiamo trovarli. Fa troppo freddo, soprattutto la notte.»

«Ha un'idea dove possano essere andati?»

«No, ma forse gli altri bambini, sì.»

Capitolo 35

Due elicotteri della polizia aspettavano in mezzo al campo, con le pale vorticanti. Una decina di poliziotti in uniforme con giubbotti in Kevlar perlustravano la zona che circondava quel che restava della casa di Sarge. Alcuni tenevano al guinzaglio cani da ricerca, ma gli animali sembravano più interessati ad annusare le ceneri della casa più che a trovare una pista tra gli alberi. All'ordine di Jay, due funzionarie si erano spostate all'esterno della casa, le pistole spianate.

Nessuno sapeva cosa aspettarsi, ma come Jay aveva detto a Sadie, era meglio essere pronti a tutto.

La tormenta del giorno prima era finita, il fiume si stava già ritirando. Il vento rabbioso si era spento in un calmo refolo intermittente, lasciando al suo passaggio aria fresca.

«Ancora nulla?» tuonò Jay alla radio.

Sadie udì un *"no"* smorzato e si sentì venir meno.

Le ricerche stavano proseguendo da mezz'ora e non era rimasto molto tempo. Una squadra aveva già perlustrato già il capanno, confermando l'esistenza di un generatore, un serbatoio di acqua calda, il filtro dell'acqua e il depuratore dell'aria, ma tutte le tubazioni e i cavi erano sotterrati in profondità. Ci sarebbero volute ore, forse giorni, per scavare e seguirli fino al bunker nascosto.

Non avevano ore.

Sadie era accanto a Jay, a pochi metri dalla casa.

«È impossibile» si lamentò. «Abbiamo battuto tutto il bosco e non abbiamo trovato nulla. Come facciamo a trovare un ceppo d'albero in una foresta che ne è piena?»

«Ehi, era buio e pioveva. Nessuno le dà la colpa.»

«*Io* sì.»

Si accusava di non aver fatto attenzione. Aveva seguito i bambini nel bosco e aveva aiutato Marina a spostare il ceppo. Eppure, ogni ceppo che aveva smosso aveva tirato su solo terra e fango.

Frustrata, si colpì la coscia con un pugno. «Eppure, so che sto scordando qualcosa. Qualcosa di importante.»

L'attanagliava, quel pensiero di sapere come trovarli. Era qualcosa che avevano detto i bambini? Qualcosa che aveva detto Sarge?

«Merda!» mormorò. «Era qualcosa sulle porte.»

«Porte? Al plurale?»

«Ci sono!» si colpì la fronte con una manata, sentendosi stupida. «Gesù! C'erano *due* entrate. Il ceppo e un'altra porta.»

«Dove conduceva?»

«Non lo so» disse, scoraggiata. «Non l'ho aperta. Sarge è entrato da lì. Lo abbiamo sentito arrivare dalla scala.» Afferrò il braccio di Jay. «Un momento! Quando ero vicino a quella porta, ho sentito odore di fumo. E Sarge ha detto che Ashley e Adam erano rientrati in casa dal bunker la notte dell'incendio. Per lo scantinato.»

«*Sono in cantina!*» gridò Jay alla radio.

Dal bosco, emerse uno sciame di uomini. Correvano verso la casa, come api verso l'alveare.

Un ispettore con un giubbotto giallo fece un cenno a Jay con la mano. «Siamo pronti» gridò. «Ma dobbiamo essere cauti. Non sappiamo come sia stata collegata all'esplosivo.»

«Resti qui, Sadie» le ordinò Jay, mettendole in mano la radio. «Non dimentichi di togliere il dito dal tasto quando finisce di parlare.» Sparì tra le rovine della casa.

Sadie si appoggiò a un albero a osservarla.

La radio crepitò. «*Sadie? Mi sente?*»

Premette il tasto. «Avete trovato nulla?»

«C'è un pozzo che porta sottoterra. Stiamo scendendo…»

Un brusco crepitio lo interruppe.

«Jay?»

Silenzio.

Poi, la radio sputacchiò. «*Sa… nella… sa…*»

«Cosa?» urlò. «Non ho capito cosa ha detto. Ripeta, per favore.»

«Siamo nel bunker… non ci sono bambini nel soggiorno, né nella camera da letto di Sarge. C'è solo un'altra porta che non abbiamo ancora aperto.»

«È la camera dei bambini!»

«Sadie... ci serve un codice per entrare.»

Il codice. *Merda!* Lo aveva dimenticato.

«Oh Dio. Ho cercato di farmelo dire da Sarge.»

Ci fu un altro fruscio dalla radio.

Poi arrivò la voce di Jay, chiara e tranquillizzante. «Sadie, dobbiamo trovarlo. Capisce? Ha collegato tutto il posto e salteremo in aria se digitiamo il codice sbagliato.»

Si afferrò la gola, incapace di respirare.

«Sadie!»

Iniziò a piangere. «Non lo so, Jay. Oh, Gesù... non so il codice. Non possiamo salvarli.»

Ci fu un altro crepitio.

«Non desista. Il tastierino è alfanumerico. Il codice è di sei lettere.»

Si lambiccò il cervello alla ricerca del codice.

Sarge avrebbe usato qualcosa di facile da ricordare, e comunque importante, come un nome. Adam... Ashley... no, non avrebbe scelto il nome del figlio piuttosto che quello della figlia. Carissa...

«Carrie!» Era così emozionata che dimenticò di premere il tasto sulla radio. Ci riprovò. «Credo sia Carrie... il nome della moglie.»

«Carrie. È sicura?»

«Veramente no, ma è di sei lettere.»

«Okay, ottimo lavoro. I codici di solito hanno un significato per i delinquenti.»

«Deve essere Carrie.»

Nell'istante stesso in cui lo disse, iniziò a dubitare che Sarge avesse usato il nome della persona che voleva portargli via tutto, compresi i bambini. Alla fine, lui la odiava. Tanto da darle fuoco, ucciderla.

«Aspetti!» gridò alla radio. «Penso di essermi sbagliata.»

Nessuna risposta.

«Jay! Non è Carrie!»

La radio sibilò, poi la voce di Jay riemerse. «Dobbiamo sbrigarci, Sadie. Ci restano meno di dieci minuti.»

«No!» singhiozzò. «Non c'è abbastanza tempo per trovarlo.»

«Se non ha un altro suggerimento, dovremo provare con Carrie.»

Un movimento improvviso catturò il suo sguardo.

Gli uomini uscivano dai resti inceneriti della casa, mettendosi a una distanza di sicurezza. Erano tutti fuori, a parte l'ispettore con il giubbotto giallo della squadra degli artificieri... e Jay.

«Forse, dovreste uscire» lo sollecitò.

«Sei lettere, Sadie. Forse gliel'ha detto e lei non se n'è accorta.»

Ripensò alle ultime parole di Sarge. *«Non puoi entrare in mi casa.»*

«Non puoi entrare in casa mia.»

Gesù! Ce l'aveva avuto davanti per tutto il tempo. *Bastardo!*

«MI CASA!« urlò. «M... I... C... A... S... A.»

«Sicura?»

«Sono sicura, Jay. Il bastardo rideva quando me lo diceva. Non credeva che riuscissi a capirlo. Mi casa. La mia casa.»

La radio si ammutolì.

Il battito le accelerò. Si era sbagliata?

«Ti prego, Dio... proteggi Jay e i bambini. Salvali.» Alzò la testa al cielo. «E ti prego, aiutaci a trovare Sam e Cortnie.»

Restò in attesa, trattenendo il respiro. Il tempo era scaduto, di sicuro.

«Jay?» chiamò alla radio.

Fruscio.

Fissò la casa. Niente fumo, niente esplosione.

Passarono cinque minuti. Ancora nulla.

La radio crepitò.

«Il codice ha funzionato, Sadie» disse Jay, con voce stanca.

«E li avete trovati?»

Silenzio. «Sì. Li abbiamo trovati.»

Sadie lasciò andare un lungo respiro, sfinita. Euforica, spense la radio, la infilò nella tasca della giacca e si incamminò verso la casa. Stava vivendo un turbinio di emozioni. Voleva ballare lì, nel campo. In quel momento, fece una promessa. A Dio, a se stessa... e a Sam. Non avrebbe mai più toccato un goccio di alcool. Era una promessa che avrebbe mantenuto.

«Grazie, Dio» disse. «Mai più.»

Calpestò l'erba, emozionata di rivedere i bambini. Uno di loro doveva avere u'idea di dove fossero andati Sam e Cortnie. Forse, Cortnie aveva detto qualcosa prima che fuggissero, aveva lasciato un indizio.

Per primo apparve il funzionario con il giubbotto giallo. Guardò nella direzione di Sadie, poi andò verso un gruppo di uomini accanto al capanno. Disse qualcosa a uno di loro e partirono per la casa.

Quando apparve infine Jay, lo vide venire dritto da lei. Aveva il viso sporco di fuliggine ed aveva l'aria di essere esausto.

Sadie gli corse incontro, sorridendo. «Ce l'abbiamo fatta, Jay!»

Non rispose.

Gli prese il braccio. «Avanti, il meno che possa fare è un sorriso.»

«Sadie...»

Lanciò un'occhiata alle spalle di Jay. «Dove sono? Come mai non sono ancora usciti?»

Jay la guardò, impotente. «Sadie, sono...»

Sadie non riusciva a respirare. «Cosa c'è che non va? Perché mi sta guardando in questo modo?»

«Sono morti, Sadie.»

«Cosa?»

«Sono morti. Tutti.»

«Ma è impossibile. Stavano tutti bene quando li ho lasciati qui. Si sbaglia. Vada a controllare. Sono vivi.»

Le rughe si addensarono intorno agli occhi di Jay. «Ci sono sette corpi là sotto. Tutti in diverse fasi di decomposizione, il che vuol dire che alcuni di loro sono morti da parecchio. E sappiamo che ha fatto saltare un bambino nella macchina. Fanno otto bambini. Quanti ne ha presi la Nebbia.»

«Otto» ripeté, intontita.

«Compresi Cortnie... e Sam. Mi dispiace, Sadie.»

«Ma io...» scosse la testa. «Lei dev'essersi sbagliato.»

Chiuse gli occhi, cercando di razionalizzare il tutto. Aveva pettinato i capelli di Marina, visto Holland bere la cioccolata calda con i marshmallows e le avevano lasciato dei doni alla porta. Li aveva anche seguiti nel bosco fino al bunker. Come avrebbe potuto sapere altrimenti dove si trovava?

Rivide nella mente sei visetti dolci e fiduciosi.

Marina, Holland, Brittany, Scotty, Kimber, Jordan...

«Marina ha detto che Sam e Cortnie erano scappati» insisté. «Anche Sarge lo ha detto.»

«Deve averli trovati» disse Jay, con dolcezza. «Prima di venire a cercare lei. L'ha presa in giro, Sadie.»

C'era solo un modo per vedere se Jay diceva la verità.

Scattò verso la casa.

«Aspetti!» gridò Jay. «Torni indietro! Non voglio che entri là dentro. Mi creda.»

Ma non voleva ascoltare nessuno. Era qualcosa che doveva vedere con i suoi propri occhi.

Incespicando sui pezzi di legno annerito, si fece strada tra la cenere bagnata, calciando la fuliggine appiccicosa che si era annidata sotto tavole di legno e metallo fuso. In un angolo, vide le grandi spalle di un ispettore che era in piedi accanto al buco nel pavimento. Alzò lo sguardo mentre Sadie si avvicinava.

«Devo scendere là sotto» disse.

Il funzionario sbirciò dietro di lei.

«Va bene» disse Jay, ansimando alle sue spalle. «Aiutatela a scendere.»

I due uomini le assicurarono una fune intorno alla vita e la calarono all'interno del buco nel pavimento. L'aria si fece densa per la cenere che le fluttuava intorno, sollevata dai movimenti degli uomini sopra la sua testa. L'odore pungente del fumo era ovunque: le riempiva la bocca, le si attaccava ai capelli e alla pelle, ma almeno riusciva a vedere. Lo scantinato era illuminato da torce sistemate in punti strategici, e Sadie fu lieta di non scendere nell'oscurità. Ne aveva avuto abbastanza, di recente.

Quando toccò terra, un giovane poliziotto la liberò dalla fune. «Da questa parte» disse, il viso scolpito in un pallore verde.

Mentre la conduceva tra le macerie, fu sorpresa di vedere che il fuoco non aveva raggiunto lo scantinato. La maggior parte dei danni era stata provocata dalla pioggia e della fuliggine che si era infiltrata nel pavimento e dal buco aperto. Tutto era coperto da uno strato di sporcizia, e intorno a lei gocciolava una pioggia nera, lugubre tanto per il colore quanto per il suono che produceva.

Intravide una culla in un angolo e una scatola di giocattoli strapiena di giochi, film di Disney, bambole e personaggi di Star Wars nell'altro. Oltre alla scatola di giocattoli, su un tavolo da air hockey c'erano almeno cinque centimetri di acqua sporca.

«È qui dietro» disse la giovane recluta, facendole distogliere lo sguardo.

Spinse di lato uno scaffale metallico che era addossato a una parete in cartongesso ammuffito. Dietro, una scala conduceva a un piano più in basso.

Nel giro di pochi minuti, Sadie fu di nuovo dentro il bunker.

«Almeno, non me lo sono immaginato, tutto questo» disse, mentre scrutava la stanza.

«Cosa?» chiese il giovane.

«Nulla.»

Il poliziotto la condusse davanti alla porta con il tastierino.

«Mi casa» disse, mentre digitava il codice.

La porta si sbloccò con un distinto clic.

Il giovane si fece da parte e le lanciò uno sguardo preoccupato. «È sicura di volere entrare lì dentro, signora?»

Sadie aprì la porta.

Capitolo 36

I bambini erano distesi su piccoli materassi sistemati sul pavimento in cemento: le bambine da un lato della stanza, i bambini dall'altro. Una luce azzurra sopra di loro illuminava il locale, gettando sui corpi un pallore spettrale. Indossavano dei pigiami, e le mani erano incrociate dolcemente sul ventre.

Sadie sfiorò con lo sguardo i corpi senza vita. Era troppo buio per vederli chiaramente ed era evidente dal forte odore che alcuni erano, come Jay aveva detto, in *"decomposizione"*.

Le lacrime le salirono agli occhi. «Sembra che stiano dormendo.»

Li contò e soffocò un singhiozzo «Sette.»

Jay aveva ragione. C'erano tutti. Anche Sam.

Il respiro era teso, intermittente.

«Sta bene, signora?» chiese la recluta alle sue spalle.

«No.» Si girò. «Devo uscire di qui.»

Fu fatta risalire, nella luce e nell'aria respirabile, e Jay la accompagnò fuori dal pozzo e lontano dalla casa.

«Non sono riuscita a guardarli in viso» disse tra le lacrime. «Non volevo vedere Sam. Non così.» Alzò lo sguardo. «Sono una madre orribile, vero?»

«No» rispose Jay, con la voce rotta. «È solo umana. Guarderà Sam quando sarà pronta.»

«Non sarò mai pronta» gemette. «Li ho *visti*, Jay! Ho parlato con loro, ho dato loro da mangiare. Io proprio non capisco. Marina ha detto che Cortnie e Sam erano scappati. Le ho creduto. Per la prima volta dopo tante settimane, avevo ritrovato la speranza.» Protese le mani. «E per cosa?»

«Sadie, non li avremmo mai trovati, senza di lei. Sarebbero rimasti là sotto per sempre. Forse, è per questo che li ha visti, così che lei e gli altri genitori potessero dare loro l'ultimo saluto, per dare loro una giusta sepoltura.»

Le parole di Jay la fecero infuriare.

«Ho già seppellito mio figlio una volta. Non posso farlo ancora.» I singhiozzi erano ansiti rabbiosi. «Mi rifiuto!»

«Ha fatto una cosa buona qui, Sadie. Non lo dimentichi.»

Voleva dimenticare, invece. Dimenticare i corpi, dimenticare tutto.

Corse via, oltre il campo. Quando raggiunse il capanno, ci si appoggiò con la schiena e scivolò sul terreno umido.

«Ti sei immaginata tutto. Non c'era nessun bambino… nessun Sam. È tutta una bugia!» Sbatté la testa contro il capanno. «Stupida, stupida ubriaca!» Le lacrime le rigarono il viso, accecandola per un momento, si prese la testa tra le mani e pianse per i bambini, per Sam e per se stessa.

«Ssssadie…»

Sentendo chiamare il suo nome, alzò il viso bagnato di lacrime e vide una nebbia grigia che avanzava verso di lei. Quella vista la paralizzò, poi la nebbia ondeggiò e si separò. Sette sagome spettrali si fecero avanti.

I bambini. I bambini *morti*.

«Cosa volete da me?» gridò Sadie.

Marina fece un passo verso di lei. «Vogliamo ringraziarti.»

«Ringraziarmi per cosa?»

«Sei tornata da noi.»

«Ma è troppo tardi.»

«Non è mai troppo tardi.» Marina protese le mani, incorniciando il viso di Sadie. «Hai fatto *esattamente* quello che ti avevamo chiesto.»

«Che vuoi dire? Io non ho fatto nulla.»

«Ricordi le cose che ti abbiamo lasciato?»

«Il vostro messaggio di aiuto?»

Marina annuì. «Be', lo hai fatto. Ci hai salvato, insomma.»

«No, non l'ho fatto» piagnucolò Sadie.

«Sì, invece» insisté la bambina. «Ci hai salvato perché non siamo più con *lui*. Ci hai dato la pace. E la nostra libertà.»

Sadie si sforzò di alzarsi. «Libertà? Siete tutti morti!»

«E ci hai portato tutti a *casa*.» Marina l'abbracciò. «Grazie, Sadie O'Connell.»

Prima che Sadie potesse dire una parola, la bambina si staccò e corse attraverso il campo. Una volta raggiunto il limite in cui l'erba secca incontrava la nebbia turbinante, gli altri bambini la raggiunsero. Si misero in fila, tenendosi per mano, rivolti verso Sadie, sorridenti. Poi, uno dopo l'altro, i bambini cominciarono a confondersi con la nebbia, finché non rimase solo Marina.

«Aspettate!» la supplicò Sadie. «Non andate via!»

«Dobbiamo. Ma ti lasciamo gli ultimi tre doni.»

Marina si voltò, poi sbirciò dietro di sé, e un sorriso smagliante si dipinse sulle sue labbra. «C'è una luce oltre la nebbia, Sadie. La luce più bella. È calda e tranquilla, piena di così tanto amore da togliere il fiato. Ti prego, dillo ai miei genitori. Di' loro che li amo e che sarò sempre parte di questo mondo. Sarò in ogni alba e in ogni tramonto. Ci saremo *tutti*. È il nostro destino.»

Un dito di luce eterea e pulsante raggiunse e accarezzò Marina, attirandola con delicatezza verso il suo nucleo. Poi, le risate, dolci e attenuate, si confusero con la brezza, e la nebbia si dissipò, come se non fosse mai esistita.

«Addio» disse Sadie in lacrime.

Uno stridio improvviso ruppe la calma e gli occhi offuscati di Sadie sfrecciarono verso il cielo. Oltre gli alberi, un corvo girava intorno a una collina rocciosa. Anche da lontano, riusciva a distinguere l'area incavata e scura in prossimità della cima. Una grotta.

"Ti lasciamo gli ultimi tre doni" le aveva detto Marina.

Il cuore le saltò un battito. «Un momento! Ho visto *sette* bambini, ma non Sam.»

Fissò il corvo.

E all'improvviso capì.

Sam *era* vivo, e c'era solo un luogo dove si sarebbe sentito del tutto al sicuro.

La grotta di Cadomin!

Tenendosi con la mano il braccio ferito, attraversò di corsa il bosco e raggiunse la base della collina. Poi, iniziò a salire. Il sentiero, se così si poteva chiamare, era largo circa trenta centimetri e in alcuni punti difficilmente individuabile. Era stato per la maggior parte scavato da un torrente serpeggiante che scendeva lungo un versante.

Mezz'ora dopo, la radio in tasca crepitò.

«Sadie?»

«Sì» ansimò.

«Dove diavolo è? Pensavo che fosse tornata al suo chalet.»

«Sto andando alla grotta di Cadomin.»

«Cosa? Che diavolo sta…?»

«Sam è nella grotta.»

Silenzio.

«Ascolti, Sadie, lei è ferita e ha perso molto sangue. Non pensa che… ah, al diavolo. Non importa. Sto arrivando. Mi aspetti.»

Ma non avrebbe mai e poi mai aspettato.

Più saliva, più il paesaggio cambiava. La fitta foresta ai piedi del ripido pendio si diradava, e i sempreverdi e i cespugli bassi con i primi germogli primaverili lasciavano il posto a grigie pietre calcaree e crinali a strapiombo.

Da qualche parte, sull'altro lato c'era il sentiero principale, quello che i turisti prendevano per andare alla grotta di Cadomin. E da qualche parte alle sue spalle, immaginò, Jay stava cercando di seguire lo stesso sentiero che aveva preso lei. Non l'avrebbe raggiunta tanto presto.

Si passò una mano sudicia sulla fronte e strizzò gli occhi in direzione della cima. Martha le aveva detto che ci sarebbe voluta un'ora e mezza dai piedi della collina fino alla grotta. Per Sadie, furono due ore estenuanti. Quando finalmente adocchiò l'entrata della grotta, lasciò andare un sospiro di sollievo.

«Cooo!» gridò il corvo sopra la sua testa.

«Non c'è nulla per te qui» gli urlò.

Distratta, non si accorse della dolina finché con il piede, quello con la caviglia slogata, non ci cascò dentro penetrando fino al ginocchio. Cadde in avanti e sprofondò di colpo, sbattendo con forza il braccio ferito contro il suolo. Urlò di dolore, senza sapere cosa stringersi per primo, il braccio o il piede. Sdraiata a terra, sperò di non essersi rotta nulla.

Dopo qualche minuto, inspirò a fondo e tirò fuori la gamba dal buco. Con una risatina sprezzante, disse: «Finirai per ingessarti tutto il corpo, di questo passo.»

Fece un rapido inventario. I jeans erano strappati e la gamba aveva una zona piena di brutti graffi e ponfi, ma nessun osso rotto.

Vagò con lo sguardo verso la grotta. Le si insinuò un dubbio. Forse, aveva sbagliato. Forse, si era arrampicata su per quella collina dimenticata da Dio, rischiando le gambe e la vita per nulla.

La grotta la chiamava.

Zoppicò nella sua direzione, ignorando l'intorpidimento del braccio e il dolore lancinante che le risaliva lungo la gamba.

Accanto all'entrata, c'era una targa montata su un supporto metallico.

«Benvenuti alla grotta di Cadomin» lesse.

Il saluto era seguito da una serie di raccomandazioni di sicurezza, compresa quella di portarsi una sufficiente illuminazione.

Sadie imprecò tra i denti.

Rassegnata a un altro viaggio nel buio, si avvicinò alla bocca della grotta. La cengia al di sopra era bassa e dovette chinare la testa.

«Sam?»

La sua voce riecheggiò, deridendola senza pietà.

«Sam, sei qui?»

Poi la bocca della grotta la inghiottì.

Capitolo 37

La grotta era gelida, il freddo penetrava nelle ossa. Anche con la giaccia invernale, Sadie percepì il brusco calo della temperatura. Brancolava nel buio, tastando con le mani la parete umida, mentre la luce svaniva a poco a poco. Il terreno era scivoloso per il fango, e ogni passo era misurato e prudente. Qualche metro più all'interno, le arrivò sul viso come uno schiaffo un tanfo ripugnante.

«Gesù!»

Continuò ad avanzare.

Finalmente, lo stretto corridoio si allargò in una caverna di circa dieci metri di larghezza e cinque di altezza. Procedeva d'istinto, avanzando finché la luce alle sue spalle non fu quasi sparita e finché riuscì a distinguere il sentiero o le formazioni rocciose davanti a sé.

Un movimento impercettibile di aria la fece fermare.

«Sam?»

"Sam... Sam... Sam..." La grotta si prendeva gioco di lei.

Qualcosa si mosse tra le ombre.

«Sam? Sono la mamma!»

Il terreno cominciò a vibrare e una gelida corrente d'aria la fece rabbrividire. Prima di capire cosa stesse accadendo, una massa nera sciamò nella sua direzione. Sadie urlò e corse verso la luce.

Pipistrelli, a centinaia, le sfrecciarono accanto, graffiandole il viso, cercando disperatamente di uscire dalla grotta. Uno le si impigliò nei capelli. Lo colpì, urlando e piangendo al tempo stesso. Coprendosi la testa, affondò nel fango e si schiacciò contro il muro. Quando se ne furono andati, si rialzò tremante. Stava per riprendere il cammino quando udì un leggero mormorio.

Voci. E si stavano avvicinando.

Due sagome emersero dalle profondità della grotta.

«Ehi!» chiamò piano.

Con un piagnucolio, una piccola figura si lanciò verso di lei.

Toccò una testa rasata e fredda. *Può essere?* «Sam?»

Ci fu un tremore, poi singhiozzi sommessi. Singhiozzi riconoscibili. *Era* Sam.

«Oh mio Dio» gridò Sadie, accarezzandogli la testa. «Sei vivo.»

Singhiozzando per il sollievo, lo cullò tra le sue braccia. «Ti ho trovato, Sam. La mamma ti ha trovato.»

Si allontanò un po' e lo osservò. Aveva la pelle umidiccia, incrostata di fango. Gli strofinò il viso sporco. Il bambino alzò gli occhi e il terrore che Sadie vide le fermò il cuore.

«Sei al sicuro, tesoro. La mamma è qui.»

«Ci porterai a casa?» chiese una bambina nascosta nell'oscurità.

Sconvolta, Sadie tese una mano. «Cortnie?»

«Ashley» rispose la bambina, e si avvicinò trascinando i piedi. «Il Padre dice che nessuno può chiamarmi con il mio vecchio nome.»

Gli occhi di Sadie si riempirono di lacrime. «Lui ha torto. Il tuo nome è Cortnie Bornyk. E il tuo vero papà ti sta aspettando.»

Cortnie si lasciò sfuggire un singhiozzo. «Voglio il mio papà, non quell'altro uomo.»

Sadie l'afferrò e la strinse tra le braccia. «Va tutto bene, Cortnie. Quell'uomo non può più farti del male.»

«Il Padre voleva metterci a dormire, con gli altri.»

Sadie si sentì stringere il cuore alle parole della bambina e si alzò in fretta. Un po' troppo in fretta. *Devo portarli fuori di qui. Prima che perda i sensi.*

«Avanti.»

Cortnie prese Sam per mano, ma nessuno dei due si mosse.

«Sam, Cortnie» disse piano Sadie. «Andiamo a casa.»

Fu sollevata quando i bambini si mossero verso di lei, e lei li condusse alla bocca della grotta. A qualche metro dalla luce del giorno, la testa cominciò a batterle. Si appoggiò contro la parete.

Solo un momento, il tempo di riprendere fiato.

Nella luce attenuata, vide il pigiama infangato di Sam e la mano bendata e sanguinante. La teneva stretta al petto, e Sadie non voleva sapere cosa ci fosse sotto la striscia di stoffa.

Poi, vide lo *smile* sulla camicia da notte di Cortnie.

«Tu sei la bambina che ho visto nel bosco.»

Cortnie fissò il terreno. «Stavo cercando di scappare. Mi dispiace che il Padre ti abbia fatto male.»

«Lo so.»

La vista di Sadie si offuscò. Chiuse gli occhi.

«Mamma, possiamo andare adesso?»

«Sì, tesoro» rispose, lottando contro un altro attacco di vertigini.

A pochi passi dalla luce del giorno, ebbe uno sbandamento e si fermò, si volse verso Sam e lo guardò a bocca aperta. «Hai d-detto qualcosa?»

Sbatté gli occhi azzurro zaffiro. Poi, con il linguaggio dei segni, disse: *"Ti voglio bene, mamma."*

Cercò di sorridere, ma ebbe una fitta di dolore. Stava di nuovo immaginando le cose. Sapeva di essere in pessima forma. Aveva perduto troppo sangue, era malconcia e piena di lividi.

Scosse la testa. Non pensarci ora.

Stava esaurendo tempo ed energia. Si sarebbe presa a calci da sola per la sua cocciutaggine. Per essere venuta da sola alla grotta.

«Seguitemi» disse, non appena fu fuori alla luce.

I raggi del sole che rimbalzavano sulla roccia grigia l'accecarono. Poi, vide qualcosa di meraviglioso. Jay era in piedi, di lato all'entrata, con una torcia in mano.

Si staccò dalla bocca della grotta. «Jay!»

«Sono arrivato subito dopo di lei» disse, visibilmente rincuorato.

«Come...?» Alzò gli occhi. «Ah, l'elicottero.»

«E due» disse, gonfiando il petto. «In un giorno.»

«C'è ancora speranza per lei.» Barcollò ed emise un gemito.

«Sadie, sta be...» Jay notò i bambini in piedi all'entrata della grotta. «Gesù Cristo, Sadie! Lei lo ha sempre saputo.»

«Una madre lo sa» fu tutto quello che riuscì a dire.

Dopo, tutto accadde così rapidamente e freneticamente che dovette appoggiarsi a Jay per sostenersi. La macchia nera che ronzava nel cielo sopra di loro calò un'imbracatura e Sadie rimase a guardare mentre i bambini venivano portati in salvo. Poi, anche lei fu sollevata in aria.

Una volta a bordo dell'elicottero, un infermiere le tolse l'imbracatura e Sadie si accasciò nel sedile accanto a Sam, emotivamente e fisicamente sfinita. Chiuse gli occhi ed emise un sospiro mentre delle manine le accarezzavano amorevolmente il viso. Stava perdendo i sensi, quando sentì il *clic* della cintura su di sé.

«Grazie, tesoro» disse, sforzandosi di aprire gli occhi.

Sam sorrise, alzando il pollice, e disse: «Bella comoda.»

Sadie spalancò la bocca, sbalordita. «Tu *parli*.»

Ripensò alle parole di Marina, *tre doni*, e guardò Sam e Cortnie.

«Uno, due… e ora questo.»

Allungò la mano per stringere quella di suo figlio. «Ti voglio bene, Sam.»

«Anch'io, mamma.»

Poi, un uccello con le ali nere li portò via.

Sadie si stava già sentendo meglio quando Jay la fece entrare all'ospedale dell'Università di Alberta. La prima persona che vide fu Matthew. Camminava avanti e indietro nella sala di attesa, e nell'istante in cui la vide, gli occhi gli si illuminarono.

«Sadie! Sta bene?»

«Benissimo.»

«Be', non ha un bell'aspetto.»

Fece una smorfia. «Ah, grazie.»

«La polizia mi ha detto di venire in ospedale, ma non sapevo il motivo. Pensavo, forse… be'… lo sa.»

Sadie sorrise con le lacrime agli occhi. «Le abbiamo portato un dono.»

Disorientato, Matthew lanciò uno sguardo verso Jay. Sadie capì il momento esatto in cui vide sua figlia dietro l'ispettore.

«Cortnie» disse, la voce rotta dall'emozione.

La bambina lo guardò, con il labbro inferiore tremante. «Papà?»

Sadie vide Matthew prendere Cortnie tra le braccia e tenerla così stretta che fu sicura che non l'avrebbe mai più lasciata andare. Cercando di trattenere le lacrime, sorrise quando Sam le fece scivolare la manina calda nella sua.

Nemmeno lei l'avrebbe mai più lasciato andare.

Epilogo

Sadie camminava su e giù nel portico della villetta, piena di ansia. Erano passati dieci giorni da quando aveva sparato alla Nebbia uccidendolo, e da quando aveva portato a casa Sam e Cortnie. La vita stata lentamente ritornando alla normalità, anche se sapeva che non sarebbe più stata la stessa.

Leah si era precipitata all'ospedale non appena l'aveva saputo. Era stato difficile e imbarazzante all'inizio, ma Sadie aveva capito che il passato aveva il suo posto. Nel *passato*. In quel momento, aveva un disperato bisogno di un'amica, e Leah era la sua migliore amica, più di una sorella, l'amica del cuore.

Leah non ricordava molto della sera in cui era stata con Philip. Era troppo ubriaca. Ricordava però che Sam era entrato e li aveva visti. Philip aveva afferrato Sam per il braccio e lo aveva minacciato dicendogli che la mamma se ne sarebbe andata se avesse parlato. Era quello il motivo per cui Sam si era rifiutato di parlare. In un certo modo, Sam era stato tenuto in ostaggio dal proprio padre, una versione più sottile della sindrome di Stoccolma. Sadie stava ancora lavorando sul perdono nei confronti di Philip, ma ci sarebbe voluto del tempo.

Un colpo di clacson la fece sobbalzare.

La Mercedes di Philip si fermò davanti alla villetta, e la vista dell'anziana donna al volante la fece sorridere. Ed era seduto accanto a Irma, con un'espressione arcigna sul viso. Sul sedile posteriore, Martha e Fergus erano seri e pallidi. Gli sportelli sbatterono e tutti uscirono dalla macchina.

Sadie li salutò con la mano. «Ce l'avete fatta.»

«Per un pelo» brontolò Ed.

«Certo che ce l'abbiamo fatta» disse Irma. «Non potevo mica rinunciare a guidarla.» Ammiccò, facendo un cenno con la testa in direzione della Mercedes.

«Mia sorella è arrivata prima al posto di guida e si è rifiutata di scansarsi» si lamentò Ed. «Ce la siamo fatta sotto per tutto il viaggio.»

Irma gli assestò una manata sul braccio. «Non sono andata *così* veloce.»

«L'importante è che siete arrivati sani e salvi» disse Sadie, sorridendo.

Aprì la porta di ingresso e li fece accomodare nel giardino sul retro, dove gli altri aspettavano che iniziasse la tardiva festa di compleanno di Sam. Catturata dalla vista e dai suoni della semplice gioia, rimase sulla porta a guardare amici e parenti.

Lanciò un'occhiata alla foto di Sam sulla parete alle spalle.

Era difficile non sentirsi in colpa. Suo figlio era sopravvissuto, mentre gli altri non erano stati così fortunati. Dormiva male, perseguitata dagli incubi e dall'impulso di andare a vedere se Sam era sempre nel letto. La notte prima, si era alzata almeno otto volte. Ogni volta, aveva esitato con la mano sulla maniglia, lottando contro la paura che, se avesse aperto la porta, non avrebbe più ritrovato Sam.

Lo aveva ritrovato… ma *era* diverso.

Sam si stava abituando alla mancanza di due dita, e piangeva la perdita di Joey, il suo amico immaginario. Ma ora aveva altri amici, o così le diceva. Parlava spesso di loro. Marina, Holland e gli altri. Sembrava non sapere che fossero morti, che erano sempre stati morti. Le aveva detto che Cortnie non riusciva a vederli. La bambina aveva pensato che Sam facesse finta che fossero vivi per farla sentire meglio, ma lei ne *aveva* visto i corpi. Sarge li aveva fatti dormire nella stessa stanza.

Era stato Sam a vedere Sarge che digitava il codice sul tastierino che conduceva alla scala, alla libertà. Aveva memorizzato le sei lettere. La notte che lui e Cortnie erano fuggiti, dopo cena Sarge si era addormentato nella poltrona. Gli erano passati davanti senza far rumore ed erano scappati nel bosco, senza una meta precisa. Poi, Sam si era ricordato dei cartelli per la grotta di Cadomin.

Il resto era storia. O, come credeva Sadie, destino.

Il trauma che Sam aveva subito gli aveva provocato una grave depressione. Nei primi giorni, si era comportato come se Sadie fosse un'estranea: si rannicchiava quando lo toccava o lo abbracciava, sussultava a ogni rumore forte, ed era terrorizzato da qualsiasi uomo gli si avvicinasse. I servizi di assistenza alle vittime le avevano detto che il comportamento di Sam era comune a tutti i sopravvissuti a un rapimento. Le avevano detto che ci sarebbe voluto del tempo, che avrebbe dovuto avere pazienza.

Poi, c'erano gli incubi che lo facevano agitare, urlare e sudare così tanto che aveva dovuto farlo dormire con lei. Ancora peggio erano le cause scatenanti. Un giorno lo aveva portato da McDonald's, quando c'era anche un adolescente vestito da Ronald il clown per far divertire i bambini. Non appena lo aveva visto, Sam aveva lanciato un urlo pauroso tempestando di pugni Sadie finché non lo aveva portato via.

Il campanello suonò, interrompendo i suoi pensieri.

«Bella casa» mormorò Jay quando lo fece entrare.

«È in affitto. Per ora.» Lo abbracciò, cogliendolo di sorpresa. «Grazie, Jay.»

«Già, be'… prego.»

Fece un profondo respiro. «Che mi succederà?»

«Andrà tutto bene.»

«Ma ho ucciso…»

«È stato per legittima difesa, Sadie. Nessun giudice con un po' di buon senso la condannerà mai.»

Ci fu un silenzio imbarazzato.

«Volevo ucciderlo» sussurrò.

«Lo so.»

Sospirò. «E gli altri due… corpi?»

Jay aveva l'aria di uno che avesse ingoiato qualcosa di viscido. «I suoi figli. Ashley and Adam.» Quando vide l'espressione sbalordita di Sadie, aggiunse: «Quel bastardo li ha disseppelliti. Non voleva lasciarli andare.»

Sadie sbatté le palpebre, e chiuse gli occhi un istante. «E il bambino nella macchina, quello che ho pensato fosse Sam?»

«Holland Dawes. Il bambino che Sarge ha rapito l'anno scorso.»

Adam in blu. Il bambino che aveva un difetto di pronuncia e che adorava i marshmallows.

Le si inumidirono gli occhi. «Povero Holland.»

«Era già morto da tempo, prima dell'esplosione, Sadie.»

Annuì. «È stato drogato, vero?»

«Un'overdose di sedativi. Come gli altri. Si sono addormentati e non si sono più svegliati.»

Sadie ebbe una stretta al cuore per i bambini. Per i loro genitori.

«Sa» disse Jay, a disagio, «le ho sempre voluto chiedere come faceva a sapere.»

«Sapere cosa?»

«Che l'uomo che aveva rapito suo figlio era a Cadomin.»

Lo guardò dritto negli occhi. «La verità? Non lo sapevo. Io ho sempre creduto molto nel destino. Ho chiesto a Sam di dirmi dove mi sarei dovuta fermare, di mostrarmi qualcosa.»

«E che cosa le ha mostrato?»

«Un corvo, un cartello che indicava una grotta di pipistrelli... Lo so che pare assurdo, ma non appena li ho visti ho *capito* che era lì che dovevo andare. È stato il destino.»

«Destino.» Jay ripeté la parola, come a volerne sentire il suono sulla lingua.

Lanciò un'occhiata alla foto di Sam. «Devo credere in qualcosa, altrimenti tutto questo non ha senso. So che cosa ho visto, udito e sentito. Loro erano lì. I bambini. Credo che l'unione dei loro spiriti abbia avuto una forza tale da riuscire a condurmi in quel posto, a mostrarmi dei segni, ad aiutarmi a trovarli. E a trovare Sam.»

«Lei ha dato loro la pace.»

«Allora... che resta da fare, adesso?»

Jay sorrise. «È facile. Vada là fuori e passi il tempo con la sua famiglia e gli amici. E suo figlio.»

Inclinò la testa verso la porta. «Perché non si unisce anche lei alla festa? Verrò anch'io tra un minuto.»

«Io, ehm, non pensavo di dover restare, Sadie. È una festa in famiglia.»

«Ne fa parte anche lei» disse, prendendolo per il braccio.

Sorridendo, lo accompagnò fuori al sole.

Dopo che tutti, a parte Matthew e Cortnie, se ne furono andati, Sadie, in piedi nel portico, scrutò la strada, dietro un lato della casa. Per un attimo, avrebbe giurato di aver visto un uomo vestito di nero che la osservava.

Scosse la testa e l'uomo si dissolse nell'aria.

Un giorno, smetterai di perseguitarmi.

Era un'impresa titanica combattere ogni giorno contro gli attacchi di tristezza, vergogna, paura e rabbia incontrollabile che talvolta la prendevano nei momenti meno opportuni. Sognava ancora un mostro sfigurato, le sue mani che la toccavano. Di quello, non aveva parlato con anima viva, nemmeno con Leah.

Bastava poco per farle tornare alla mente tutto quello che era accaduto, e anche la più piccola cosa, come vedere il libro di Sam, aveva un pessimo effetto sul suo umore. Decise di mettere via *Lello il pipistrello rimbambello*, per il momento, almeno. Un giorno, forse, lo avrebbe pubblicato.

Sam le fece un cenno con la mano. «Mamma! Guarda!»

Era in sella alla sua nuova bicicletta, quella che gli aveva comprato per il suo compleanno una vita fa. Cortnie aveva sistemato due pezzetti di legno, creando un salto, e Sam ci saliva sopra da un lato, si alzava di qualche centimetro in aria e atterrava con un tonfo leggero.

Il suo sguardo fu catturato da una foschia lenta che aleggiava sul lago artificiale oltre la recinzione sul retro. Il suo sorriso si affievolì un po' quando ripensò alla strana nebbia che insisteva nel bosco accanto allo chalet Infinito.

La nebbia... e i bambini.

Non aveva una spiegazione logica. *Nulla* l'aveva. Nei giorni passati, era arrivata ad accettare tutto quello che era accaduto come un atto di Dio. O del Destino. Non aveva dubitato nemmeno un secondo che Sam fosse stato un tramite per gli spiriti dei bambini morti, che li avesse aiutati ad arrivare a lei. E che anche lui ci fosse arrivato per conto suo. Ecco perché lo aveva *visto* ovunque. Lui le aveva inviato il corvo, sapendo che avrebbe pensato ai pipistrelli e alla grotta... alla fine.

Jay aveva ragione. I bambini erano rimasti legati a questo mondo per qualcosa di incompiuto, dai corpi che esigevano sepoltura e dai genitori che volevano dare loro l'ultimo saluto. E forse dalla vendetta e dal bisogno di vedere Sarge consegnato alla giustizia. Non avevano potuto dirle chi erano, perché erano legati da un segreto, anche in morte, erano tenuti prigionieri dalla promessa fatta a un folle.

Sam le tirò la manica. «Mamma, mi ascolti?»

Sadie gli accarezzò i capelli. Crescevano così in fretta. «Ti ascolto sempre, ometto.»

«Oh, mamma» disse, imbronciato. «Non mi chiamare così.»

Lo strinse a sé. Quando Sam si allontanò, disegnò la prima metà del simbolo di infinito sul cuore della madre. «S per Sam.»

Sadie aggiunse l'altra metà riflessa. «S per...»

«Sadie» la interruppe. «Sadie e Sam per l'eternità.»

Con un grido, saltò sulla bici e schizzò via.

Mentre lo osservava, si asciugò una lacrima.

«Tutto bene?» chiese Matthew, raggiungendola sul portico.

Sorrise. «Ora, sì.»

Inaspettatamente, le prese la mano. «Grazie» le sussurrò.

Sopraffatti dalle emozioni, guardarono a lungo Sam e Cortnie, ringraziando l'universo per l'intervento del destino che aver riportato a casa i loro bambini, vivi. Erano quelli fortunati.

Il destino degli altri bambini le gravava sul cuore. Non erano stati così fortunati, e nemmeno i loro genitori. Solo che adesso avevano potuto salutarli per l'ultima volta. Doveva pur contare qualcosa, quello.

«Mamma!» gridò Sam.

Scacciò le nubi cupe. «Che c'è, tesoro?»

«Senti che mi ha insegnato Marina. Un bel mattino, nel mezzo della notte…»

«Due bambini morti si alzarono per darsi tante botte» si unì Cortnie, sorridendo.

Continuarono all'unisono: «Schiena contro schiena si affrontarono, sguainarono le spade e si spararono. Un poliziotto sordo udì quella cagnara e sparò a quei bambini usciti dalla bara. Se a questa storia tu non credi…»

Sadie sorrise. «Perché a mio zio non lo chiedi, che per quanto orbo e brutto, anche lui ha visto tutto.»

Risate dolci e innocenti si diffusero nell'aria, e in quel singolo istante del destino, tutto nel mondo fu infinitamente perfetto.

~*~

Nota dell'autrice

Se il libro vi è piaciuto, vi sarei grata se voleste lasciare una breve recensione sui siti degli store online, preferibilmente su quelli da cui avete acquistato il libro. Le recensioni sono molto utili agli altri lettori e sono molto apprezzate dagli autori. Quando pubblicate una recensione, fatemelo sapere scrivendomi un'e-mail, perché potrei riportarla sul mio blog/sito. Grazie.

Cheryl
cherylktardif@shaw.ca

Un bel mattino, nel mezzo della notte
(versione della rivista della "The British Columbia Folklore Society")

Un bel mattino, nel mezzo della notte,
due bambini* morti si alzarono e fecero a botte [*o uomini],
Schiena contro schiena si affrontarono,

le spade sguainarono e si spararono.

Uno era cieco e l'altro senza neanche un occhio,
Così come arbitro scelsero un marmocchio.
Un cieco ad arbitrar il giuoco,
Un muto urlò: "Al fuoco!"

Un mulo paralizzato che di lì passò,
In un occhio al cieco un calcio gli tirò,
Che un muro bello spesso trapassò,
In un fosso secco tutti li annegò.

Un poliziotto sordo udendo la cagnara
arrestò quei bambini usciti dalla bara.
Se a questa storia tu non credi,
perché al cieco non lo chiedi,
che per quanto orbo e brutto,
anche lui ha visto tutto.
Anonimo

Fonte: www.folklore.bc.ca/Onefineday.htm#Onefine

Nota: la seguente versione mi è stata insegnata dalla mia amica di infanzia, Cathy Magill, che possa riposare in pace.

Un bel mattino, nel mezzo della notte,
due bambini morti si alzarono e fecero a botte.
Schiena contro schiena si affrontarono,
le spade sguainarono e si spararono.

Un poliziotto sordo udendo la cagnara
sparò a quei bambini usciti dalla bara.
Se a questa storia tu non credi,
perché a mio zio non lo chiedi,
che per quanto orbo e brutto,
anche lui ha visto tutto.
Anonimo

Opere di Cheryl Kaye Tardif

Romanzi:
SUBMERGED
CHILDREN OF THE FOG
WHALE SONG (comprende WHALE SONG: School Edition [con guida di discussione per le scuole e i gruppi di lettura] ed edizione a caratteri grandi)
DIVINE INTERVENTION
DIVINE JUSTICE
DIVINE SANCTUARY
THE RIVER
LANCELOT'S LADY

Antologie e raccolte:
SKELETONS IN THE CLOSET & OTHER CREEPY STORIES
WHAT FEARS BECOME
SHADOW MASTERS
A FEAST OF FRIGHTS FROM THE HORROR ZINE
25 YEARS IN THE REARVIEW MIRROR: 52 autori in retrospettiva

Offerte cumulative e trilogie:
DIVINE TRILOGY

Racconti brevi:
EAGLE EYE
INFESTATION
E.Y.E. OF THE SCORPION
DREAM HOUSE
REMOTE CONTROL

Libri per bambini:
THE ELFLING PRINCESS

Traduzioni:
I BAMBINI DELLA NEBBIA (Children of the Fog)
LOS NIÑOS DE LA NIEBLA (spagnolo - Children of the Fog)
LES ENFANTS DU BROUILLARD (francese - Children of the Fog)
DIVINE: Blick ins Feuer (tedesco - Divine Intervention)
WILDER FLUSS (tedesco - The River)
DES NEBELS KINDER (tedesco - Children of the Fog)
DIE MELODIE DER WALE (tedesco - Whale Song)
DIE MELODIE DER WALE: Schulausgabe (tedesco - Whale Song: School Edition)

LANCELOTS LADY (tedesco - Lancelot's Lady)
GIZEMLI NEHIR (turco - The River)
2 titoli in cinese (fuori catalogo - WHALE SONG e CHILDREN OF THE FOG)

Non-Fiction:
HOW I MADE OVER $42,000 IN 1 MONTH SELLING MY KINDLE eBOOKS

Libri audio:
CHILDREN OF THE FOG
SUBMERGED
DES NEBELS KINDER (tedesco - Children of the Fog)

L'autrice

Cheryl Kaye Tardif è un'autrice canadese di thriller di fama internazionale, vincitrice di premi, i cui libri sono pubblicati da diversi editori. Alcuni dei suoi romanzi più famosi sono stati tradotti in diverse lingue. Cheryl Kaye Tardif è nota in particolare per I BAMBINI DELLA NEBBIA (oltre 200.000 copie vendute in tutto il mondo) e WHALE SONG.

Quando le chiedono perché fa quello che fa, Cheryl ama rispondere: "Uccido la gente per guadagnarmi da vivere!" Immaginate gli sguardi che riceve. A volte, aggiunge: "Per finta, naturalmente. Sono un'autrice di thriller e suspense." A volte, non aggiunge altro.

Ispirandosi a Stephen King, Dean Koontz e altri, Cheryl si impegna a creare storie verosimili, personaggi da amare o odiare, mantenendo sempre alto il ritmo di lettura.

Nel 2014, ha dato alle stampe il suo primo romanzo breve per il nuovo marchio editoriale di Imajin Books™, Imajin Qwickies™. *E.Y.E. of the Scorpion* è il primo della serie E.Y.E. Spy Mystery.

Cheryl vive a Kelowna, Columbia Britannica (Canada), e sta lavorando a un nuovo thriller.

Booklist raves: "Tardif, già un grande successo in Canada… un nome da non sottovalutare oltre confine."

Sito Web di Cheryl: www.cherylktardif.com
Blog: www.cherylktardif.blogspot.com
Twitter: www.twitter.com/cherylktardif
Facebook: https://www.facebook.com/CherylKayeTardif

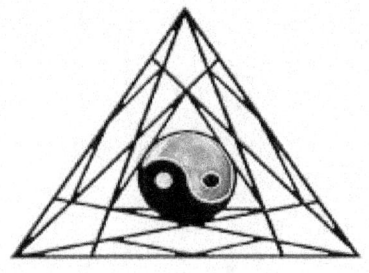

IMAJIN BOOKS®
Narrativa di qualità oltre l'immaginabile

Per acquistare il vostro prossimo ebook o libro cartaceo, visitate:

www.imajinbooks.com

www.imajinbooks.blogspot.com

www.twitter.com/imajinbooks

www.facebook.com/imajinbooks

IMAJIN QWICKIES®
www.ImajinQwickies.com